Mal Lewis Jones

Aufregung auf Internat Hohenstein

Mal Lewis Jones

Aufregung auf Internat Hohenstein

Aus dem Englischen von
Christina Sarembe

Ravensburger Buchverlag

Bibliografische Information Der Deutschen Bibliothek
Die Deutsche Bibliothek verzeichnet diese Publikation in
der Deutschen Nationalbibliografie; detaillierte bibliografische Daten
sind im Internet über **http://dnb.ddb.de** abrufbar.

1 2 3 07 06 05

Die englischen Originalausgaben erschienen1995
unter den Titeln „On Tour with the Ballet School"
und „Stars of the Ballet School" bei
Hodder Children's Books, London

Umschlagillustration: Betina Gotzen-Beek
Printed in Germany
ISBN 3-473-34882-1
www.ravensburger.de

Die Ballett-Tournee

Auf großer Fahrt

„Los, Papa!“, drängelte Christina Braun vom Rücksitz des Autos. „Wir verpassen noch den Bus!“

„Keine Panik, Tina“, entgegnete ihr Vater. „Wenn wir um Mitternacht an der Schule sein sollen, wird es mindestens halb eins, bevor der Bus tatsächlich losfährt.“

„Aber geht's nicht ein bisschen schneller?“, drängte Tina.

„Nein“, antwortete ihr Vater bestimmt. „Wir fahren schon schnell genug für diese Straßenverhältnisse.“

Ein für die Jahreszeit ungewöhnlicher Frosteinfall hatte die Straßen gefährlich glatt gemacht. Tinas Vater ging kein Risiko ein, schon gar nicht auf dem Stück Autobahn, das sie den Münchner Vororten näher brachte.

„Sie werden schon auf uns warten“, fügte er hinzu.

„Nicht, wenn wir viel zu spät kommen“, entgegnete Tina ungeduldig.

Als sie von der Autobahn abfuhren, sah Tina wieder auf die Uhr am Armaturenbrett. Zehn nach zwölf. Es war einfach nicht auszudenken, dass sie den Bus verpassen könnte, der sie und ihre Freundinnen zu einer wunderbaren einwöchigen Aufführungstour nach Frankreich bringen sollte.

„Oh, Papa, bitte beeil dich!“, flehte sie.

„Ich bring dich da schon rechtzeitig hin, keine Sorge“, antwortete ihr Vater. „Und zwar heil. Also, vergiss nicht, was dir deine Mutter gesagt hat: Du sollst immer genug essen und an deinen Inhalator denken.“

„Papa, mach keinen Stress“, antwortete Tina. Mit einer schnellen Kopfbewegung schüttelte sie ihre dunkelbraunen Haare aus ihren ebenso dunkelbraunen Augen und schob ihr Kinn vor. Ihr Vater kannte diese Geste nur zu gut – sie bedeutete, dass Tina nicht mit sich reden lassen würde. „Pass einfach auf die Straße auf!“

Zehn Minuten später rollten sie die lange Auffahrt zum Internat Hohenstein hinauf. Die Scheinwerfer des Autos glitten über mehrere Reihen ordentlich geparkter Fahrzeuge, und schließlich erschien im Lichtkegel ein Bus voll winkender Schülerinnen und Schüler, der vor dem imposanten Schulgebäude stand.

Als Tina die Beifahrertür aufriss, schallte ihr aufmunternder Jubel entgegen. Ihr Vater half ihr mit dem Gepäck.

„Ich bin vermutlich die Letzte“, sagte sie.

„Na, jedenfalls sind sie nicht ohne dich gefahren, oder? Also, wir erwarten dann Dienstag einen Anruf, nicht vergessen!“

Tina grinste ihren Vater an und gab ihm zum Abschied einen Kuss, bevor sie sich zu ihren Freunden im Bus gesellte. Sie würde bestimmt nicht vergessen, am Dienstag zu Hause anzurufen. Dienstag war ihr dreizehnter Geburtstag – der erste Geburtstag, den sie nicht mit ihrer Familie verbringen würde.

„Wir sind sehr erleichtert, dich zu sehen", sagte Frau Paul, die die Namensliste in der Hand hielt. „Wir hätten ungern auf unsere Frühlingsfee verzichtet!"

Frau Paul, ihre Ballettlehrerin, schien ausnahmsweise gute Laune zu haben.

„Tut mir Leid, dass ich ein bisschen zu spät bin, aber ich habe es ja noch geschafft."

Madame Larette, die erste Ballettmeisterin, begrüßte sie ebenfalls auf ihrem Weg durch den Bus. Ihre Freundinnen Betty und Poppy winkten ihr wild zu. Sie hatten ihr einen Platz freigehalten.

„Ich hab schon gedacht, du schaffst es nicht mehr!", rief Betty.

„Da warst du nicht die Einzige!", antwortete Tina lachend.

Sie waren alle furchtbar aufgeregt wegen der Fahrt nach Frankreich. Obwohl ihre übliche Ins-Bett-geh-Zeit längst vorbei war, war für den ersten Teil der Busreise an Schlaf nicht zu denken.

„Ich kann's gar nicht erwarten, den Eiffelturm zu sehen!", freute sich Poppy.

„Tja, das wirst du aber", antwortete Betty. „Wir kommen erst am Dienstag nach Paris."

„Mein Geburtstag in Paris ...", murmelte Tina verträumt.

„Uuups", meinte Betty. „Das hatte ich ganz vergessen. Aber kein Problem, ich finde bestimmt dort ein Geschenk für dich."

„Ja, was wünschst du dir denn?", fragte Poppy.

Tina überlegte kurz. „Ein neuer Teddybär wäre nicht schlecht."

„Aber Tina, du hast doch schon Tonnen von Kuscheltieren!“, entgegnete Betty.

Tina grinste. „Ich mag sie halt“, sagte sie. Dann wurde ihr Gesicht traurig, als sie daran dachte, wie sie ein paar Monate zuvor ihren kleinen Ted mit ins Krankenhaus genommen hatte, um ihn bei ihrer Freundin Emilia zu lassen, die an Magersucht gelitten hatte.

„Wirklich schade, dass Emilia nicht mit uns fahren kann“, seufzte sie.

„Na ja, aber wenigstens geht's ihr langsam besser“, meinte Betty. „So wie's vor den Ferien aussah, habe ich mich schon gefragt, ob sie überhaupt jemals wieder an die Schule zurückkommt.“

„Ja“, stimmte Tina ihr zu. „Ich bin sicher, die Ferien mit ihrer ganzen Familie werden sie wieder auf die Beine bringen.“

„Ist ihr Vater denn jetzt wieder ständig bei ihnen?“, fragte Poppy.

„Erst mal nur am Wochenende. Aber sobald sie ihr Haus verkauft haben, ziehen sie alle nach München.“

Die Mädchen unterhielten sich weiter über Emilia und ihre Familie und merkten dabei gar nicht, wie ihre Mitschülerinnen und Mitschüler um sie herum nach und nach einschliefen. Gegen halb zwei kam Frau Paul mit gerunzelter Stirn leise durch den Bus auf sie zu.

„Schluss mit dem Geschnatter“, flüsterte sie. „Versucht, ein wenig zu schlafen. Morgen werdet ihr dafür dankbar sein.“

Den Mädchen blieb nichts anderes übrig, als ihren Rat anzunehmen. Tina wachte erst wieder auf, als der Bus an einer

Autobahnraststätte hielt. Sie war überrascht, dass die meisten anderen schon hellwach waren. Matthias und Tom kamen von der hintersten Sitzbank zu ihnen und kitzelten die schnarchende Betty.

„Haut ab!“, explodierte Betty, die sofort aufwachte.

Poppy rührte sich ebenfalls. „Hätte ich mir ja denken können, dass ihr zwei es seid“, meinte sie.

„Oh mein Gooott!“, sagte Tom mit übertrieben falschem Entsetzen und deutete auf Poppys Kopf. „Was hast du denn da in den Haaren?“

Gegen ihren Willen kreischte Poppy auf, als sie eine schwarze Gummispinne aus ihren roten Locken schüttelte.

„Mann, verzieht euch“, sagte sie. „Ich bin gerade erst aufgewacht.“

Die Jungs kehrten lachend zu ihren Sitzplätzen zurück.

„Ich hoffe, das geht jetzt nicht die ganze Woche so weiter“, meinte Tina.

Die Schülerinnen und Schüler strömten aus dem Bus und in die Raststätte. Alle waren dankbar für die Gelegenheit, sich ein bisschen die Beine zu vertreten. Tina und ihre Freundinnen gingen Süßigkeiten und Getränke kaufen.

„Seht mal da rüber!“, sagte Betty. „Die drei haben sich schon Ärger eingefangen.“

Herr Pfeifer, der Stepptanzlehrer, der auf dieser Reise die Aufsicht über die Jungen hatte, sprach gerade ein ernstes Wort mit Matthias, Tom und Ole. Die Jungs schauten ziemlich betreten aus der Wäsche.

„Ist es nicht toll, endlich unterwegs nach Frankreich zu

sein!“, rief Tina und schleuderte vor Begeisterung ihre Arme in die Luft, wobei sich der Inhalt ihrer Coladose über Sofie ergoss, die unbemerkt von hinten an sie herangetreten war.

„Oh, ’tschuldigung, Sofie!“, sagte Tina. Sie zog ein Taschentuch heraus und begann damit, den Pullover ihrer Klassenkameradin trockenzutupfen.

„Lass das!“, schnappte Sofie. „Du machst es nur noch schlimmer. War ja klar, dass von dir wieder so was kommen würde.“

Tinas Zerknirschung verwandelte sich augenblicklich in Ärger. „Also, wenn du dich nicht von hinten angeschlichen hättest, wäre das gar nicht erst passiert!“, gab sie zurück.

„Ach komm, Tina“, ging Betty dazwischen. „Du wolltest mir doch gerade erzählen, wie toll es ist, unterwegs zu sein.“

Tina verstand den Wink mit dem Zaunpfahl und machte sich zusammen mit Betty und Poppy auf den Weg zurück zum Bus.

Sie rollten weiter durch die Nacht. Das Busfahren war auf die Dauer nicht jedermanns Sache. Nach einer Weile beklagte sich Betty, dass ihr schlecht sei.

„Hm, ja, du siehst etwas blass aus“, stimmte Tina ihr zu.

„Ich bin immer blass“, antwortete Betty.

„Nein, blasser als sonst“, sagte Tina. In der Tat hatte Bettys Gesicht jetzt in etwa die Farbe ihrer weißblonden Haare angenommen.

„Du brauchst frische Luft“, erklärte Poppy. Glücklicherweise hielten sie kurz darauf erneut an einer Raststätte. Die Mädchen kletterten aus dem Bus. Draußen war es ziemlich kalt und windig, sodass sie schnell anfingen zu frieren, aber Betty tat die frische Luft gut und ihr Gesicht hatte bald wieder eine gesündere Farbe. Am Horizont dämmerte der Morgen in ersten rosa Streifen. Die Mädchen waren begeistert.

„Ach, ich möchte gerne Malerin sein!“, sagte Tina verträumt. „Dann könnte ich diese wunderbaren Farben und Formen einfangen.“

„Du und Malerin? Nee“, sagte Betty. „Du möchtest gerne Tänzerin sein, oder hast du das schon vergessen?“

„War doch nur Spaß!“, antwortete Tina lachend. Das Tanzen war schon immer ihr Ein und Alles gewesen.

„Freut ihr euch schon auf unsere erste Vorstellung morgen Abend?“, fragte Poppy, die abwesend in die Morgendämmerung geschaut hatte. „Ich fange langsam an, nervös zu werden.“

„Das klappt schon, Poppy“, antwortete Tina. „Du wirst eine tolle Gute Fee sein.“

„Schade, dass du nicht Cinderella tanzt“, meinte Poppy. „Du hättest die Rolle bestimmt bekommen, wenn du nach Weihnachten nicht diese Asthmaanfälle gehabt hättest.“

Tina zuckte mit den Schultern. „Tja, hätte, wäre, wenn. Ich mach mir deshalb jedenfalls keine schlaflosen Nächte. Ich habe ein gutes Solo, das ist schon mal Klassen besser als nur im *Corps de Ballet* zu tanzen. Und ich bin immerhin die zweite Besetzung für Cinderella. Und überhaupt: Ich bin dabei, und das ist die Hauptsache.“

„Ja“, pflichtete Betty ihr bei. „Gott sei Dank bist du rechtzeitig wieder gesund geworden.“

In diesem Moment stießen Sofie und Abigail zu ihnen.

„Ist ganz schön kalt hier draußen, oder?“, meinte Abi fröstelnd.

„Aber dafür wird einem nicht so schlecht“, entgegnete Betty.

„Komm, Abi“, sagte Sofie, „lass uns zurück in den Bus gehen. Du erkältest dich sonst womöglich noch, und stell dir mal vor, wie schrecklich das wäre. Wir hätten keine Cinderella.“ Sie warf einen gehässigen Blick auf Tina. „Jedenfalls keine, die was taugt!“

Bevor Tina etwas entgegnen konnte, hatte Sofie Abigail schon außer Hörweite gebracht.

„Zu dumm, dass du die Cola über Sofie ausgekippt hast“, meinte Betty, als sie verschwunden waren.

„Das war ein Unfall!“

„Ich weiß, aber du hättest dich nicht noch mit ihr streiten sollen. Du weißt doch, wie sie ist. Wer weiß, was sie jetzt wieder ausheckt, nur um sich an dir zu rächen.“

„Ach, ist mir doch egal“, antwortete Tina schulterzuckend. „Sofie kann mich mal. Sie ist ein bisschen umgänglicher geworden, seit Abi sich um sie kümmert.“

„Tja, ich kann dir schlecht gute Ratschläge geben“, warf Poppy ein. „Ich verspüre jedes Mal ein dringendes Bedürfnis, aus der Haut zu fahren, wenn sie nur ansatzweise in meine Nähe kommt.“

Die Schülerinnen und Schüler saßen bald darauf wieder im Bus. Der Himmel hellte sich zunehmend auf, während sie durch Nordfrankreich fuhren und ihrer ersten Station Amiens immer näher kamen. Dort würden sie zwei Nächte verbringen.

„Gott sei Dank müssen wir heute Abend nicht tanzen!“, meinte Tina nach einem kieferkrachenden Gähnen. „Ich bin völlig alle!“

„Ich auch“, sagte Betty. „Und mir ist immer noch ein bisschen schlecht.“

„Ich bin mal gespannt, wie das Mittagessen im Hotel sein wird“, meinte Poppy.

„Oh, red nicht von Essen!“, sagte Betty und hielt sich die Hände vor den Bauch.

Ihr erster Eindruck von Amiens war wässrig. Die Somme verlief mitten durch die Stadt und sie sahen unzählige Gemüsegärten, von kleinen und großen Kanälen durchzogen, die Seen und Inseln bildeten, von Trauerweiden und Pappeln gesäumt.

An einer uralten Kathedrale vorbei fuhren sie durch ein Einkaufsviertel zu ihrem Hotel, das in einem etwas weniger schönen Teil der Stadt lag.

„Belle Vue!“, rief Betty und zeigte auf das Schild an dem Gebäude. „Die haben ja eine lebhafte Fantasie.“

In der Tat hatte man vom Hotel aus eine Aussicht über stark heruntergekommene Lagerhäuser.

„Die Aussicht ist mir egal“, meinte Poppy, „solange das Essen gut ist.“

Aber die Mädchen sollten enttäuscht werden. Sie wurden in ihre Doppelzimmer geführt – Tina und Betty teilten sich eines, Poppy und Wiebke, die als Herbstfee zusammen mit Tina tanzte, waren nebenan. Sie packten ihre Koffer aus und begaben sich dann in das Restaurant des Hotels zum Mittagessen.

Als ihnen eine sehr fettige, wässrige Suppe vorgesetzt wurde, erklärte Betty, sie habe gar keinen Hunger, stand auf und ging allein in den Aufenthaltsraum.

„Das ist untypisch für Betty“, meinte Tina.

„Sie verpasst nicht viel“, antwortete Poppy. „Diese Suppe ist entsetzlich. Ich würde so was nicht mal den Schweinen zumuten.“

Tina ließ ihren Blick durch das Restaurant schweifen. Überall missgelaunte Gesichter. Sogar die Lehrer schienen sehr wenig zu essen.

„Zu dumm, dass wir hier zwei Tage bleiben“, flüsterte Tina.

„Was machen wir denn heute Nachmittag?“, fragte Poppy.

„Wir schauen uns die Sehenswürdigkeiten von Amiens an“, antwortete Tina.

„Schade, dass ich meine Gummistiefel nicht dabei habe“, meinte Poppy. „Es scheint hier überall nur Wasser zu geben!“

Tina lächelte. „Ich habe ein paar Boote auf dem Fluss gesehen. Wir könnten eine Bootsfahrt machen.“

Poppys Gesicht hellte sich auf. „Das ist eine super Idee. Aber vielleicht sollten wir Betty das jetzt noch nicht vorschlagen. Ihr ist ja immer noch schlecht vom Busfahren.“

Die Mädchen gingen zu ihrer Freundin in den Aufenthaltsraum.

„Wie geht's dir denn?“, fragte Tina.

„Mir ist nicht mehr so schlecht“, meinte Betty, „aber sobald ich aufstehe, wird mir schwummerig.“

„Dann ist dir vermutlich nicht nach einem kleinen Erkundungsgang durch das Hotel?“

„Nein, danke“, stöhnte Betty.

„Okay“, sagte Tina und wandte sich an Poppy. „Hast du Lust, mit auf unser Zimmer zu kommen?“

„Ja, gern. Wir haben ja noch etwas Zeit. Wann müssen wir uns hier mit Madame Larette treffen?“

„Erst in einer Stunde.“

„Gut“, sagte Poppy. „Dann habe ich ja noch Zeit, mich um mein Kostüm zu kümmern. Es sieht etwas zerknittert aus. Hat irgendjemand ein Bügeleisen dabei?“

„Ja, ich glaube, Frau Paul hat gesagt, dass sie ein Reisebügeleisen mitnimmt“, antwortete Betty.

Die Mädchen gingen langsam den Flur hinunter, damit Betty nicht wieder schlecht wurde. Aber als Tina die Tür zu ihrem Zimmer öffnete, sagte ihr ein kribbelndes Gefühl auf der Kopfhaut, dass irgendetwas nicht in Ordnung war, schon bevor sie in den Raum gesehen hatte. Vorsichtig schob sie sich ins Zimmer und schrie auf. Betty und Poppy stürmten hinter ihr her und es verschlug ihnen den Atem.

Die Kostüme der Mädchen lagen auf dem Boden verstreut, zusammen mit ihren Bettdecken und Kopfkissen. Darauf und auf dem hellen Teppich waren etliche große schwarze Tintenflecke.

Ein französischer Teddy

„Wer kann das gewesen sein?“, rief Tina entsetzt.

„Und worin sollen wir morgen Abend tanzen?“, schrie Poppy.

„Moment mal“, sagte Betty, deren Übelkeit wie weggeblasen war. „Ich glaube, jemand hat sich mit uns einen üblen Scherz erlaubt.“

Sie hob ihr Stiefschwesterkostüm hoch und der Tintenfleck fiel auf den Boden. Er war nur aus Papier ausgeschnitten. Tina und Poppy stürzten zu ihren Kostümen und stellten erleichtert fest, dass die Tintenflecke darauf ebenfalls unecht waren.

„Irgendwer hat scheinbar schwarze Tinte auf Papier gekleckst und dann die Flecken ausgeschnitten“, sagte Tina, die ihren Fleck untersuchte.

„Fragt sich nur, wer“, meinte Poppy.

„Vielleicht war es Sofie, immer noch auf Rache aus“, schlug Betty vor.

„Wir knöpfen sie uns heute Nachmittag vor“, sagte Poppy.

„Nein, das tun wir nicht“, entgegnete Tina nachdenklich. „Wir sollten ihr nicht die Genugtuung geben, zu wissen, dass wir darauf reingefallen sind.“

„Gute Idee“, stimmte Betty zu. „Sie wird es am Ende vermutlich von sich aus zugeben, nur um unsere Reaktion zu erfahren.“

Nachdem sie das Zimmer aufgeräumt hatten, gingen die Mädchen hinunter in den Aufenthaltsraum, wo sie sich mit Madame Larette und den anderen Schülerinnen und Schülern trafen. Sie kamen in Madame Larettes Gruppe und machten sich zu Fuß auf den Weg ins Stadtzentrum von Amiens. Tina war froh, in Madame Larettes Gruppe zu sein, da sie so viel über die Geschichte der Stadt wusste. Sie erzählte ihnen, dass Amiens die alte Hauptstadt der Region Picardie war, und machte die Kathedrale aus dem dreizehnten Jahrhundert zu ihrem ersten Anlaufpunkt. Die Kathedrale war eine der größten in Frankreich. Im Inneren war Tina beeindruckt von der Höhe des Deckengewölbes und von der Anzahl der Säulen, es mussten über hundert sein. Madame Larette zeigte ihnen die kostbaren Schnitzereien an den Chorstühlen.

„Insgesamt sind viertausend Figuren in diese Chorstühle geschnitzt“, sagte Madame Larette.

„Wow“, flüsterte Betty. „Dafür müssen sie ja Ewigkeiten gebraucht haben.“

„Und jetzt kommen wir zur großen Rosette“, sagte Madame Larette und führte sie hinüber zu dem wunderschönen bunt verglasten Fenster.

Als sie hinübergingen, stellte sich Sofie neben Betty.

„Schon ausgepackt?“ Betty konnte sich die Frage nicht verkneifen.

„Ja, habe ich in der Tat“, antwortete Sofie. „Und ich habe

auch versucht, den Colafleck aus meinem Pullover zu waschen, aber er geht nicht weg."

Sie warf Tina einen bösen Blick zu. Entgegen ihrem ursprünglichen Entschluss, zu diesem Thema den Mund zu halten, konnte Tina eine hitzige Antwort nicht unterdrücken.

„Das war ein Unfall, Sofie. Und ganz was anderes, als zu jemandem ins Zimmer zu gehen und absichtlich zu versuchen, Ärger zu machen."

„Wovon redest du?", fragte Sofie mit erhobener Stimme.

„Schhhh, Sofie", warnte Abigail sie. „Madame Larette kommt schon her."

„Sofie", sagte Madame Larette, „du bist in einem Gottes-'aus. Schrei 'ier nicht so 'erum, s'il te plaît."

„Entschuldigung, Madame", murmelte Sofie.

Sie warf Tina einen erbosten Blick zu und ging sich mit Abigail ein Grabmal ansehen.

„Oje", sagte Betty, „das ist ja nicht ganz so gelaufen, wie wir's geplant hatten. Glaubst du immer noch, dass sie es war?"

„Ich bin sicher, es war Sofie", antwortete Tina. „Du weißt doch, wie gut sie unschuldig tun kann."

Die Schülerinnen und Schüler traten schließlich aus dem Westportal, das von großen steinernen Bildnissen früher Bischöfe bewacht wurde, und gingen weiter zu einem kleinen Platz. Verlockende Gerüche stiegen ihnen von verschiedenen Geschäften, Cafés und Verkaufsständen in die Nase.

„Lecker", sagte Betty und schnupperte ausgiebig. „Ich hab plötzlich Hunger."

Die meisten anderen Schülerinnen und Schüler stellten sich

mit Betty, Tina und Poppy in die Warteschlange für frische Croissants. Die köstlichen Croissants entschädigten sie für ihr unzulängliches Mittagessen.

Betty war lange vor allen anderen fertig. „Darf ich in den Süßwarenladen gehen?", fragte sie Madame Larette.

„Pass auf, dass dir nicht gleich wieder schlecht wird."

„Nein, ich sorge dafür, dass es mir besser geht", sagte Betty grinsend. Als sie in den Laden gingen, um Schokolade und *macarons d'Amiens* zu kaufen, entdeckte Tina vor dem Souvenirgeschäft nebenan einen Ständer mit Postkarten.

„Ich gehe schnell eine Karte für Emilia kaufen", sagte sie zu Poppy.

„Okay", meinte Poppy, die noch an ihrem letzten Croissant kaute. „Ich sag Betty, wo du bist, und warte hier draußen auf euch."

Nach dem hellen Sonnenschein draußen brauchten Tinas Augen ein paar Sekunden, um sich an das schlecht beleuchtete Innere des Ladens zu gewöhnen. Noch bevor sie in dem voll gestopften Geschäft überhaupt etwas klar erkennen konnte, hörte sie laute Stimmen. Ärgerliche Stimmen, die natürlich Französisch sprachen; Tina konnte kein Wort verstehen. Sie kniff ihre Augen zusammen und öffnete sie wieder.

Im hinteren Teil des Ladens stand eine Tür weit offen, und Tina konnte im Zimmer dahinter zwei Männer sehen, die sich stritten. Einer von ihnen trug einen weiß und dunkelblau gestreiften Baumwollpullover und ein dunkelblaues Barett. Der andere Mann war mit Hemd und Krawatte und eleganten dunklen Tuchhosen bekleidet.

Betty schlüpfte in den Laden und stellte sich neben Tina.

„Was ist denn hier los?“, flüsterte sie.

Die Männer unterbrachen ihren Streit und nahmen erst jetzt die Mädchen wahr. Der elegant gekleidete Mann schloss nachdrücklich die Tür. Als er das tat, fiel Tina eine Narbe ins Auge, die sich quer über seine Wange zog, vom Mundwinkel fast bis zum Ohrläppchen. Sie schauderte ein wenig und drehte sich zu Betty um.

„Was hatten die denn?“

Eine junge Frau kam durch eine andere Tür hinter dem Verkaufstresen.

„Bonjour“, sagte sie freundlich.

„Bonjour“, antwortete Tina unsicher.

Die Frau setzte einen Teddybären, den sie mitgebracht hatte, auf den Tresen und brachte seine gelben Ohren in Form.

„Oh, der ist ja toll“, sagte Tina, als sie der Verkäuferin die Postkarte gab, die sie ausgesucht hatte. „Ich meine, il est très joli.“

Die junge Frau lachte und gab ihr den Teddy.

„Voilà. Er ist ein Laden’üter. Ich ’abe ihn im ’interzimmer gefunden.“ Sie deutete über ihre Schulter nach hinten. Tina war erleichtert, dass sie Deutsch sprach.

„Ich dachte, wir ’aben alle diese Teddybären letztes Jahr verkauft“, fuhr die junge Frau fort. „Er ist très charmant, n’est-ce-pas?“

„Ja“, stimmte Tina zu. „Was kostet er?“

„Oh, ich glaube, sie ’aben letztes Jahr zwanzig Euro gekostet, aber du kannst ihn für zehn ’aben, wenn du magst.“

Tina griff spontan in ihr Portmonee. Zehn Euro würden ein ganz schönes Loch in ihre Reisekasse reißen, aber sie hatte sich auf den ersten Blick in den gelben Teddybären verliebt. Sie musste ihn einfach kaufen.

„Merci“, sagte Tina und drückte ihre Neuerwerbung stolz an sich.

Betty hatte sich in der Zwischenzeit im Laden umgesehen. Ihr Blick blieb an einem bunten Kasten hängen, der ganz oben auf einem Brett hinter dem Tresen stand.

„Was ist das?“, fragte sie die Verkäuferin.

Die junge Frau musste auf einen Stuhl klettern, um an den Kasten heranzukommen.

„Ich weiß nicht“, gab sie zu, als sie ihn herunterholte. „Ah, es ist eine Spardose.“

Betty untersuchte sie. Oben im Deckel war ein Schlitz, in den man Münzen stecken konnte, und vorne gab es ein Fenster, hinter dem eine glänzende Kugel frei im Raum zu schweben schien.

„Wie ungewöhnlich!“, meinte Betty. Darf ich eine Münze hineinstecken, um zu sehen, was passiert?“, fragte sie.

„Oui“, sagte die Frau und zuckte mit den Schultern.

Betty steckte eine Centmünze hinein. Sie verschwand.

„Das ist ja stark“, sagte Tina.

Die Frau lachte. „Es funktioniert mit Trickspiegeln“, erklärte sie.

„Willst du die Dose kaufen?“, fragte Tina Betty.

„Na klar. Da ist mein Cent drin!“

Als die Mädchen aus dem Geschäft kamen, stießen sie mit

Madame Larette zusammen, die gerade alle zusammensammelte, um den Stadtrundgang fortzusetzen.

Gegenüber der Kathedrale lag der Fluss.

„Ich dachte, wir machen eine Bootsfahrt“, sagte Madame Larette und führte ihre Gruppe ein Stück flussab ans Ufer. Dort gab es ein paar flachkielige Boote zu mieten.

„Wir werden ungefähr eine Stunde unterwegs sein“, sagte Madame Larette, „und wir fahren durch die Hortillonages.“

„Was ist das?“, fragte Poppy.

„Das Wasserland – Kanäle und Seen.“

„Die haben wir schon vom Bus aus gesehen, nicht wahr?“, meinte Tina.

„Ja, genau“, antwortete Madame Larette.

Sie sammelte von allen Geld ein und bezahlte den Mann, der die Boote vermietete. „’at jemand das schon mal gemacht?“, fragte sie.

Matthias, Tom und zwei der Mädchen meldeten sich. Matthias wurde Tinas Boot zugeteilt.

„Pass auf, was du da mit der Stange machst!“, rief Poppy, als sie losfuhren.

„Schaut mal, wie findet ihr meinen neuen Teddybären?“, fragte Tina, als sie ihn auspackte, um ihn ihren Freundinnen zu zeigen.

„Oh, der ist ja niedlich“, sagte Poppy. „Aber ich dachte, Betty schenkt dir einen zum Geburtstag.“

„Och, ich hätte nichts gegen einen weiteren“, meinte Tina. „Es war sehr merkwürdig in dem Laden. Da waren zwei Franzosen, die sich angeschrien haben. Einer von ihnen hatte eine furchtbare Narbe quer über die Wange. Da konnte einem wirklich ganz anders werden."

„Matthias", sagte Betty, „warum drehen wir uns hier im Kreis?"

Das Boot drehte sich in der Tat langsam um die eigene Achse und alle anderen Boote waren schon ein Stück weit entfernt.

„Bist du sicher, dass du das schon mal gemacht hast?", fragte Tina misstrauisch.

„Nö, nicht wirklich", gab Matthias zu. „Ich wollt's nur mal probieren."

„Gib mir die Stange!", rief Tina verärgert. Einen Moment später bewegte sich ihr Boot gradlinig auf dem Wasser weiter. „Siehst du", sagte sie. „Wenn man's nicht kann, soll man's lassen."

Matthias sah aus, als ob er schmollte. „Ich hätt's schon noch hingekriegt, wenn du mir eine Chance gegeben hättest", beschwerte er sich.

„Tut mir Leid, es macht mir jetzt grade Spaß", antwortete Tina.

„Das ist vermutlich deine Rache", murmelte Matthias.

„Wofür denn?", fragte Tina erstaunt.

Jetzt sah Matthias überrascht aus.

„Ach – nur so", antwortete er schnell.

Tina sah Betty an. *Denkt sie auch, was ich denke?*, fragte sie sich.

„Na, sag schon, Matthias", fuhr Tina auf die Stange gelehnt fort. „Wofür sollte ich mich rächen wollen?"

Matthias errötete unter ihrem durchdringenden Blick.

„Ich dachte, ihr kommt sofort drauf, dass wir es waren", sagte er kleinlaut.

„Die Tintenflecke!", rief Poppy, der plötzlich ein Licht aufging.

„Sorry", sagte Matthias. „Ich hab da so ein Buch, es heißt *Verrückte Streiche*, und …"

„Danke, reicht schon", sagte Tina streng. „Aber das war besser der letzte Streich, den ihr uns gespielt habt, sonst könnt ihr euch auf was gefasst machen."

„Okay, okay, ich hab's kapiert."

„Ehrenwort?"

„Ehrenwort."

„Also war es doch nicht Sofie", meinte Tina.

Sie hatte einen Moment lang ein schlechtes Gewissen, weil sie Sofie fälschlich verdächtigt hatte. *Man sollte halt keine voreiligen Schlüsse ziehen*, dachte sie bei sich.

„Mmm. Möchte jemand eine Praline?", fragte Betty und reichte die Tüte herum.

„Ich dachte, du wirst immer gleich seekrank, wenn's ein bisschen schaukelt?", meinte Matthias.

„Seit wann gibt's in Kanälen Wellen, du Blödmann", antwortete Betty. „Hier könnte ich stundenlang sitzen."

„Das musst du vermutlich auch, wenn Tina noch näher ans Ufer kommt", stellte Matthias fest. „Hier sieht es schlammig und viel flacher aus."

Tina änderte den Kurs und blickte über ihre Schulter. Ihr Herz setzte einen Schlag aus. In einem Boot nicht weit hinter ihnen saßen zwei Männer, einer mit einem Barett und einer mit Hemd und Krawatte.

„Dreht euch jetzt nicht um“, flüsterte sie, „aber die zwei Männer aus dem Andenkenladen sind direkt hinter uns.“

„Merkwürdiger Zufall“, meinte Poppy. „Bist du sicher, dass es dieselben Männer sind?“

„Sie sehen nach ziemlich üblen Typen aus“, zischte Matthias.

„Im Laden sahen sie auch nicht besonders nett aus“, erwiderte Tina. „Will irgendwer die Stange übernehmen? Ich bin geschafft und ich schätze, wir sollten zusehen, dass wir die anderen einholen.“

Als Betty die Stange übernahm, sah sich Tina die Männer genauer an. Sie schienen das Boot der Kinder zu beobachten. Der Mann in Hemdsärmeln hatte eine Narbe. Sie konnte es jetzt genau erkennen.

„Sie machen den gleichen Fehler wie du“, flüsterte Matthias. „Sie kommen zu nah ans Ufer. Ich sehe da nicht nur Schlamm, sondern auch eine dunkle Stelle voller Pflanzen.“

Genau wie Matthias vorhergesagt hatte, blieb das Boot der Männer im weichen Matsch stecken.

Tina blickte zu ihnen zurück. Beide Männer standen jetzt im Boot, hielten die Stange und versuchten, sich vom Ufer wegzuschieben. Das Boot löste sich plötzlich und unerwartet, und die Männer fielen in das schlammige Wasser.

„Kommen die da klar?“, fragte Poppy.

„Ich hab keine Lust zurückzufahren und ihnen zu helfen“, meinte Tina.

„Denen passiert schon nichts“, sagte Matthias. „Das Wasser ist da sehr flach.“

Als sie den Rest ihrer Gruppe eingeholt hatten, sahen die Kinder zu, wie die beiden Männer ans Ufer kletterten; ihr Boot war längst außer Reichweite.

„Kann nicht behaupten, dass es mir Leid tut, dass sie nicht näher rangekommen sind“, meinte Tina.

„Nein, sie sahen nicht sehr nett aus“, stimmte Betty ihr zu.

„Seht mal, wir sind fast wieder da, wo wir losgefahren sind“, sagte Poppy.

Die Kinder erkannten die Schrebergärten wieder, an denen sie schon einmal vorbeigefahren waren, auf der dunklen Erde wuchsen Blumenkohl, Kohlköpfe und Frühlingsblumen.

Wenige Minuten später hatten sie auch die Kathedrale wieder im Blick und legten zusammen mit den anderen Booten am Steg an.

Die beiden Männer waren am anderen Ufer entlanggerannt und waren jetzt auf einer Höhe mit den Kindern. Sie boten einen traurigen Anblick: Ihre Kleidung war matschbeschmiert und klatschnass, und ein paar bräunliche Pflanzenreste hingen in ihren Haaren. Es gab für sie keine Möglichkeit, den Fluss zu überqueren. Sie riefen dem Bootsverleiher etwas zu und er rief zurück.

„Was wollten sie denn?“, fragte Tina Madame Larette, als die Männer weiter am Ufer entlangrannten.

„Der junge Mann ’at ihnen gesagt, dass sie bis zur nächsten Schleuse laufen müssen, etwa einen Kilometer von ’ier“, erklärte Madame Larette.

Irgendwie war Tina sehr froh, dass sie und ihre Freunde wieder sicher im Hotel Belle Vue sein würden, bevor die Männer zurück an der Anlegestelle sein konnten.

„Alors, sind alle da?“, fragte Madame Larette und zählte durch.

Matthias ging schnell zu Tom, damit Tina ihn nicht noch mal wegen des Streichs mit den Tintenflecken ins Kreuzverhör nehmen konnte. Er hätte sich jedoch keine Sorgen zu machen brauchen, denn das hatte sie längst vergessen. Der Anblick des narbengesichtigen Mannes hatte die Sache komplett verdrängt.

Federprobleme

Tina machte es sich für die Nacht gemütlich.

„Moment, warte noch eben", sagte sie zu Betty, als diese gerade das Licht ausmachen wollte. „Ich hab meinen neuen Teddy vergessen."

Neben ihr im Bett lagen schon ein abgeliebter alter Teddy und ein dickes rosafarbenes Nilpferd.

„Soll er so heißen?", fragte Betty. „Neuer Teddy?"

„Nein, er sollte einen richtigen Namen bekommen. Was meinst du, irgendwas Französisches ..."

„Pierre?"

„Nein, ich weiß", sagte Tina begeistert. „Edouard. Er soll Teddy Edouard sein."

„Bist du jetzt fertig?", fragte Betty mit dem Finger auf dem Lichtschalter.

„Ja, du kannst das Licht ausmachen."

Die Regeln des Internats Hohenstein galten auch, solange die Kinder in Frankreich waren. An den Abenden, an denen sie keine Vorstellung hatten, mussten sie um halb neun im Bett sein.

Aber an diesem speziellen Samstagabend konnten Tina und

Betty einfach nicht einschlafen. In den letzten vierundzwanzig Stunden war so viel passiert, und sie waren ganz aufgeregt, an einem fremden Ort zu sein. Sie unterhielten sich noch so lange über die Ereignisse des Tages, dass schließlich Frau Paul an ihrer Tür erschien, um ihnen zu sagen, sie sollten sofort schlafen, sonst würde es Ärger geben.

Tina schlief sehr unruhig in dieser Nacht. Sie war sich halb bewusst, dass sie keuchte, aber zu müde, um etwas dagegen zu tun. Bis zum Morgen war daraus ein richtiger Asthmaanfall geworden. Ihr Inhalator konnte ihr nur wenig helfen.

„Was meinst du, wodurch das ausgelöst wurde?“, fragte Betty besorgt, als sie aufwachte. „Ich meine, sie werden hier im Zimmer keine Tiere gehabt haben, oder?“

Nach den Weihnachtsferien war Tinas Asthma dadurch ausgelöst worden, dass Betty ihren Hamster mit ins Zimmer der Mädchen gebracht hatte.

„Nein“, hustete Tina. „Ich versuche, mich zu erinnern, was der Arzt gesagt hat, wogegen ich sonst noch allergisch bin. Staub vielleicht?“

Betty sah sich im Zimmer um. Es war sehr einfach eingerichtet, aber nirgends war das geringste bisschen Schmutz zu sehen. Sie schüttelte den Kopf.

„Versuch dich zu erinnern, was er noch gesagt hat.“

„Federn“, antwortete Tina, aber ich sehe keinen Vogel.“

„Die müssen ja nicht an einem Vogel sein, du Pappnase“, sagte Betty. „Was ist mit deinem Kopfkissen?“

Tina befühlte das Kissen hinter ihrem Rücken. „Könnte sein. Es ist sehr weich.“

Betty sprang zu Tinas Bett hinüber, ihre langen weißblonden Haare fielen ihr über die Schulter nach vorn.

„Und fühl mal die Bettdecke“, sagte sie. „Die könnte auch mit Federn gefüllt sein. Und meine fühlt sich genauso an, sonst hätten wir tauschen können.“

„Oh nein“, stöhnte Tina. „Wir müssen noch eine Nacht hier verbringen. Und ich kann nicht ohne Decke und Kopfkissen schlafen.“

„Ach, da mach dir mal keine Sorgen“, meinte Betty. „Ich gehe und sage Madame Larette Bescheid.“

Als Betty ein paar Minuten später mit Madame Larette zurückkehrte, hatte sich diese bereits darum gekümmert, dass mit Polyester gefülltes Bettzeug für die beiden Mädchen gebracht wurde. Während Madame Larette mit Tina sprach, kam ein Zimmermädchen herein, um den Stein des Anstoßes zu entfernen.

„Möchtest du die Probe heute Morgen ausfallen lassen, Christina?“, fragte Madame Larette.

„Nein, es wird schon besser, Madame. Ich glaube, ich sollte dabei sein.“

„Nun, wenn du sicher bist. Aber wenn du dich zu schlecht fühlst, musst du mir Bescheid sagen und dich ausruhen.“

Nach dem Frühstück, das genauso unappetitlich war wie die Mahlzeiten am Tag zuvor, wurden die Kinder zum Maison de la Culture gefahren, wo sie an diesem Abend ihr Ballett aufführen würden.

„Wie fühlst du dich jetzt, Tina?“, fragte Betty, als sie vor dem großen modernen Gebäude aus dem Bus stiegen.

„Immer noch ziemlich kurzatmig“, gab Tina zu. „Ich werde mich in der Übungsstunde zurückhalten und meine Kräfte für die Probe aufsparen müssen.“

Madame Larette hatte Frau Westhoff, der jungen Assistenz-Ballettmeisterin, bereits erklärt, dass es Tina nicht gut ging.

„Mach einfach nur die *Pliés* und die *Port de bras*, Christina“, schlug Frau Westhoff ihr freundlich vor. „Du kannst dich dann für den Rest der Übungsstunde an den Rand setzen.“

Obwohl sie unbedingt mitmachen wollte, sah Tina ein, dass es besser war, sich nicht zu sehr zu strapazieren. Sie begab sich in den Zuschauerraum, warm verpackt in ihren Trainingsanzug, mit Teddy Edouard neben sich. Sie hatte nicht oft Gelegenheit, den anderen bei ihren Übungen zuzusehen. Abigail und Poppy mit ihrem gegensätzlichen Äußeren – Abigail dunkelhäutig und schwarzhaarig, Poppy rothaarig und sommersprossig – fielen als beste Tänzerinnen ins Auge. *Es liegt zum Teil an ihrer Körperhaltung,* dachte Tina, *und zum Teil an etwas, das man nicht genau benennen kann; etwas, das zu sagen scheint: Ich bin eine Tänzerin.*

Tina fragte sich, ob sie diese Eigenschaft auch hatte, wenn sie tanzte. Ihre Augen wanderten weiter über die Gruppe. Betty sah beim Ballett eigentlich nie wirklich so aus, als ob sie sich wohl fühlte; Stepptanz lag ihr mehr. Wiebke und Sofie hatten eine gute Technik, aber nicht diese besondere Haltung, die Abi und Poppy auszeichnete.

Als es Zeit für die *Cinderella*-Probe war, fühlte sich Tina viel besser und dachte, dass sie ihr Solo als Frühlingsfee in Angriff nehmen konnte.

Es sollte eine richtige Generalprobe sein und den Kindern waren Garderoben zugewiesen worden. Tina zog ein zitronengelbes Tutu an, das mit winzigen grünen Blättern und glänzenden Pailletten übersät war. Im Haar trug sie einen Kranz künstlicher Frühlingsblumen.

Der Kontrast zwischen ihr und Betty, die jetzt eine wahre Parodie eines Kostüms für ihre Rolle als böse Stiefschwester anhatte, hätte nicht größer sein können. Sie trug ein grelllila Kleid mit einem völlig übertrieben ausgestopften Hinterteil, rot und blau gestreifte Strümpfe und eine riesige weiße Rüschenmütze. Sie warfen einen Blick auf ihre einträchtig nebeneinander stehenden Spiegelbilder und brachen in Gelächter aus.

Frau Paul, die jetzt die Probenleitung von Frau Westhoff übernommen hatte, sorgte schnell für eine wesentlich angespanntere Atmosphäre auf der Bühne. Sie unterbrach das *Corps de Ballet* gleich im Eröffnungstanz mehrmals.

„Nein, nein, nein!“, rief sie an einer Stelle. „Eure Arabesken sind nicht synchron. Schaut euch mal eure erhobenen Arme an. Sie sind alle auf unterschiedlichen Höhen. Was ist heute Morgen nur mit euch los? Habt ihr alles vergessen, was ich euch je beigebracht habe?“

Dann kam die Szene, in der die Mädchen mit hüpfenden Schritten wie *Pas de basque* und *Temps levée* die Bühne umrundeten. Frau Paul klatschte ungeduldig in die Hände.

„Ihr seht aus, als ob ihr auf Eiern lauft!“, rief sie. „Ein bisschen mehr Energie, wenn ich bitten darf!“

„Aber Frau Paul“, rief Sofie, „die Bühne ist wirklich glatt! Ich habe Angst, hinzufallen.“

„Warum um Himmels willen hast du das nicht eher gesagt!“, donnerte Frau Paul. „Christina!“, befahl sie, da sie Tina gerade im Augenwinkel erblickte, „geh und hol sofort die Harzdose.“

Alle mussten ihre Sohlen gut einschmieren, bevor die Probe fortgesetzt wurde. Danach fühlte sich das *Corps de Ballet* sicherer und Frau Paul hatte weniger zu kritisieren.

Als Tina ihren Einsatz hatte, half ihr das frühlingshafte Kostüm dabei, ihre Rolle zu fühlen. Unglücklicherweise konnte sie immer noch nicht wieder hundertprozentig richtig atmen, was es ihr sehr schwer machte, das Tempo dieses sehr schnellen Tanzes durchzuhalten. Frau Paul ließ den Pianisten das Tempo so weit drosseln wie möglich.

„So machen wir das heute Abend“, sagte sie. „Das Wichtigste ist, dass du durchkommst, Christina, auch wenn das Tempo zu langsam ist.“

Tina war enttäuscht. Normalerweise hatte sie so viel Energie, dass die schnellen, präzisen Spitzenschritte für sie kein Problem waren.

Beim Verlassen der Bühne seufzte sie.

„Kopf hoch!“, meinte Betty. „Alles halb so schlimm.“

„Mein Solo wird in diesem Tempo komplett daneben aussehen“, jammerte Tina.

„Mach dir nichts draus“, sagte Betty. „Das ist doch heute unser erster Abend. Für alle anderen Vorstellungen wirst du besser in Form sein.“

„Solange sich der Pianist nicht darauf versteift, jetzt jeden Abend in diesem Tempo zu spielen“, meinte Tina.

„Sprich mit ihm!“, riet Betty.

„Das werde ich“, sagte Tina und sammelte ihren Teddy in den Kulissen auf, bevor sie in ihre Garderobe zurückging.

Nach der Probe wurden sie zum Hotel Belle Vue zurückgebracht, wo sie ihre Alltagskleidung anzogen und ein schlecht gekochtes Mittagessen zu sich nahmen.

„Oh, ich kann's kaum erwarten, von hier wegzukommen“, sagte Betty. „Ich kann dieses Essen nicht ertragen. Wohin fahren wir doch gleich als Nächstes?“

„Rouen“, antwortete Tina. „Kommst du heute Nachmittag mit schwimmen? Im nächsten Block ist ein Hallenbad, das wir nutzen dürfen. Alle scheinen hinzugehen.“

„Super“, sagte Betty. „Ich bin schon Ewigkeiten nicht mehr schwimmen gewesen. Aber geht's dir auch gut genug?“

„Ja, viel besser. Ein bisschen schwimmen wird mir gut tun. Ich hab Poppy gesagt, wir holen sie ab, wenn wir fertig sind.“

„Kostet das was?“, fragte Betty etwas besorgt.

„Ja, aber es ist nicht sehr teuer“, antwortete Tina.

„Ähm, könntest du mir ein bisschen Geld leihen?“, fragte Betty verlegen.

Tina war überrascht. Normalerweise hatte Betty viel mehr Taschengeld als sonst irgendjemand.

„Hast du schon alles ausgegeben?“, fragte sie.

„Nein“, antwortete Betty und sah immer noch ziemlich betreten aus. „Die Sache ist, ich habe mein ganzes Geld in meine Zauberspardose gesteckt. Es hat solchen Spaß gemacht, zuzusehen, wie es verschwindet.“

„Na, dann kannst du es doch wieder rausholen.“

„Nein, das ist ja das Problem – ich hab noch keine Möglichkeit gefunden, es wieder herauszubekommen!"

Tina brach in Gelächter aus. „Geh und hol die Dose, Betty. Vielleicht kann das im Schwimmbad jemand herauskriegen."

Es klopfte an der Tür. Es war Poppy.

„Mir ist gerade eingefallen, dass ich gar keinen Badeanzug dabeihabe. Hat eine von euch einen zweiten?"

„Ja, ich habe einen", antwortete Betty und durchwühlte einen ihrer Koffer. „Hier, er ist nur schlicht schwarz, aber er müsste dir passen."

„Die Farbe ist mir egal", sagte Poppy, „Hauptsache, ich kann drin schwimmen."

„Ich glaube, ich nehme Teddy Edouard mit", sagte Tina. „Was könnte er denn als Badehose anziehen?"

Die beiden anderen lachten. „Oh, du bist schon albern, Tina", sagte Poppy.

„Er fühlt sich vielleicht einsam, wenn ich ihn hier lasse."

„Die Jungs werden sich über dich lustig machen!"

„Mir doch egal", erklärte Tina.

Eine halbe Stunde später waren die Freundinnen in einem sehr vollen Umkleideraum. Betty war von Mitschülerinnen umringt, die versuchten herauszubekommen, wie ihre Spardose funktionierte, aber keine schaffte es.

„Ich glaube, das Einzige, was du tun kannst, ist ein Messer in den Schlitz stecken und das Ganze auf den Kopf stellen", sagte Poppy.

Betty stöhnte. „Das dauert ja Jahre!", jammerte sie.

Als sie vom Umkleideraum ins Schwimmbad gehen wollten, stoppte sie ein Angestellter, der den Kopf schüttelte und auf Tinas Teddy zeigte.

„Ach, armer Edouard. Er muss stattdessen im Schrank sitzen", sagte Tina. Sie trug ihn zurück in den Umkleideraum, aber er passte nicht zu ihren Sachen und Schuhen in den Schrank, also musste er einen eigenen bekommen.

Als sie zurückkam, plantschten Poppy und Betty schon vergnügt im Wasser herum. Tina saß am Beckenrand, paddelte mit den Füßen im Wasser und versuchte, den Mut zusammenzusammeln, in das erstaunlich kühle Wasser zu springen, als Abigail und Sofie aus dem Umkleideraum kamen. Abigail sah in ihrem knallblauen Badeanzug schlank und athletisch aus, ihre dunkle Hautfarbe ließ die Mädchen um sie herum sehr blass aussehen. Sofie war immer noch in ein Badetuch gehüllt und als sie näher an Tina herankamen konnte sie hören, dass Sofie sich mit Abigail stritt.

„Nein, ich geh nicht rein!"

„Jetzt sei nicht albern, Sofie", sagte Abigail. „Dein Badeanzug ist völlig okay."

„Ich werde darin aussehen wie der letzte Depp", klagte Sofie. „Niemand außer mir hat einen schwarzen Badeanzug an."

Tina sah ihre Chance, sich nach der falschen Anschuldigung wieder mit Sofie zu versöhnen. Sie holte die beiden ein und tippte Sofie auf die Schulter.

„Du bist nicht die Einzige", sagte sie. „Sieh mal, Poppy ist schon im Wasser. Keiner wird dich anschauen."

Aber das beschwichtigte Sofie nicht, im Gegenteil. Sie drehte sich verärgert zu Tina um.

„Aber sie werden alle dich ansehen, Miss World, was?“

„So habe ich das nicht gemeint“, sagte Tina hilflos.

Sofie wickelte das Badetuch noch enger um sich und stakste zurück zum Umkleideraum.

„Ich glaube kaum, dass sie noch schwimmen kommt“, seufzte Abigail.

„Es ist mir schleierhaft, wie du diese Geduld für sie aufbringst!“, rief Tina.

Sie verbannte Sofie aus ihren Gedanken, sprang ins Becken und erholte sich beim Schwimmen mit ihren Freundinnen. Einige Zeit später kam Poppy zu ihr und zeigte auf die Uhr an der Wand.

„Es ist schon fast Zeit zum Abendessen. Wir sollten besser gehen.“

Tina sah sich um. Obwohl es immer noch sehr voll war, war klar, dass nur noch wenige Kinder von der Ballettschule im Schwimmbad waren. Die Freundinnen stiegen aus dem Becken und zogen sich schnell um. Sofie hatte im Umkleideraum auf Abigail gewartet und schmollte immer noch, als die kleine Gruppe zum Hotel zurückeilte.

„Ach, das hat Spaß gemacht“, erklärte Tina. „Ich fühle mich viel besser.“

„Ja klar, reib's mir nur unter die Nase“, moserte Sofie.

„Es hat dich niemand vom Schwimmen abgehalten“, gab Tina zurück.

„Pah“, sagte Sofie. „Keine Ahnung, was in meine Mama gefahren ist, meinen schwarzen Badeanzug einzupacken. Ich habe jede Menge richtig schöne.“

„Packst du deine Sachen nicht selbst?", fragte Poppy überrascht. Da sie so weit weg von ihrem Zuhause in Australien lebte, war sie daran gewöhnt, ein sehr selbstständiges Leben zu führen.

„Nein, das tue ich zufällig nicht", schnappte Sofie. Und damit war diese Unterhaltung beendet.

Als sie wieder in ihrem Hotel waren, gingen Sofie und Abigail auf ihr Zimmer, um sich fürs Abendessen fertig zu machen.

„Endlich Ruhe", sagte Poppy. „Ich hab keine Ahnung, wie du's geschafft hast, Sofie gegenüber die Geduld zu behalten."

„Ich auch nicht", meinte Tina lachend.

„Ich will nur schnell meine Schwimmsachen aufs Zimmer bringen, kommt ihr mit?", fragte Poppy.

„Okay", antwortete Tina. Sie warteten, während Poppy ihr nasses Handtuch und den Badeanzug aus dem Fenster hängte und sich die Haare bürstete. Dann gingen die drei Freundinnen noch ein Stockwerk höher. Betty öffnete die Tür zu ihrem Zimmer. „Oh, nein!", rief sie.

„Was?", fragte Tina erregt. Sie und Poppy quetschten sich neben Betty in die offene Tür. Das Zimmer war komplett auf den Kopf gestellt worden. Kostüme, Kleidung und Bettzeug lagen durcheinander in einem großen Haufen auf dem Boden.

„Nicht schon wieder!", rief Tina.

„Und ich dachte, Matthias hätte es Leid getan, dass er uns diesen Streich gespielt hat", fügte Betty hinzu.

„Meinst du, es waren wieder die Jungs?", fragte Poppy.

Tina ging ins Zimmer und begann, Sachen vom Boden aufzuheben.

„Ich wette, diesmal war es Sofie."

„Also, letztes Mal hast du dich da geirrt", warnte Betty.

„Ich weiß, aber im Moment ist sie echt unerträglich zu mir."

„Sie kann's aber nicht gewesen sein. Sie war doch mit uns im Schwimmbad", gab Poppy zu bedenken.

„Sie ist aber nicht ins Wasser gekommen. Sie hatte jede Menge Zeit, hierher zurückzulaufen", sagte Tina.

„Ich glaube trotzdem, es waren die Jungs", meinte Betty.

„Wer auch immer es war", erklärte Tina, „ich werde es herausfinden!"

„Wir sollten jetzt besser zum Essen gehen", drängte Poppy.

„Geh schon mal vor", sagte Tina. „Betty und ich räumen erst mal das Zimmer auf. Es wäre besser, wenn Frau Paul es nicht in diesem Zustand sieht. Sie würde uns nicht glauben, dass das jemand anders war!"

„Okay", sagte Poppy. „Ich werde versuchen, euch etwas mitzubringen. Bis später."

„Oh, Mann, was für ein Chaos", stöhnte Betty. „Ich werde meine ganzen Sachen für heute Abend nie finden."

„Dieses Mega-Durcheinander anzurichten, ist vermutlich ziemlich schnell gegangen", meinte Tina, „aber es wird auf jeden Fall eine ganze Weile dauern, es wieder aufzuräumen." Plötzlich kam ihr ein Gedanke. „Es fehlt doch nichts, oder, Betty?"

„Nein, nicht dass ich wüsste. Mein Portmonee ist jedenfalls noch da."

„Ach, Mist!", rief Tina. „Wo wir von Fehlen sprechen – ich hab Teddy Edouard im Schließfach vergessen!"

„Es war sowieso Quatsch, ihn überhaupt mitzunehmen!"

„Und jetzt ist nicht genug Zeit, zurückzugehen und ihn zu holen. Wir müssen in ein paar Minuten los zur Vorstellung!"

Tina war ziemlich sauer auf sich selbst, dass sie es so schnell geschafft hatte, ihren neuen Teddy zu verlieren.

Premiere

Tina fühlte sich total erschlagen. Sie wünschte sich nichts sehnlicher, als ins Bett zu gehen und zu schlafen, stattdessen sammelte sie ihr Kostüm und Make-up für *Cinderella* zusammen und packte die Sachen in den Koffer. Sie und Betty kamen als Letzte ins Hotelfoyer. Frau Paul sah auf, als sie den Raum betraten, und schnalzte missbilligend mit der Zunge, während sie ihre Namen auf der Liste abhakte.

„Der Bus wartet", verkündete sie. „Bitte geht hinaus!"

Die Kinder verließen das Hotel und bestiegen den Bus. Tinas Magen begann, laut zu knurren, und Betty kicherte.

„Ich bin auch am Verhungern", sagte sie. „Wie sollen wir denn mit leerem Magen tanzen?"

„Nicht verzagen, Poppy fragen!", sagte Poppy, ließ sich neben ihnen nieder und reichte jeder von ihnen etwas, das in eine Papierserviette eingewickelt war.

„Oh, super!", rief Betty. „Du hast es geschafft!"

„Es ist nur ein Brötchen und etwas Käse. Das war leider das Einzige, was man mitnehmen konnte."

„Mir egal, was es ist", meinte Tina und biss in das pappige alte Brötchen. „Ich komme um vor Hunger."

„Habt ihr schon jemanden wegen des Zimmers gefragt?", wollte Poppy wissen.

„Keine Zeit gehabt", antwortete Betty mit vollem Mund.

„Ich werde mir Sofie vor der Vorstellung vorknöpfen deswegen", sagte Tina.

„Ich finde, das solltest du noch nicht tun", mahnte Betty zur Vorsicht. „Lass uns erst mal mit den Jungs reden."

Tina stimmte Bettys Plan widerwillig zu.

Als sie am Maison de la Culture ankamen, lief Tina schnell zur Garderobe, in der die anderen Mädchen sich umzogen. Während sie ihr zitronengelbes Tutu und die Ballettstrumpfhosen anzog, erblickte sie Sofie in der gegenüberliegenden Ecke, die schon ihr Make-up auftrug. Es drängte sie danach, etwas zu sagen wegen des zerwühlten Zimmers, aber Betty erhaschte ihren Blick. Als ob sie Gedanken lesen könnte, runzelte Betty die Stirn und schüttelte den Kopf.

Als sie beide fertig waren, gingen Tina und Betty hinter die Bühne, um die Jungs zu suchen. Es dauerte nicht lange, bis sie Matthias' albernes Stiefschwesterkostüm entdeckten – ein orangefarbenes Rüschenkleid mit roten Tupfen. Auf dem Kopf trug er eine Perücke mit weißen Ringellocken, die ihn äußerst lächerlich aussehen ließ. Aus irgendeinem Grund hatte er sie bei der Generalprobe noch nicht getragen.

Wenn Tina und Betty nicht so sauer gewesen wären wegen ihres Zimmers, wären sie in Gekicher ausgebrochen.

„Bonsoir, ma chère soeur!", rief er, ergriff Betty am Arm und wirbelte sie herum.

„Wir finden das nicht komisch", sagte Betty, um eine würdevolle Haltung bemüht. „Wir haben gerade die ganze Zeit, die ihr beim Essen wart, damit verbracht, unser Zimmer aufzuräumen."

„Tja, selbst schuld", meinte Tom, der als Höfling gekleidet war. „Ihr solltet nicht so viel Unordnung machen."

„*Wir* haben keine Unordnung gemacht!", entgegnete Tina. „Und wir wüssten gerne, wer es war!"

„Da seid ihr bei uns falsch", sagte Matthias bestimmt. „Eindeutig nicht schuldig."

„Ich glaub dir kein Wort", sagte Betty. „Ihr heckt dauernd was aus, seit wir unterwegs sind."

„Sag's ihnen, Tom!", rief Matthias.

„Wir waren es wirklich nicht", versicherte Tom ihnen. „Wir sind seit … seit dem letzten Mal nicht mehr in der Nähe eures Zimmers gewesen."

„Wenn in unserem Zimmer noch irgendetwas passiert, das auch nur im Geringsten verdächtig aussieht, gehen wir jedenfalls direkt zu Frau Paul", erklärte Tina.

„Oh, Tina!", stöhnte Matthias. „Bitte glaub uns!"

Aber Tina und Betty marschierten davon und ließen die Jungs im eigenen Saft schmoren. Sie gingen zurück in ihre Garderobe, wo sehr bald der Aufruf für die Darsteller der ersten Szene kam, zu denen Abigail und Betty gehörten.

„Oh, ich bin noch nicht so weit!", rief Abigail. „Schaut mal, mir zittern die Knie."

„Du wirst fantastisch sein, Abi", sagte Tina. „Mach dir keine Sorgen."

Abigail war normalerweise die Selbstbewussteste unter den

Schülerinnen. Sie so zu sehen, zehrte ganz schön an den Nerven.

„Na los, Abi“, ermunterte Betty sie, „tu einfach so, als sei es noch die Generalprobe.“

Da sie ein wenig später im ersten Akt tanzen würde, durfte Tina zusammen mit Poppy den Anfang des Balletts aus den Kulissen verfolgen.

Abigail saß als Cinderella allein auf der Bühne neben dem Küchenherd, der auf das hintere Bühnentuch gemalt war. Der Vorhang war noch geschlossen.

Als der Pianist die Ouvertüre spielte, wurde es im Zuschauerraum still. Abigail warf einen kurzen Blick in die Kulissen und Tina streckte ihr die Hände mit nach oben gerichteten Daumen entgegen, um ihr Glück zu wünschen. Sie wusste, dass Abigail furchtbar nervös war.

„Glaubst du, sie wird es schaffen?“, flüsterte Betty in ihr Ohr.

Tina nickte und legte ihren Zeigefinger an die Lippen. Der Vorhang öffnete sich mit einem Schwung und das Ballett begann. Kurz darauf stolperten Betty und Matthias auf die Bühne und begannen ihre komische Nummer als böse Stiefschwestern, die sich auf den Ball vorbereiten. Die Kinder im Publikum schlossen diese beiden Figuren sofort in ihr Herz. Tina konnte hören, dass mehrere von ihnen lauthals über das Herumgestolper lachten.

Und dann hatte Poppy ihren Auftritt, ihr wunderschönes Kostüm versteckt unter einem langen schwarzen Umhang und ihr Gesicht unter der Kapuze verborgen. Als vermeintliche

Bettlerin streckte sie an der Tür des Hauses die Hände aus. Während ihre beiden Stiefschwestern die alte Frau nicht beachteten, gab Cinderella ihr freundlich ein Stück Brot.

Als Poppy die Bühne verließ, betraten die Schüler, die den Frisör, den Juwelier und den Tanzlehrer spielten, die Bühne. Bettys und Matthias' absurde Versuche, graziöse Hoftänze zu lernen, entlockten dem Publikum noch mehr Gelächter. Betty kam grinsend von der Bühne.

Tina klopfte ihr auf den Rücken. „Guter Einsatz!“, flüsterte sie.

Jetzt kam Cinderellas schnelles Solo. Sie stellte sich vor, dass der Besen in ihren Händen ein Tanzpartner beim Ball des Prinzen wäre, und wirbelte mit ihm in einem anmutigen Tanz über die Bühne. Tina beobachtete Abigail. Sie war längst nicht so entspannt wie sonst und ein Großteil der fließenden Bewegung des Tanzes ging verloren.

Jetzt waren sehr bald die vier Feen an der Reihe. Sie stellten sich in einer Reihe auf, Tina zuerst, und machten nervös ein paar Aufwärmübungen. Jule war die Sommerfee, Wiebke, die dunkelhaarige Schwäbin, war die Herbstfee und die Japanerin Yoko tanzte die Winterfee. Poppy ging ihnen voraus und gab sich in ihrem strahlend weißen Kleid in ihrer wahren Identität als Gute Fee zu erkennen. Sie schwang ihren Zauberstab und ihre vier Helferinnen betraten gemeinsam die Bühne. Jede von ihnen hatte ein Geschenk, das sie Cinderella gaben, bevor sie ihr jeweiliges Solo tanzten. Tina, die als Frühlingsfee als Erste an der Reihe war, brachte ihr ein wunderschönes weißes Ballkleid.

Sie ging aufrecht in die Mitte der Bühne, das Herz klopfte ihr bis zum Hals. Alle Müdigkeit fiel von ihr ab, als sie zu tanzen begann. Aber der Pianist war angewiesen worden, das Tempo etwas zu drosseln, und sie fühlte sich den ganzen Tanz hindurch behindert und eingeengt. Sie konnte jetzt wieder problemlos atmen und war sich sicher, dass sie ihr Solo in der üblichen Geschwindigkeit geschafft hätte. Als am Ende ihres Einsatzes verhaltener Applaus hörbar wurde, war sie völlig ausgelaugt und enttäuscht von ihrer glanzlosen Darbietung.

Unter den übrigen Solistinnen stach Wiebke mit ihrer sehr anmutigen Darstellung der Herbstfee hervor. Sie wurde mit tosendem Applaus belohnt. Ihr Tutu aus rostrotem Samt und rotem Tüll bildete einen wunderbaren Kontrast zu ihren dunklen Haaren.

Sehr bald war Cinderellas zerlumptes Äußeres verwandelt. Sie trug ein wunderschönes weißes Kleid, einen langen fließenden goldenen Umhang, eine Tiara im Haar, glitzernde Juwelen und goldene Schuhe. Tina dachte bei sich, wie atemberaubend Abigail aussah. In einer großen aufwändigen Produktion hätte die Gute Fee in der nächsten Szene einen Kürbis und vier Mäuse in eine grandiose vierspännige Kutsche verwandelt. Aber bei einer kleinen Tourneeproduktion musste darauf verzichtet werden. Der Akt endete damit, dass die Gute Fee Cinderella pantomimisch mahnte, vor Mitternacht nach Hause zu kommen. Im zweiten Akt geht Cinderella zum Ball und tanzt mit dem Prinzen. Tina und die anderen Feen wurden nicht gebraucht, also gingen sie zurück in die Garderobe und spielten Karten, um sich die Zeit zu vertreiben.

„Schade, dass wir uns diesen Akt nicht anschauen dürfen", meinte Wiebke, die kleine Schwäbin.

„Ja", stimmte Tina zu. „Ich liebe die lustigen Tänze der bösen Stiefschwestern mit ihren Partnern."

Der größte und der kleinste Junge des zweiten Jahrgangs waren als Tanzpartner ausgewählt worden. Betty und Matthias sahen zum Schreien aus, wenn sie mit ihnen tanzten.

„Und ich liebe den *Pas de deux* von Abi und Ole", sagte Wiebke. „Er ist so fließend, und die Musik von Prokofjew ist einfach so schön!"

Tina ging den Tanz, von dem Wiebke gerade gesprochen hatte, im Kopf durch. Er war wirklich wundervoll. Wie gerne hätte sie ihn selbst getanzt! Aber sie musste zugeben, sogar vor sich selbst, dass Ole und Abigail ein tolles Paar waren und dass Abigail, wenn sie nicht nervös war, eine atemberaubende Cinderella gab.

Ihre Gedanken wurden unterbrochen, als Betty, Abigail und Sofie hereinkamen. Sie hatten gerade die Ballszene beendet. Jetzt war Pause, und Getränke wurden in die Garderoben gebracht.

„Pass auf, was du damit machst", rief Sofie, als Tina ihres in die Hand nahm, „sonst hat noch einer ein fleckiges Kostüm!"

„Ach, Mensch, bist du da immer noch nicht drüber weg?", entgegnete Tina.

Abigail wechselte taktvoll das Thema, indem sie alle nach ihrer Meinung fragte, wie die Show lief.

„Ich finde, alle sehen ein bisschen nervös aus", sagte Tina, „aber das Publikum scheint seinen Spaß zu haben."

„Abi sieht nicht nervös aus“, sagte Sofie verächtlich. „Sie tanzt wunderbar – ein richtiger Star. Stellt euch andere völlig in den Schatten.“

Abigail sah peinlich berührt aus, und zum hundertsten Mal fragte sich Tina insgeheim, wie sie es aushielt, mit Sofie befreundet zu sein.

Dann kam der Aufruf zum Anfang des dritten Aktes. Betty war in der Pause damit beschäftigt gewesen, sich umzuziehen – raus aus der Ballgarderobe und hinein in ein weiteres unmögliches Kleid. Sie war noch nicht ganz fertig, daher half ihr Tina, die selbst keinen Kostümwechsel hatte, bei den letzten Handgriffen an ihrer Ausstattung.

„Wie war der letzte Akt?“, fragte Tina.

„Ziemlich gut, glaube ich“, meinte Betty. „Die Kinder im Publikum fanden die Stelle super, an der ich versuche, auf einem Bein zu balancieren, und dann umfalle.“

„Glaub ich sofort“, sagte Tina. „Los, Betty, beeil dich – sie rufen nach dir!“

Betty hastete hinaus und folgte Abigail zurück auf die Bühne. Abigail selbst war natürlich schon am Ende des zweiten Akts zurückverwandelt worden und trug jetzt wieder ihr zerlumptes Kostüm.

Tina stand in den Kulissen und beobachtete die bösen Stiefschwestern bei ihrem erneuten Herumgehampel. Es wurde langsam deutlich, dass Matthias und Betty die beliebtesten Tänzer der ganzen Show waren. Bei ihrem Stepptanzduett gab es „Encore, encore!“-Rufe. Im Gegensatz dazu schien Abigail sehr unsicher zu tanzen. Sie war gar nicht richtig sie selbst.

Ungefähr in der Mitte des dritten Akts, wenn der Prinz Cinderella mithilfe des goldenen Schuhs gefunden hat, mussten die Gute Fee und ihre vier Helferinnen wieder auf die Bühne. An dieser Stelle hatte Abigail einen blitzschnellen Kostümwechsel, zurück in ihr wundervolles Ballkleid.

Tina freute sich auf ihren eigenen zweiten Auftritt. Der Pianist schien die Tempoeinschränkung vergessen zu haben. Aber gerade als sie anfing, sich in diesem Tanz richtig wohl zu fühlen, schien eines ihrer Knie nachzugeben und sie stolperte, sodass sie sich mit einer Hand auf der Bühne abstützen musste, um das Gleichgewicht zu halten. *Es muss die Müdigkeit sein*, dachte sie und war ganz durcheinander. Sie absolvierte den Rest des Tanzes rein mechanisch und war nicht mit dem Herzen bei der Sache. Ihr Patzer schoss ihr immer wieder durch den Kopf. Wenn sie den Tanz nicht so gut gekonnt hätte, hätte sie jetzt zweifellos angefangen, weitere Fehler zu machen. Tina sank mit großer Erleichterung in ihre Schlusspose in der Vierergruppe.

Das *Corps de Ballet* kam erneut auf die Bühne, diesmal als Sterne, und während Sofie ihr kurzes Solo gab, dachte Tina darüber nach, wie viel Glück sie gehabt hatte, die wichtigere Rolle der Frühlingsfee zu bekommen, auch wenn sie's jetzt ein bisschen vermasselt hatte.

Als Cinderella und ihr Prinz in die zauberhafte neue Welt entschwanden, die vor ihnen lag, winkten die Feen zum Abschied und der Vorhang fiel.

Der Applaus war laut, aber ziemlich kurz. Nachdem Abigail ein Sträußchen Anemonen überreicht worden war und sie sich alle verbeugt oder geknickst hatten, gingen die Schülerinnen und Schüler in ihre Garderoben zurück.

Es ergab sich, dass Tina neben Abigail ging.

„Ich bin froh, dass es vorbei ist“, erklärte Abigail mit Nachdruck.

„Ich auch! Aber du wirst dich nächstes Mal viel besser fühlen“, versprach Tina.

„Und du hattest Recht, dass ich nervös war“, sagte Abigail. „Ich will lieber die Wahrheit hören als all das übertriebene Lob, das ich von Sofie bekomme.“

Tina lächelte. „Ich hab keine allzu hohe Meinung von meiner eigenen Leistung heute Abend. Es kann nur besser werden!“

Betty hüpfte von hinten an sie heran. „Weißt du, woran es gelegen hat, Tina?“, fragte sie mit einem frechen Grinsen. „Du hast vergessen, dein Maskottchen mitzubringen.“

„Teddy Edouard! Oh, erinnere mich nicht daran. Ich muss morgen Früh gleich zum Schwimmbad gehen und sehen, ob er noch im Schrank ist.“

Die drei Mädchen waren als Erste zurück in der Garderobe. Abigail ließ sich auf einen Stuhl fallen.

„Ich kann's kaum erwarten, ins Bett zu kommen!“

„Da bist du nicht die Einzige!“, sagte Tina gähnend.

„Hey, mein Koffer ist völlig zerwühlt!“, rief Betty.

Tina war wie der Blitz bei ihrem eigenen. „Meiner auch!“, rief sie.

Als alle anderen Mädchen hereinkamen stellte sich heraus, dass alle Koffer und Taschen durchwühlt worden waren.

„Meint ihr, wir hatten Einbrecher?“, fragte Poppy.

Aber nachdem sie alles durchgegangen waren, stand fest, dass nichts gestohlen worden war.

„Ihr glaubt doch nicht, dass es wieder die Jungs waren, oder?“, fragte Betty seufzend. „Falls doch, ist es langsam nicht mehr komisch.“

„Sie waren beide im letzten Akt auf der Bühne, wie hätten sie also Zeit dafür haben sollen?“, meinte Tina. Tom war der Page des Prinzen gewesen und die beiden bösen Stiefschwestern waren natürlich fast bis zum Ende auf der Bühne gewesen.

„Matthias hätte am Ende ein paar Minuten Zeit gehabt“, gab Betty zu bedenken. „Er ist nicht mit mir in den Kulissen geblieben.“

Tina musste ihre eigenen Vermutungen für sich behalten. Es stimmte, Sofie war am Ende auf der Bühne gewesen. Und warum sollte sie ihre eigene Tasche durchwühlen? Aber Matthias und Tom hatten so bestimmt erklärt, dass sie ihr Hotelzimmer nicht verwüstet hatten. Und wer das getan hatte, war jetzt sicherlich auch für dies hier verantwortlich.

Ihre Gedanken rasten. Sofie war erst im Finale aufgetreten. Die ganze übrige Zeit war sie allein in der Garderobe gewesen. Und wie könnte man seine Spuren besser verwischen als die eigene Tasche genauso zu durchwühlen wie den Rest?

Tina warf einen Blick hinüber in die Ecke, in der Sofie war. Sie redete wie üblich auf Abigail ein und räumte gleichzeitig ihre Sachen auf. Sie sah nicht so aus, als ob sie dieser Vorfall besonders beunruhigt hätte.

„Na, Gott sei Dank ist nichts geklaut worden!“, erklärte Poppy. „Meinst du, wir sollten besser Madame Larette Bescheid sagen?“

„Ja“, antwortete Tina und beobachtete dabei Sofies Gesicht. „Ich glaube, das sollten wir. Es passiert ein bisschen zu oft für meinen Geschmack.“

„Ist das wirklich eine gute Idee?“, warf Sofie ein. „Ich meine, damit regen wir sie vielleicht nur unnötig auf. Es ist doch nichts gestohlen worden, oder?“

Tina sah sie misstrauisch an. „Warst du hier drin, als wir anderen nach der Pause auf der Bühne waren?“, fragte sie.

„Ja“, sagte Sofie und fühlte, wie alle anderen Mädchen sie ansahen. „Aber nur kurz. Ich bin die anderen Sterne suchen gegangen und habe Ewigkeiten mit ihnen in den Kulissen gestanden.“ Sofie schnappte langsam ein. „Und überhaupt, was glaubst du eigentlich, wer du bist, dass du mir solche Fragen stellst?“

„Ich wollte nur feststellen, wie lange die Garderobe leer war“, antwortete Tina und bemühte sich, ruhig zu klingen.

„Weißt du, ich glaube, an dem, was Sofie sagt, ist vielleicht etwas dran“, meinte Abigail, die sich wieder einmal bemühte, einen Streit zu verhindern. „Ich meine, ob wir es Madame Larette erzählen sollten. Solange die Möglichkeit besteht, dass es jemand von der Schule war, sollten wir nichts sagen, finde ich. Wir sollten uns besser selbst drum kümmern. Sonst könnte es richtig unangenehm werden – Schulverweis und so.“

„Wir sollten die, die das gemacht haben, aber nicht einfach damit durchkommen lassen“, meinte Poppy.

„Ich stimme Abi zu“, sagte Betty. „Wenn wir rausgefunden haben, wer’s war, können wir etwas unternehmen.“

Poppy und Tina wurden also überstimmt und sie sagten Madame Larette nichts von dem Vorfall. Zurück im Hotel erzählte Tina ihren Freundinnen bei einem Gutenacht-Getränk und Keksen von ihrem Verdacht.

„Meinst du, sie könnte wirklich so gehässig sein?“, fragte Betty.

„Ja“, sagte Tina. „Ist euch aufgefallen, wie scharf sie darauf war, dass Madame Larette nichts davon erfährt?“

„Das nimmst du vielleicht zu wichtig“, meinte Betty.

„Da hast du vermutlich Recht“, antwortete Tina. „Morgen Früh sieht wahrscheinlich alles ganz anders aus.“

„Kann nicht behaupten, dass es mir Leid tut, diese Absteige zu verlassen“, sagte Betty und rümpfte die Nase über ihren bitter schmeckenden Kakao.

„Nein“, stimmte Tina zu. „Vielleicht haben wir alle mehr Glück in Rouen!“

Die Falle

„Wo bist du denn gerade?!“, fragte Betty am nächsten Morgen, als sie Tina beim Tagträumen erwischte.

„Oh“, sagte Tina und schreckte auf. Sie saß halb angezogen auf ihrem Bett. „Ich habe über unseren geheimnisvollen Eindringling nachgedacht.“

„Vielleicht finden wir nie heraus, wer es ist“, meinte Betty, während sie sich die Haare bürstete.

„Es muss doch einen Weg geben, dem Schuldigen das Handwerk zu legen“, antwortete Tina. „Und ich glaube immer noch, dass Sofie die wahrscheinlichste Kandidatin ist.“

Sie stand von ihrem Bett auf und begann, ihre Übungskleidung anzuziehen, darüber den vorgeschriebenen roten Trainingsanzug.

„Sei vorsichtig mit Anschuldigungen gegen Sofie“, sagte Betty. „Damit könntest du noch mehr Ärger provozieren.“

„Schon gut“, stimmte Tina zu, „ich werde nichts sagen. Aber ich werde mich auch nicht einfach hinsetzen und abwarten, bis meine Sachen wieder durchwühlt werden.“

„Na ja, vielleicht ist jetzt ja eh Schluss damit“, meinte Betty. „Bist du fertig fürs Frühstück?“

Die Mädchen sollten zeitig frühstücken, da der Bus, der sie nach Rouen bringen würde, innerhalb der nächsten Stunde da sein würde. Sie sollten direkt zu ihrem nächsten Aufführungsort gefahren werden, für eine Probe, bevor sie dann in ihr neues Hotel gebracht würden.

In diesem Moment klopfte es an der Tür. „Das ist bestimmt Poppy", sagte Betty und dann lauter: „Herein!"

Eines der Zimmermädchen kam mit einer großen Schachtel Pralinen ins Zimmer.

„Bonjour", sagten die Mädchen im Chor und betrachteten die Pralinenschachtel mit großem Interesse.

„Für Bettina 'eimann", sagte das Zimmermädchen und schaute von einem Mädchen zum anderen.

„Das bin ich!", rief Betty grinsend. „Ich meine, *moi*!"

Das Zimmermädchen lächelte und überreichte ihr die großartig aussehende Schachtel. „Bon appétit!", sagte sie im Hinausgehen.

„Fantastisch!", freute sich Betty. „Ich frage mich, wer …"

„Moment mal, da ist eine Karte dabei", stellte Tina fest. Sie klappte sie auf, im Inneren war eine Nachricht auf Französisch. Die Mädchen versuchten, sie zu entziffern.

„*Chère Soeur Laide* – das heißt Liebe Böse Stiefschwester, oder?"

„Ja", meinte Betty. „Das versteh ich, aber die einzigen anderen Wörter in diesem Brief, die ich lesen kann, sind *mes enfants.*"

„Meine Kinder", sagte Tina nachdenklich. „Und sagt dir die Unterschrift was? R. Dubonnet?"

„Nein, nie von ihm gehört."

„Ihr", korrigierte Tina. „Sie hat Madame in Klammern hinter ihren Namen geschrieben."

Betty sah sich die Pralinen noch einmal an und grinste.

„Jede zwei vor dem Frühstück?", schlug sie vor.

„Nicht für mich", antwortete Tina. „Nicht vor einer Busfahrt – sonst wird mir womöglich schlecht."

„Das ist ein Punkt", sagte Betty niedergeschlagen.

„Wir können sie doch in unserem neuen Hotel essen!", fiel Tina ein. „Hey, wir sollten besser zum Frühstück runtergehen. Ich muss auch noch zum Schwimmbad gehen und Teddy Edouard holen, bevor der Bus kommt."

„Ich geh mal Madame Larette im Speisesaal suchen und bitte sie, mir die Karte zu übersetzen", sagte Betty.

„Gute Idee", meinte Tina, „und ich frage sie, was ich sagen muss, um meinen Teddy wiederzubekommen."

„Ich hab immer noch nicht das Geld aus der verflixten Spardose rausgekriegt", sagte Betty. „Ich sollte sie wohl besser mit runternehmen und es mit der Messermethode probieren."

Nach dem Frühstück beschlossen Betty und Poppy, Tina auf ihrem Gang zum Schwimmbad zu begleiten, aber das Französisch überließen sie ihr!

Sie musste gar nicht viel sagen, aber trotzdem war sie sehr erfreut, dass sie sich hatte verständigen können und dass sie ihren Teddy wiederhatte.

„Seine Ohren sind ein bisschen zerknautscht", grummelte sie, als sie schnell zum Belle Vue zurückgingen.

„Na, wären es deine nicht, wenn du die ganze Nacht in

einem Schwimmbadschließfach verbracht hättest?“, antwortete Poppy lachend.

„Wenigstens kommt unser Maskottchen heute Abend mit ins Theater. Und ich hab’s im Gefühl, dass er uns allen Glück bringen wird!“

„Ich hab sowieso schon super Glück gehabt!“, rief Betty. „War das nicht nett von der französischen Frau, Matthias und mir je eine Schachtel Pralinen zu schicken, nur weil ihre Kinder uns lustig fanden?!“

„Ja, gut für dich“, meinte Tina.

„Keine Sorge, ich teile sie mit euch“, sagte Betty.

Die meisten Kinder schliefen während der Busfahrt, da die ersten zwei Tage ihrer Tour sehr anstrengend gewesen waren. Als sie sich dem Zentrum von Rouen näherten, stupste Tina Betty an, damit sie aufwachte.

„Sieh mal, Betty!“, sagte sie. „Was für eine tolle Kathedrale!“

Sie bestaunten das Gebäude mit der reich verzierten Fassade und den beiden großen Türmen durch das Busfenster.

„Das ist Notre-Dame“, rief Madame Larette, die hinter ihnen saß. „Der Turm auf der linken Seite ’eißt Butterturm.“

„Das ist ein ungewöhnlicher Name“, meinte Betty.

„Es gibt dazu auch eine ungewöhnliche Geschichte“, antwortete Madame Larette. „Die reichen Leute der Stadt ’aben ihn bezahlt, um das Privileg zu ’aben, in der Fastenzeit Butter essen zu dürfen!“

Der Busfahrer fuhr sie direkt zum Theatre des Arts, wo sie ausstiegen und den Großteil ihres Gepäcks im Bus ließen.

Das moderne Gebäude wurde hauptsächlich als Musikschule genutzt, aber die Kinder und Lehrer des Internats Hohenstein waren erfreut, dass die Bühne größer und weniger rutschig war als die letzte, auf der sie getanzt hatten.

Auf die Ballettstunde, die Madame Larette abhielt, folgte eine Probe einiger Schwachstellen, die bei der Aufführung am vorigen Abend aufgetreten waren. Madame Larette versuchte besonders, Abigails Selbstvertrauen aufzubauen, und schlug einige Atemübungen vor, die sie machen konnte, bevor sie auf die Bühne ging. Schon bald tanzte Abigail viel freier und ausdrucksvoller, mit einem Großteil ihrer alten Spritzigkeit.

Dann wandte sich Madame Larette an Tina und fragte, ob sie weitere Atemprobleme gehabt habe.

„Nein, Madame, mir geht es jetzt gut", antwortete sie mit einem schnellen Knicks.

„Très bien", sagte Madame Larette. „Dann erwarte ich also 'eute Abend ein erstklassiges Solo von dir. Möchtest du es jetzt noch einmal durchge'en?"

„Oh ja, bitte", antwortete Tina.

Als das Tempo der Begleitung erst einmal abgestimmt worden war, fühlte sich Tina großartig und absolvierte den schnellen komplizierten Tanz ohne Probleme.

„Bravo!", rief Madame Larette am Ende von Tinas Solo und klatschte in die Hände. „Also nicht vergessen, so sollst du es 'eute Abend tanzen!"

Als sich die Mädchen wieder im Bus niederließen, um ihre Reise fortzusetzen, strahlte Tina immer noch vor Freude über Madame Larettes Lob. *Wenn ich das nur heute Abend so hinkriege!*, dachte sie bei sich.

Ihr neues Hotel war viel besser als das Belle Vue. Es lag an einer breiten gepflegten Straße und war viel komfortabler eingerichtet. Und was noch besser war: Das Essen war köstlich. Die Kinder holten nach, was sie in zwei Tagen mit fürchterlichem Essen verpasst hatten, indem sie sich zu Mittag richtig die Bäuche voll schlugen.

Nach dem Essen hatten sie eine Stunde zum Ausruhen und Kofferauspacken. Tina teilte sich diesmal ein Zimmer mit Betty, Poppy und Jule. Ausnahmsweise mussten sie nicht erst überredet werden, sich hinzulegen.

„Oaahhh", stöhnte Tina und ließ sich auf ihr Bett sinken. „Ich bin so voll, ich werde heute Abend niemals tanzen können."

„Das ist bis dahin gesackt", meinte Betty lachend. „Du musst vorher eh noch Platz finden für das Abendessen."

„Sprich nicht von *noch mehr* Essen!", rief Tina. „Ich frage mich, ob wir wohl auf unserem Zimmer bleiben dürfen, statt Sehenswürdigkeiten anschauen zu gehen."

„Glaube ich kaum", meinte Poppy. „Madame Larette will, dass wir von den Städten, die wir besuchen, so viel wie möglich sehen."

„Ja", fügte Jule schüchtern hinzu, „sie hat gesagt, dass wir uns alle wieder im Speisesaal treffen sollen, um Gruppen zu bilden."

Als es so weit war, wurden Tina und Betty Herrn Pfeifers Gruppe zugeteilt, zusammen mit Matthias und Tom. Betty hegte immer noch Verdacht gegen die Jungen und erwiderte kaum ihren Gruß, aber Tina war freundlich zu ihnen. Die

Gruppe begann, Rouen zu erkunden, und die Mädchen fanden verschiedene Läden und Gebäude, die ihr Interesse weckten.

Herr Pfeifer führte sie zu einer modernen Kirche und einem Denkmal für die Jungfrau von Orleans.

„Wir stehen jetzt auf dem Place du Vieux Marché“, verkündete Herr Pfeifer. „Dies ist der alte Marktplatz, auf dem die heilige Johanna auf dem Scheiterhaufen verbrannt wurde.“

Tina schauderte. „Grauenhaft“, murmelte sie Betty zu.

„Schaut euch mal die Fenster in der Kirche an“, wies er sie an. „Sind sie nicht wundervoll?“

„Sie sehen nicht modern aus wie das Gebäude“, meinte Betty und betrachtete die wunderbaren bunten bleiverglasten Fenster.

„Nein, da hast du Recht“, antwortete Herr Pfeifer. „Sie stammen aus einer Kirche aus dem sechzehnten Jahrhundert, die im letzten Krieg bombardiert wurde.“

Betty errötete, während ihr Lieblingslehrer mit ihr sprach, und wandte sich dann verlegen Tina zu.

„Ich wünschte, ich würde nicht immer so schnell rot“, flüsterte sie.

„Man sieht's nicht halb so doll, wie du vielleicht denkst“, antwortete Tina, während sie Herrn Pfeifer zur nächsten Sehenswürdigkeit folgten.

Sie gingen eine belebte Straße hinunter, die Rue du Gros-Horloge hieß und über die sich, wie der Name andeutete, ein sehr altes Uhrhaus mit einer gigantischen, reich verzierten Uhr spannte.

„Na, in dieser Straße hätte man wirklich keine Entschuldigung, wenn man zu spät kommt!“, witzelte Matthias, der von hinten an die Mädchen herangekommen war.

„Ach, verzieh dich, Matthias“, sagte Betty.

„Was hab ich denn gemacht?“

„Ist schon okay“, beruhigte ihn Tina. „Sie glaubt immer noch, dass ihr es seid, die ständig unsere Sachen in Unordnung bringen.“

„Wieso, ist das schon wieder passiert?“, fragte Matthias.

„Ja, gestern Abend in der Garderobe.“

„Merkwürdig, aber wie schon gesagt, nicht schuldig!“

„Ich glaub's dir“, sagte Tina.

Herr Pfeifer führte sie zu einigen Fachwerkhäusern, die rund um einen Innenhof voller Blumen standen.

„Dies ist Aitre St-Maclou“, erklärte Herr Pfeifer. „Seht euch das Fachwerk mal genau an.“

Als die Mädchen näher herangingen, sahen sie hunderte von Schnitzereien im Holz.

„Das sind alles ganz furchtbare Sachen!“, rief Tina erstaunt. „Totenköpfe und Knochen und Särge!“

„Sieh mal hier“, meinte Betty. „Das sieht aus wie Schaufeln und Hacken – ich seh da keine Verbindung.“

Herr Pfeifer, der ihre Unterhaltung mit angehört hatte, wusste die Erklärung.

„Das sind die Werkzeuge von Totengräbern“, erläuterte er. „Dies war vor langer Zeit ein Friedhof für Pestopfer.“

Viele der Schülerinnen und Schüler suchten sich Plätze auf den Bänken, die in dem hübschen Hof standen, und Herr Pfeifer ging zu ihnen, um ihnen von dem Friedhof zu erzählen.

„Ganz schön gruselig, oder?“, meinte Tina, als er gegangen war. „Aber auch faszinierend. Wollen wir uns mal die restlichen Schnitzereien auf der anderen Seite anschauen?“

Als sie um die Ecke kamen, sah Tina vor ihnen zwei Männer, die ihnen den Rücken zukehrten. Einer von ihnen trug ein blaues Barett und einen blau-weiß gestreiften Pullover. Tina schnappte nach Luft und zog Betty mit sich zurück in eine kleine Nische.

„Was …?“, begann Betty, aber Tina legte ihr einen Finger auf den Mund und flüsterte in ihr Ohr.

„Ich glaube, es sind die beiden Männer aus dem Andenkenladen in Amiens!“

Betty sah ungläubig aus und steckte ihren Kopf aus dem Versteck, um genauer hinzusehen.

„Ich bin mir nicht sicher“, murmelte sie. „Sie sind zu weit weg. Es liegt vermutlich nur an dem Barett und dem gestreiften Pullover. Ich hab auch schon andere Männer gesehen, die so angezogen waren.“

Tina riskierte auch einen Blick, ihr Herz klopfte wild. Die Männer standen an der Ecke und schienen angestrengt in den Innenhof zu schauen. Dort, wo sie standen, waren sie vom Innenhof aus nicht zu sehen.

„Sieht so aus, als ob sie Herrn Pfeifer und die anderen beobachten“, flüsterte Tina.

„Warum sollten sie das tun?“, wisperte Betty zurück.

„Ich hab keine Ahnung“, sagte Tina. „Ich wünschte, sie würden sich umdrehen. Dann könnten wir sehen, ob einer von ihnen eine Narbe hat.“

Tina lugte aus der Nische und zog schnell wieder den Kopf ein. „Sie kommen hier lang!“, zischte sie.

„Wir können genau hinschauen, wenn sie an uns vorbeigehen“, flüsterte Betty.

„Nein“, sagte Tina. „Ich will nicht, dass sie so nah an uns rankommen! Wir sollten besser rennen!“

Die beiden Mädchen sprinteten gleichzeitig los, weg von den Männern und zurück in den Innenhof und die Sicherheit der Gruppe.

Sie stießen mit Matthias und Tom zusammen, die gerade ihre Bank verließen.

„Warum die Eile?“, fragte Tom.

„Ihr seht aus, als wäre Dracula hinter euch her!“, rief Matthias.

Tina warf einen Blick zurück über ihre Schulter, aber die beiden Männer waren verschwunden.

„Keine Zeit für Erklärungen“, keuchte sie und zog Betty mit sich zu Herrn Pfeifer.

„Alles klar, Mädels?“, fragte er.

„Oh ja, danke, Herr Pfeifer“, antwortete Tina, die wusste, dass ihre Geschichte in den Ohren eines Lehrers ziemlich albern klingen würde.

Später, als sich die Mädchen vor dem Abendessen frisch machten, fragte Betty Tina, ob sie sicher sei, dass es die Männer aus Amiens waren.

„Ich meine, du konntest die Narbe nicht sehen, oder?“

„Ich glaube, ich bin sicher“, sagte Tina und musste über den Widerspruch lachen.

„Wir sind nicht nah genug an sie herangekommen", erinnerte Betty sie. „Vielleicht bist du einfach nur irgendwie auf sie fixiert. Es hätte eigentlich sonst wer sein können."

„Du glaubst also, ich bilde mir das alles nur ein?", fragte Tina etwas verstimmt. „Okay, ich werde versuchen, sie zu vergessen. Aber ich habe Sofie nicht vergessen. Ich habe einen Plan gemacht, wie wir ihre kleinen Tricks beenden können."

Betty stöhnte, musste aber bis nach dem Abendessen warten, um herauszufinden, was Tina sich nun schon wieder ausgedacht hatte.

„Eine versteckte Falle!", verkündete Tina, als sie die anderen Mädchen in ihrem Zimmer versammelt hatte. „Genau das, was wir brauchen, um uns vor weiteren Streichen zu schützen."

„Ich glaube, das ist eine gute Idee", meinte Poppy etwas zweifelnd. „Aber wird das keinen Ärger geben?"

„Nur wenn Sofie noch etwas probiert", antwortete Tina.

Das klang beruhigend, aber Betty wusste aus Erfahrung, dass Tinas Pläne ihnen oft Ärger einbrachten.

„Wir könnten stattdessen Wache halten", schlug Betty vor.

„Nicht, wenn wir im Theater sind und *Cinderella* tanzen", antwortete Tina verächtlich.

Innerhalb von fünf Minuten hatte Tina ihre Freundinnen so weit, das Hotel nach einem Eimer, einem Stück Holz und einem Seil abzusuchen, während sie die Falle auf dem Papier entwarf.

Als die Mädchen mit den Gegenständen, um die Tina gebeten hatte, wiederkamen, war sie so weit, dass sie ihren Plan in die Tat umsetzen konnte. Schon bald hatten sie eine Falle errichtet, die dazu führen würde, dass jemand, der in das Zimmer eindrang, von oberhalb der Tür einen Eimer kaltes Wasser über den Kopf bekommen würde.

„Perfekt“, sagte Tina und trat einen Schritt zurück, um ihren Entwurf zu bewundern. „Solange wir alle daran denken, die nötigen Sicherheitsmaßnahmen zu ergreifen, wenn wir reinkommen, kann gar nichts passieren.“

Zur rechten Zeit

„Mensch, ich hoffe, die Vorstellung heute Abend läuft besser als die letzte“, sagte Tina zu Betty, als sie nebeneinander im Bus saßen.

„Das wird sie schon“, antwortete Betty. „Besonders wenn Abi mehr Selbstvertrauen hat. Das wird auf alle anderen abfärben.“

Betty hatte sich aus dem Speisesaal ein Messer geliehen und fischte damit immer noch in ihrer Spardose herum, um die restlichen Geldscheine und Münzen herauszubekommen.

„Na ja, immerhin habe ich genug für ein paar Schokoriegel rausgekriegt“, meinte sie.

„Es ist nicht so einfach, was?“, bemerkte Tina.

Als das Ballett erst einmal angefangen hatte, konnte Tina sehen, dass Abigail die Nervosität der Premiere abgelegt hatte und die Rolle der Cinderella sehr überzeugend darstellte. Betty und Matthias waren aufgedrehter und witziger denn je und ernteten brüllendes Gelächter mit ihren erfolglosen Versuchen, die höfischen Tänze zu lernen.

„Das Publikum ist wirklich begeistert von den bösen Stiefschwestern“, flüsterte Tina hinter den Kulissen Poppy ins Ohr.

„Wünsch mir Glück, ich bin als Nächste dran." Poppy zog sich ihre schwarze Kapuze über den Kopf und beugte sich vornüber, um wie eine alte Bettlerin auf die Bühne zu humpeln.

„Davon krieg ich Rückenschmerzen", jammerte sie, bevor sie aus den Kulissen schlurfte.

Tina lachte vor sich hin. Wenn das Publikum bloß wüsste, was hinter der Bühne so alles vor sich ging! Sie machte ein paar *Pliés* und *Grands battements en cloche*, um sich für ihren eigenen ersten Auftritt aufzuwärmen. Das Band eines ihrer Ballettschuhe hatte sich gelöst und sie beugte sich hinunter, um es wieder zuzubinden. Dabei hörte sie ein schnappendes Geräusch und stellte mit Entsetzen fest, dass einer der Träger ihres Kostüms gerissen war.

Sie rannte zur Garderobe zurück und stieß unterwegs mit Wiebke zusammen.

„Das ist die falsche Richtung, Tina", sagte Wiebke.

„Mein Träger ist gerissen!", keuchte Tina und rannte weiter.

„Frau Westhoff ist in Garderobe zehn!", rief Wiebke ihr hinterher.

Diese nützliche Information ersparte Tina viel Zeit bei ihrer Suche nach der Lehrerin, die das Notfall-Nähzeug bei sich hatte.

Tina war so aufgelöst, dass sie kaum in Worte fassen konnte, was los war, als sie Frau Westhoff gefunden hatte. Aber die Lehrerin sah sofort, wo das Problem lag, und machte sich gleich mit Nadel und Faden an die Arbeit.

„Das ist weißer Faden", erklärte sie, „aber wir haben jetzt

keine Zeit, gelben einzufädeln. Auf der Bühne sieht das sowieso niemand. Na bitte, schon fertig! Du solltest dich besser beeilen!"

Das ließ sich Tina nicht zweimal sagen. Sie sprintete den Flur entlang zurück in die Kulissen und kam gerade rechtzeitig, um zu sehen, wie die drei anderen Feen ohne sie auf die Bühne gingen.

Sie schloss sich ihnen atemlos an und hoffte, es würde nicht zu seltsam aussehen, wenn sie als Erste vortrat, um Cinderella ihr Geschenk zu überreichen. *Cinderellas Geschenk! Oh nein!* Sie hatte das Ballkleid bei Teddy Edouard in den Kulissen gelassen, als sie davongerannt war, um ihr Kostüm reparieren zu lassen!

Sie hatte keine andere Wahl als die Bühne noch einmal zu verlassen und es zu holen. Glücklicherweise hatte der Pianist gesehen, dass sie noch nicht fertig war, und wiederholte die letzten Takte, um ihr Zeit zu geben, mit dem wunderbaren weißen Ballkleid über dem Arm wieder auf die Bühne zu kommen. Als sie Abigail das Geschenk reichte, hoffte sie, dass das Publikum ihre hochroten Wangen nicht sehen konnte.

Sie atmete tief ein und versuchte, sich zu sammeln. Ihr Solo war als Nächstes dran und in ihrem gegenwärtigen Zustand konnte alles Mögliche passieren. Während sie ihre Ausgangsposition in der Mitte der Bühne einnahm, vergaß sie die dunkle verschwommene Masse von Gesichtern vor ihr und rief sich ein Bild davon ins Gedächtnis, wie die Frühlingsfee auftreten sollte. Sie war sich ihrer Freundinnen um sie herum zwar immer noch bewusst, aber vom Gefühl her bewegte sie sich in einer anderen Welt, in der die Rolle, die sie tanzte, das Einzige war, das zählte.

Die Musik schien mit ihrem Körper zu verschmelzen und die komplizierte Fußarbeit erschien mühelos. Am Ende hatte sie das Gefühl, durch den Tanz geschwebt zu sein, und sie war nicht das kleinste bisschen müde. Sie erwachte erst aus ihrem tranceartigen Zustand, als lauter Applaus an ihre Ohren drang. War das für sie? Benommen sah sie nach vorn zum Publikum, knickste mechanisch und begriff erst jetzt, wie sehr ihnen ihr Tanz gefallen hatte.

Freudige Erregung flammte in ihr auf und sie schritt wie auf Wolken an den hinteren Bühnenrand, während Jule vortrat für ihr Solo als Sommerfee.

Im letzten Akt kamen die Feen wieder sehr gut an, aber beim Steppduett von Betty und Matthias wackelten die Wände.

Nach dem letzten Vorhang gab es wunderschöne Blumensträuße, nicht nur für Abigail und Poppy, sondern auch für die vier Feen und die beiden bösen Stiefschwestern. Matthias verzog das Gesicht, als er seinen Strauß in Empfang nahm, aber er blieb in seiner Rolle und vollführte einen ungelenken Knicks, bei dem er wild mit den Armen wedelte.

Als sie von der Bühne drängten, war das Erste, was Tina hörte, dass Matthias sich beschwerte.

„Warum haben sie mir bloß Blumen gegeben?“, moserte er. „Eine neue Schachtel Pralinen wäre viel besser gewesen!“

Tina und Betty lachten über seinen kläglichen Gesichtsausdruck. „Sie werden dein Zimmer aufheitern“, meinte Tina und drückte ihren Strauß stolz an sich.

„Ja, aber ich kann sie nicht essen, oder?“, brummelte er.

„Du wirst sowieso zu dick“, stichelte Tina und klopfte auf das gut gepolsterte Hinterteil seines Kostüms.

„Lass das“, sagte Matthias. „Hast du noch welche von deinen Pralinen, Betty?“, fragte er hoffnungsvoll.

„Keine Chance“, antwortete Betty.

Madame Larette und Herr Pfeifer kamen auf sie zu.

„Gut gemacht, alle zusammen!“, sagte Madame Larette.

„Es lag daran, dass ich mein Maskottchen mitgebracht habe“, meinte Tina und sammelte ihren Teddy von seinem Platz in den Kulissen auf.

Madame Larette lachte vor sich hin. Herr Pfeifer legte den Arm um Betty und Matthias.

„Und die beiden bösen Stiefschwestern waren zum Brüllen komisch“, sagte er. Er war besonders erfreut, dass der Stepptanz, den er für die beiden choreografiert hatte, so gut angekommen war.

Madame Larette lächelte ihm zu. „Sind Sie froh, mit uns auf Tournee gekommen zu sein?“, fragte sie.

„Hätte ich um nichts in der Welt verpassen mögen!“, antwortete Herr Pfeifer. „Ich muss schon sagen, das französische Publikum ist bislang äußerst freundlich gewesen.“

Madame Larette und Herr Pfeifer gingen in ihr Gespräch vertieft davon und ließen die Schülerinnen und Schüler zurück in die Garderoben gehen, um sich umzuziehen.

Tina war immer noch ganz aufgeregt von der Vorstellung und redete ohne Unterlass mit Betty, während sie sich abschminkte.

„Ich seh schon, wir werden die halbe Nacht wach gehalten werden“, bemerkte Poppy zu Jule.

„Ich könnte im Stehen einschlafen“, antwortete Jule.

Als alle Make-up-Spuren entfernt und alle Kostüme eingepackt waren, hatte auch Tina begonnen, zu gähnen. Ihre ganze Aufregung war verflogen. Ein müdes, schlappes Gefühl war an ihre Stelle getreten.

Sie kletterten alle erschöpft in den Bus.

„Na, ihr seid ja eine spaßige Bande!“, murmelte Frank, der Busfahrer, sarkastisch. Es war das erste Mal, dass Tina ihn überhaupt mit den Kindern sprechen hörte. Wenn er mit Madame Larette oder Frau Paul sprach, klang er immer schlecht gelaunt.

Auf dem Weg zurück ins Hotel kostete es die Tänzer große Mühe, die Augen aufzuhalten. Sie schleppten sich die Treppe hinauf und machten sich langsam auf den Weg den Gang hinunter.

„Ach, was mir grade einfällt!“, meldete sich Tina plötzlich zu Wort. „Die Falle!“

„Die hatte ich total vergessen“, gab Betty zu. „Wäre es nicht doof gewesen, wenn wir einfach reingerannt wären, ohne vorher das Seil abzumachen?“

Tina antwortete nicht. Sie war etwas vor den anderen an ihrer Zimmertür angekommen und war davor stehen geblieben.

„Was ist denn?“, fragte Poppy, die hinter Betty stand.

„Schhhh“, warnte Tina. „Die Tür ist nur angelehnt.“

Sie streckte die Hand durch den Spalt und fühlte nach dem Seil.

„Es ist abgemacht worden!“, flüsterte sie ihren drei Freundinnen hinter sich zu.

„Hat sonst noch jemand davon gewusst?“, fragte Jule.

Die anderen schüttelten die Köpfe.

„Ich kann niemanden im Zimmer hören“, stellte Tina fest. „Lasst uns reingehen.“

Sie stürmten alle gemeinsam hinein. Aber das Zimmer war leer. Und sehr nass. Irgendjemand war in die Falle getappt.

Betty stöhnte, während Poppy und Jule bestürzt um sich blickten. Der Eimer Wasser hatte nicht nur den Teppich geflutet, sondern auch zwei der Betten durchnässt.

Tina war jetzt hellwach und glühte vor Aufregung.

„Es hat funktioniert, es hat funktioniert!“, sang sie und hüpfte auf und ab. „Sofie muss komplett durchweicht worden sein!“

„Aber Tina!“, rief Betty, entnervt von dem ganzen Durcheinander. „Wir kommen dafür in Teufels Küche!“

„Es ist ja bloß Wasser!“, sagte Tina unbekümmert. „Das trocknet doch wieder.“

„Sofie kann es nicht gewesen sein“, warf Poppy ein. „Sie hatte heute Abend keine Gelegenheit dazu.“

Tina ließ sich auf ihr Bett fallen, das glücklicherweise trocken war, und kratzte sich am Kopf. „Mist, du hast Recht.“

„Also, wer zum Teufel war in unserem Zimmer?“, fragte Betty.

„Ich kann mir denken, was passiert ist“, sagte Poppy langsam. „Ein Zimmermädchen oder eine Putzfrau oder irgend so jemand ist hereingekommen und die Falle ist zugeschnappt.“

„Oh nein!“, rief Tina. „Die beschweren sich garantiert beim Manager über uns.“

„Ich wusste doch, dass uns das Ärger einbringt“, sagte Betty.

„Was machen wir denn jetzt?“, fragte Jule ängstlich.

„Man weiß gar nicht, wo man anfangen soll“, antwortete Betty und sah sich hilflos im Zimmer um.

„Wie wär's, wenn ihr den Eimer und das Seil verschwinden lasst, und ich schau mal, ob ich irgendwo einen Aufnehmer finden kann“, schlug Tina vor.

„Und ich ziehe die nasse Bettwäsche ab“, bot Poppy an. „Wo sollen denn Jule und ich heute Nacht schlafen?“

„Du kannst bei mir schlafen und Jule bei Betty“, meinte Tina. „Und morgen Früh hängen wir das Bettzeug aus dem Fenster. An der Luft wird es schnell trocknen.“

Als Betty mit Eimer und Seil in der Hand die Tür öffnete, wäre sie fast über Sofie gestolpert.

„Hi, ihr!“, sagte Sofie. Ihr Gesichtsausdruck veränderte sich schlagartig, als sie sah, in welchem Zustand das Zimmer war. Ein zufriedener Ausdruck glitt über ihr Gesicht.

„Was habt ihr denn angestellt?“, fragte sie.

„Och, nicht viel“, antwortete Tina schnell. „Kleiner Unfall mit einem Glas Wasser, das ist alles.“

„Ein eimergroßes Glas, wie's aussieht“, sagte Sofie. „Urghhh, der Teppich ist ja klatschnass. Jetzt habe ich ganz nasse Strümpfe!“

„Selbst schuld, was kommst du auch ungefragt herein“, entgegnete Poppy scharf. Dass Sofie ausgerechnet jetzt bei ihnen herumschnüffelte, fehlte ihnen gerade noch.

„Mmmm“, machte Sofie nachdenklich. Tina konnte sehen, wie sie zwei und zwei zusammenzählte. „Tja, ich sollte wohl besser gehen und ein Paar trockene Strümpfe anziehen. Bis später dann!“

Sie tapste den Flur hinunter und Tina seufzte. „Also, wenn uns die Putzfrau nicht schon verpetzt hat, wird Sofie es jede Minute tun. Du gehst besser und schaust mal, ob du einen Aufnehmer finden kannst, Betty. Und wir tun hier mit unseren Badehandtüchern, was wir können.“

Fünf Minuten später klopfte es an der Tür. Es klang offiziell.

„Herein!“, riefen sie.

Frau Paul betrat das Zimmer und runzelte die Stirn. „Das ist eine Schande!“, erklärte sie. „Wie ist das bloß passiert?“

Tina dachte, dass es das Beste wäre, die Wahrheit zu sagen. „Wir ... haben eine Falle gebaut, Frau Paul. Aber eine der Putzfrauen muss hereingekommen sein, während wir unsere Aufführung hatten, und ...“

„Aber warum?“, unterbrach Frau Paul sie.

„Na ja, es hat sich ein paarmal jemand an unseren Sachen vergriffen, und wir wollten dem ein Ende machen.“

„Danke, das reicht!“, donnerte Frau Paul. „Ich brauche wohl nicht zu fragen, wessen abwegige Idee das war!“

Sie blickte finster und vorwurfsvoll auf die errötende Tina.

„Hab ich's mir doch gedacht“, sagte Frau Paul. „Hast du denn völlig den Verstand verloren, Mädchen? Jemand hat sich an euren Sachen vergriffen, also wirklich! Dieses Benehmen ist absolut unakzeptabel – besonders in einem Hotel!“

„Es tut mir Leid, Frau Paul, ich habe nicht gedacht ...“

„Nein, du denkst nicht gerne nach, Christina, oder?“ Sie seufzte und betrachtete den Schaden. „Ich werde jemanden kommen lassen, der das nasse Bettzeug wegholt. Sind die Matratzen auch nass?“

„Unsere ja“, antwortete Jule und deutete auf Poppy und sich.

„In Ordnung, ihr beiden packt ein paar Sachen für die Nacht zusammen und kommt zu meinem Zimmer. Ich werde für euch irgendwie Platz in einem der anderen Räume finden.“

Sie blickte abschließend noch einmal durch das Zimmer und schnalzte missbilligend mit der Zunge. „Ich weiß wirklich nicht, was in euch gefahren ist! Habt ihr schon herausgefunden, wer in die Falle getappt ist und durchweicht wurde?“

„Nein“, antwortete Betty, „das haben wir nicht.“

„Nun, jedenfalls *keine weiteren* dummen Ideen, klar?“

„Ja, Frau Paul“, sagte Tina.

Als sie allein waren, machten sich Tina und Betty fertig zum Schlafengehen und vermieden dabei sorgsam die nasse Stelle mitten im Zimmer.

„Das heißt, Frau Paul ist nicht von den Hotelangestellten informiert worden“, stellte Betty fest. „Sie hat uns gefragt, ob wir wüssten, wer die Falle ausgelöst hat.“

„Nein“, stimmte Tina zu, „also bleibt nur das Fräulein Schnüffelnase selbst.“

„Ich frage mich nur, wer tatsächlich in die Falle getappt ist.“

„Es könnte immer noch eine Putzfrau gewesen sein. Eine mit Sinn für Humor, oder vielleicht eine faule, die keine Lust hatte, die Schweinerei aufzuwischen.“

Betty sah nicht überzeugt aus. „Oder vielleicht eine Katze?"

„Katzen können keine Türgriffe drehen, Betty!"

Wie auf ein Stichwort drehte sich der Knauf an ihrer Zimmertür, sodass sie beide gleichzeitig zusammenzuckten.

Abigail steckte ihren Kopf durch die Tür. „Ich wollte nur eben sagen: Mehr Glück beim nächsten Mal!"

„Das hatte mit Glück oder Pech nichts zu tun", antwortete Tina. „Sofie muss uns verpetzt haben."

„Oh nein", sagte Abigail. „Das hat sie mir nicht erzählt."

„Ich fürchte doch", meinte Betty. „Frau Paul hat gekocht vor Wut."

„Wenigstens konnte sie uns kein Nachsitzen aufbrummen!", sagte Tina.

„Also, ich werde nicht mehr mit Sofie reden", erklärte Abigail. „Sie sollte wirklich nicht rumgehen und Geschichten erzählen. Das ist furchtbar."

Tina und Betty sahen sich an. Das sah ganz nach einem Ab im Auf und Ab der Freundschaft zwischen Abigail und Sofie aus.

„Na, jedenfalls, bis morgen. Schlaft gut!"

„Danke", antwortete Tina.

„Und morgen Paris!", rief Abigail aus. „Der Eiffelturm, der Triumphbogen!"

„Oje, das hatte ich ganz vergessen!", entfuhr es Tina und sie riss die Augen weit auf.

„Du hast Paris vergessen?", fragte Betty.

„Nein, meinen *Geburtstag*", antwortete Tina. „Ich werde morgen dreizehn!"

Geburtstag in Paris

Tina wachte früh auf. Ihr erster Gedanke war: *Heute ist mein Geburtstag.* Und der zweite: *Ich wünschte, ich wäre zu Hause!* Geburtstage ohne ihre Familie waren irgendwie nicht dasselbe, und heute war sie sogar in einem anderen Land!

Aber ihr Anfall von Heimweh hielt nicht sehr lange an, denn Betty wachte fast zur selben Zeit auf und hüpfte mit einem kleinen Päckchen und einer Karte hinüber zum Bett ihrer Freundin.

Immer begeistert von Geschenken riss Tina ungeduldig das Papier auf und eine kleine Porzellanballerina in einem Kästchen kam zum Vorschein.

„Oh, sie ist wunderschön", sagte Tina atemlos und nahm die kleine Figur heraus, um sie aus der Nähe zu betrachten. „Vielen Dank, Betty!"

„Freut mich, dass sie dir gefällt", antwortete Betty und streckte sich ausgiebig. „Es wird ein ziemlich hektischer Geburtstag für dich werden. Ich schätze mal, wir sollten lieber anfangen zu packen."

„Ja, wieder unterwegs", sagte Tina. „Ist aber auch spannend, oder?"

Wie zur Antwort wurde die Tür aufgerissen und Poppy platzte ins Zimmer, Jule folgte ihr etwas langsamer.

„Herzlichen Glückwunsch!“, rief Poppy und umarmte Tina.

Die Mädchen hatten eine Karte für sie gebastelt und Poppy überraschte sie mit einem Geschenk, das sie hinter ihrem Rücken versteckt gehabt hatte.

„Es ist nur eine Kleinigkeit“, meinte Poppy.

Aber Tinas Augen leuchteten auf, als sie sah, dass es eine Schachtel Pralinen war. Sie reichte sie herum und versprach ihren Freundinnen Nachschlag, wenn sie in Paris angekommen waren.

„Ja, wir sollten uns lieber ans Packen machen“, sagte Poppy mit einem Blick auf ihre Armbanduhr.

Als Tina und Betty in den Speisesaal hinuntergingen, erwarteten sie fast, dass jeder Hotelangestellte, dem sie begegneten, ihnen Vorwürfe wegen der Falle machen würde. Aber auf dem ganzen Weg geschah nichts dergleichen und sie setzten sich erleichtert zu ihrem Frühstück mit Croissants und knusprigem Brot.

Einige ihrer Freundinnen und Freunde kamen zu ihnen, um Tina zum Geburtstag zu gratulieren, und als sie wieder im Bus saßen, schien jeder davon zu wissen. Zu Tinas Überraschung sangen sie „Happy Birthday“ für sie – sogar die Lehrer!

Sie machten es sich für die Fahrt von Rouen nach Paris bequem, einige mit ihrem Walkman, andere mit Büchern oder Zeitschriften, aber die meisten begnügten sich damit, sich mit ihren Nachbarn zu unterhalten.

Tina, Poppy, Betty, Jule und Abigail saßen auf der hintersten

Sitzbank. Im Laufe der Fahrt begann Tina, über die Männer nachzudenken, die sie beim Pestfriedhof gesehen hatten. Obwohl Betty sie nicht erkannt hatte, war sich Tina ziemlich sicher, dass es dieselben Männer waren, die sie in dem Geschäft in Amiens hatte streiten sehen.

Als sie so über den Tag in dem Laden nachdachte ... konnte es möglich sein, dass sie und Betty ausgesehen hatten, als seien sie reich und leichte Beute? Sie stupste Betty an.

„Kannst du dich noch an den Tag erinnern, an dem wir in Amiens Teddy Edouard und deine Spardose gekauft haben?"

„Ja?"

„Hast du an dem Tag irgendwas von deinem schicken Schmuck getragen?"

Betty dachte nach. „Könnte sein, dass ich meine goldene Kette und das Armband anhatte."

„Ja, jetzt wo du's sagst – das hattest du. Ich habe sie seitdem nicht mehr an dir gesehen."

„Ich habe sie am Tag danach Madame Larette gegeben, damit sie sie sicher für mich aufbewahrt. Das hat sie sogar selbst vorgeschlagen. Was soll das jetzt eigentlich alles?"

„Ach, nichts", sagte Tina ausweichend. Betty würde ihr nur wieder sagen, sie solle aufhören, über die Männer nachzudenken.

Ihr kam ein sehr unangenehmer Gedanke. Vielleicht waren es die Männer gewesen, die in ihr Zimmer eingedrungen waren und den Mechanismus der Falle ausgelöst hatten. Und vielleicht waren sie es auch die anderen Male gewesen, als ihre Sachen durchwühlt worden waren. Ein Angstschauer lief ihr über den Rücken. Sie konnte es Betty nicht länger verschweigen.

„Betty – was, wenn es die Männer aus Amiens waren, die gestern in unserem Zimmer waren?“

„Sei nicht albern, Tina. Nur weil du beim Pestfriedhof zwei Männer gesehen hast, die ihnen ein bisschen ähnlich sahen. Du steigerst dich da in was hinein.“

Tina sagte nichts mehr. Vielleicht hatte Betty Recht und es würde in Paris keine weiteren ungewöhnlichen Vorkommnisse geben.

Als der Eiffelturm in Sicht kam, erklang Freudengeschrei im Bus.

„Ich freue mich auf diesen Teil der Tour“, sagte Tina.

Sie sollten an Workshops in einer führenden Pariser Ballettschule teilnehmen und am zweiten Abend eine Gemeinschaftsvorstellung im berühmten George-Pompidou-Kulturzentrum geben.

Madame Larette hatte ihnen erzählt, dass sie dort ihr größtes Publikum haben würden – und zudem eines, das wahrscheinlich eine ganze Menge von Ballett verstand.

Sie erreichten ihr neues Hotel am Stadtrand von Paris gerade rechtzeitig für ein wunderbares Mittagessen, das aus Champignonsuppe, Knoblauchbrot und Käse bestand.

„Ohhh, das war lecker“, meinte Betty, als sie ihr Besteck auf ihrem leeren Teller ablegte. „Sieht aus, als hätten wir hier Glück.“

Ihr Hotel, das Parisienne, war jedoch nicht so komfortabel ausgestattet wie das in Rouen. Tina, Betty und Poppy stellten fest, dass sie sich ein kleines, ziemlich schäbiges Zimmer unter dem Dach teilen sollten, auf dessen lackierten Dielen ein kleiner verschlissener Teppich lag.

Als sie sich umschaute, fühlte Tina erneut Heimweh aufflammen. Sie beschloss, ins Erdgeschoss hinunterzugehen und vom Münztelefon aus ihre Eltern anzurufen. Ihr Geld schien wahnsinnig schnell verbraucht zu werden und sie konnte sich nur kurz mit ihrer Mutter unterhalten. Als sie auflegte, stellte sie fest, dass ihr Tränen in den Augen standen. Sie hastete an Gruppen von Schülerinnen und Schülern vorbei zurück in ihr Dachgeschosszimmer.

„Was ist denn los?", fragte Betty, die sofort merkte, dass etwas nicht stimmte.

„Nur ein bisschen Heimweh", antwortete Tina. „Ich hab's bis jetzt immer geschafft, meinen Geburtstag zu Hause zu verbringen. Mama bäckt mir normalerweise einen ihrer superleckeren Kuchen."

„Halb so wild", meinte Poppy. „Du machst an deinem Geburtstag das, was du am liebsten tust. Das ist doch was ganz Besonderes!"

„Du hast Recht", antwortete Tina. „Wenn der Workshop erst mal angefangen hat, wird's mir gut gehen."

„Mir würde es den Geburtstag total ruinieren", warf Betty ein. „Allein der Gedanke an zweieinhalb Stunden Ballettunterricht."

Tina lächelte. „Es gibt auch eine Ausdruckstanzstunde, keine Sorge."

„Aber keinen Stepptanz!" Betty zog eine Grimasse.

Die Mädchen machten sich fertig; sie zogen ihre Ballettanzüge und Strumpfhosen an, darüber die Trainingsanzüge. Dann flochten sie sich gegenseitig die Haare und steckten sie auf dem Kopf fest. Als sie ins Foyer kamen, wo sie sich mit den anderen treffen sollten, bemerkte Tina, dass sie etwas vergessen hatte, und sie machte sich auf den Weg zurück die Treppe hinauf.

„Hast du deine Ballettschuhe vergessen?“, rief Betty.

„Nein, Teddy Edouard!“, rief Tina zurück. „Wir können doch nicht ohne unser Maskottchen losgehen.“

Etwa eine Stunde später war sie dabei, sich in der Pariser Ballettschule aufzuwärmen, und fühlte sich viel fröhlicher. Sie waren in Gruppen eingeteilt worden. Zu Tinas Gruppe gehörten auch Poppy, Abigail, Wiebke und Sofie, aber leider war Betty nicht dabei, da sie in eine niedrigere Gruppe eingestuft worden war. Jede Gruppe bestand aus französischen und deutschen Mädchen.

Ihre erste Stunde wurde von Madame Larette geleitet. Damit gab es für niemanden Probleme, da Madame Larette Deutsch *und* Französisch konnte. Die Anweisungen dauerten nur etwas länger als sonst. Es war Madame Larettes Angewohnheit, immer sehr genau zu erklären, was sie wollte. Sie ging langsam und methodisch an die Dinge heran, im Gegensatz zu Frau Pauls blitzschnellen Kommandos, und es wurde rasch deutlich, dass die französischen Mädchen Madame Larette mochten. Während sie die *Pliés* und *Battements* durchgingen, die sie schon hunderte von Malen gemacht hatte, hellte sich Tinas Stimmung auf.

Die folgende Ausdruckstanzstunde wurde von Mademoiselle Jacques geleitet, einer schrecklich dünnen und ausgemergelt aussehenden Französin. Die Schülerinnen und Schüler lernten paarweise einen russisch angehauchten Volkstanz. Es waren wie üblich nicht genug Jungen da, sodass Tina Poppy als Partnerin bekam.

Der Tanz war wundervoll, mit großartigen, weit ausholenden *Pas de Basques* und Promenaden. Mademoiselle Jacques sprach ganz gut Deutsch, aber sie hatte eine sehr kurz angebundene Art. Tina bemerkte, dass einige der französischen Kinder Angst vor ihr zu haben schienen.

„Ich bin froh, dass wir die nicht in Hohenstein haben“, flüsterte Poppy.

„Ich auch“, flüsterte Tina zurück. „Dagegen erscheint einem ja selbst Frau Paul nett.“

In der anschließenden kurzen Pause gab es einige Beschwerden über Mademoiselle Jacques. Tina konnte Sofies Stimme über alle anderen hinweg hören. Sie klang ziemlich verärgert.

„Sprichst du eigentlich wieder mit Sofie?“, fragte Tina Abigail.

Abigail schüttelte den Kopf. „Ich habe ihr gesagt, dass ich das erst tue, wenn sie zugibt, dass sie euch hinterhergeschnüffelt hat, und sich entschuldigt.“

„Ich glaube, da kannst du lange warten“, meinte Tina.

In der nächsten Stunde lernten sie einen Ausschnitt aus einem Solo Julias aus *Romeo und Julia.* Ihre neue Lehrerin war Madame Fleurette, sie war klein, hübsch und nett. Sie versuchte gar nicht erst, Deutsch zu sprechen, daher mussten Tina und ihre Freundinnen sehr aufmerksam zuschauen und zuhören, um mit den französischen Mädchen mitzuhalten. Das war zwar sehr anstrengend, aber das störte Tina nicht. Sie war begeistert, so ein wundervolles Solo zu Prokofjews ausdrucksstarker Musik zu lernen.

In der ersten Schrittfolge, die es zu meistern galt, mussten sie in *Arabesque* auf die Spitze kommen. Dazu bedurfte es enormer Kraft im tragenden Bein und Fuß. Tina konzentrierte sich so sehr auf das, was sie gerade tat, dass sie zunächst gar nicht mitbekam, dass Madame Fleurette mit ihr sprach. Und selbst als sie es bemerkt hatte, konnte sie kein Wort verstehen außer *pieds.* Sie schaute auf ihre Füße. Sie schienen gestreckt und korrekt auswärts gedreht zu sein. Was war das Problem?

Aber dann sah sie, dass die Lehrerin lächelte und ihr zunickte, und sie begriff, dass sie ihr für ihre Fußstellung *ein Lob* ausgesprochen hatte.

Die Lehrerin schien sich statt Kritik Lob und Ermutigung zur Methode gemacht zu haben, was eine wohltuende Abwechslung war. Die meisten Mädchen schienen von der gelockerten Atmosphäre zu profitieren. Sofie indes schien es als Gelegenheit zu sehen, sich danebenzubenehmen, und meckerte ständig vor sich hin, wenn Madame Fleurette Anweisungen auf Französisch gab.

Dass die Lehrerin keine Notiz von ihr nahm, sah Sofie als Ansporn, Abigail zuzuflüstern: „Sie traktiert uns viel zu sehr! Ich bin total erschöpft. Wer will überhaupt Julias dämliches Solo lernen?“

„Sei still!“, zischte Abigail. „Sie ist eine wirklich nette Lehrerin.“

„Sie taugt nichts, wenn du mich fragst“, fuhr Sofie fort.

Eine ungute Stimmung verbreitete sich im Raum. Tina hätte Sofie zu gerne ein großes Stück Klebeband über den Mund geklebt.

Die halbe Gruppe musste in eine Ecke gehen, während die andere den ersten Teil des Solos durchging. Tina fand sich neben Sofie und Abigail wieder. Sie sah, dass Abigail sehr wütend war.

„Warum um alles in der Welt kann sie kein Deutsch?“, flüsterte Sofie.

„Mensch, jetzt halt endlich die Klappe!“, sagte Tina so laut sie konnte.

„Ja, halt die Klappe, Sofie“, fügte Abigail hinzu.

Madame Fleurette unterbrach den Unterricht. In perfektem Deutsch bat sie Sofie vorzutreten. Sofie wurde weiß wie die Wand, als ihr klar wurde, dass die Lehrerin jedes Wort, das sie gesagt hatte, verstanden haben musste.

„Du hast gestört und bist unhöflich gewesen, und ich möchte, dass du meinen Unterricht verlässt.“

„Es tut mir Leid, Madame“, stotterte Sofie und rannte mit kreidebleichem Gesicht aus dem Raum.

Der Rest der Stunde verlief ohne Probleme und Tina bedauerte es, als ihnen die Zeit ausging. Sie hatten das Ende des Solos nicht lernen können. Sie schwor sich, dass sie es eines Tages, wenn sie älter war, ganz lernen und vielleicht sogar auf der Bühne tanzen würde.

Tina war von dem ausgeprägten Können der französischen Mädchen in ihrer Gruppe sehr beeindruckt. Eine von ihnen schien ganz besonders herausragend, nicht nur technisch, sondern auch in ihrer Ausdruckskraft. Sie stand zufällig neben Tina und Poppy im Umkleideraum und stellte sich ihnen vor. Sie hieß Claudette und wollte wissen, wie alt sie seien.

„Zwölf“, sagte Poppy.

„Dreizehn – seit heute!“, sagte Tina.

Claudette sah überrascht aus. „Es ist dein *anniversaire* … ’eute? Mein *aussi*!“, rief sie aus.

Die drei Mädchen kicherten und unterhielten sich, halb auf Französisch, halb auf Deutsch, den ganzen Weg bis zum Speisesaal.

Die französische Ballettschule hatte ein sehr schönes Buffet für die Gäste angerichtet. Betty setzte sich zu Tina und ihren Freundinnen an den Tisch und erklärte, sie sei am Verhungern.

„Das ist ja nichts Neues!“, meinte Tina und lachte. „Hat dir der Unterricht Spaß gemacht?“

„Ausdruckstanz ja, Ballett nein. Unsere letzte Lehrerin war echt fürchterlich.“

„Wer war es denn?“, fragte Poppy.

„Mademoiselle Jacques“, antwortete Betty.

„Brauchst nichts weiter zu sagen“, meinte Tina. „Wir hatten Ausdruckstanz bei ihr.“

„Ach, ihr Armen“, stöhnte Betty. „Wir hatten Ausdruckstanz bei einem echt coolen Typ.“

„Oh, hat Herr Pfeifer etwa Konkurrenz bekommen?“, fragte Tina hinterlistig.

Betty errötete. „Oh nein, er ist kein Vergleich zu Herrn Pfeifer!“

„Hey, schaut mal“, sagte Poppy. „Da wird etwas reingebracht!“

Das allgemeine Stimmengewirr steigerte sich zu größter Erregung, als der Koch eine riesige Schokoladentorte hereintrug, auf der dreizehn kleine rosa Kerzen steckten. Der Leiter der Schule erhob sich und begrüßte die Gäste formell, zuerst auf Französisch, dann auf Deutsch, und verkündete, dass Claudette und Christina Geburtstag hatten.

Im ganzen Raum wurde *Bon anniversaire* und *Herzlichen Glückwunsch* gerufen. Allgemeines Gejohle begleitete Tina und Claudette, als sie vortraten und gemeinsam ihre Kerzen auspusteten.

Tina standen Tränen in den Augen, aber diesmal nicht vor Heimweh, sondern vor Freude. Ihr Geburtstag war doch noch ein ganz besonderer Tag geworden.

Kein Zutritt für Erwachsene

Die deutsche Schulgruppe kam an diesem Abend erst kurz vor elf zurück in ihr Hotel. Tina, Poppy und Betty taumelten ins Bett, sie waren sogar zu müde, sich zu waschen.

„Meine Beine bringen mich um", stöhnte Betty.

„Es ist aber ein toller Tag gewesen, oder?", meinte Tina gähnend. „Mir hat *La Fille Mal Gardée* wirklich gut gefallen."

Die französischen Schülerinnen und Schüler hatten das Ballett am Abend für ihre Gäste aufgeführt.

„Ja, ich hatte es noch nie gesehen", sagte Poppy. „Es ist wirklich lustig, oder?"

„Und war Claudette nicht Klasse?", rief Tina aus.

Die anderen stimmten ihr zu. Claudette hatte die Rolle der Lise, die weibliche Hauptrolle, mit großer Professionalität getanzt.

„Aber Lises Mutter war am besten", behauptete Betty.

Tina und Poppy lachten. Die Rolle war von einem der Schüler gespielt worden.

„Ich fand seinen Holzschuhtanz super", sagte Betty.

„Mhmm, ja, das hatte ich mir irgendwie schon gedacht!", entgegnete Tina.

„Ich bin froh, dass wir die Gelegenheit hatten, es zu sehen“, meinte Poppy. „Morgen Abend werden *wir* auf der Bühne stehen.“

„Ich bin ein bisschen nervös wegen morgen“, sagte Tina. „Es wird ein sehr großes Publikum sein.“

Die beiden Schulen würden ein gemeinsames Programm präsentieren: *La Fille Mal Gardée* in der ersten Hälfte und *Cinderella* in der zweiten.

„Wir müssen schlafen“, murmelte Betty.

Innerhalb weniger Minuten schliefen sie alle fest.

Der nächste Morgen war warm und sonnig – ideal für einen Stadtrundgang. Aber zunächst hatten sie Ballettunterricht und eine Probe, wieder in den Studios.

Tina lief zu Claudette, während sie auf die Ankunft der Lehrerin warteten.

„Du warst toll gestern Abend … ähm, *merveilleuse*!“

„Danke schön“, antwortete Claudette strahlend. „Und du bist heute Abend die wichtigste Tänzerin in *Cinderella*?“

„Nein, nein“, sagte Tina. „Abi da drüben ist Cinderella. Ich bin die Frühlingsfee.“

„Oh, das überrascht mich. Du bist so gut.“

Jetzt war Tina an der Reihe, sich zu freuen. „Danke! Und viel Glück heute Abend.“

„Wünsche ich dir auch“, antwortete Claudette.

Ihre gemeinsame Ballettstunde wurde wieder von Madame Larette geleitet. Tina fiel auf, dass Sofie nicht da war. Während der Pause mit Getränken und Keksen fragte sie Abigail danach.

„Sie hat gestern Abend eine richtige Gardinenpredigt von

Frau Paul bekommen“, antwortete Abigail, „und sie ist eine Gruppe runtergestuft worden.“

„Sprichst du jetzt wieder mit ihr?“

„Ja, habe ich heute getan“, antwortete Abigail verlegen. „Sie hat mir ein bisschen Leid getan.“

„Na ja“, meinte Tina, „ich glaube, sie ist inzwischen genug gestraft worden.“

Nach der Pause trennten sich die deutschen und die französischen Schülerinnen und Schüler, um ihr jeweiliges Ballett zu proben. Es würde keine Gelegenheit zu einer Probe im Pompidou-Zentrum geben, da es dort immer so viele Raumbuchungen gab. Das war zwar nicht ideal, aber die Kinder hatten sich schon an zwei Bühnen unterschiedlicher Größe gewöhnt, daher waren die Lehrer davon überzeugt, sie würden damit zurechtkommen.

Frau Paul leitete die *Cinderella*-Probe, die recht gut lief. Tina dachte, dass inzwischen alle im Schlaf wissen mussten, was sie zu tun hatten, und fragte sich deshalb, warum sie jetzt noch eine weitere Probe hatten. Aber Frau Paul war in Kritisierlaune und unterbrach einige Tänze mittendrin wegen kleiner technischer Fehler.

Tina hoffte, dass sie an ihrem Solo nichts auszusetzen haben würde. Sie machte sich Sorgen, dass sie das wieder um ihr Selbstvertrauen bringen könnte. Nervös begann Tina die Frühlingsvariation. Sie hatte große Schwierigkeiten, sich auf das, was sie tat, zu konzentrieren.

Frau Paul unterbrach sie ziemlich schnell.

„Wenn du deine Gedanken mal von Wassereimern weg auf

dein Tanzen lenken könntest, wäre das ein großer Fortschritt, Christina!“, rief sie.

Tina fuhr fort, aber Frau Paul unterbrach sie ständig. Sie war heilfroh, als diese Tortur endlich zu Ende war und sie in die Kulissen entfliehen konnte.

Der armen Wiebke erging es nicht viel besser. Sie kam in ihrem Herbst-Solo durcheinander und brach schließlich in Tränen aus, nachdem sie scharf zurechtgewiesen worden war. Dann war schließlich Sofies Stern-Solo kurz vor Ende des Balletts dran und Frau Paul begann sofort, Sofies *Port de bras* zu kritisieren.

„Die Arme sind genauso wichtig wie die Beine, Sofie“, erklärte Frau Paul. „Genauer gesagt ist jeder Teil des Körpers einer Tänzerin gleich wichtig. Benutz deine Arme. Benutz deinen Kopf und deinen ganzen Körper. Wir wollen doch keine Marionette sehen, oder?“

„Nein, Frau Paul“, sagte Sofie. Aber dann murmelte sie vor sich hin: „Ich bin es leid, dass es alle auf mich abgesehen haben.“

„Was war das, Sofie?“, fragte Frau Paul mit einem warnenden Unterton in der Stimme.

„Oh, nichts, Frau Paul“, sagte Sofie unterwürfig.

„Ich werde es nicht dulden, dass du vor dich hin murmelst, wenn ich mit dir rede, hast du das verstanden?“

„Ja, Frau Paul. Entschuldigung.“

Endlich war die Probe zu Ende. Die Mädchen gingen in den Speisesaal hinunter, um den Inhalt der Lunchpakete zu verzehren, die das Hotel für sie vorbereitet hatte. Tina fand ihr hart gekochtes Ei besonders lecker. Betty war als Erste fertig und beschwerte sich, dass sie immer noch hungrig sei.

„Hast du Geld dabei?“, fragte Tina.

„Ja.“

„Na, dann ist doch alles klar. Es wird genug Geschäfte geben, wenn wir uns heute Nachmittag die Stadt ansehen.“

Da es in Paris so viele interessante Dinge zu sehen gab und sie nur wenig Zeit hatten, ließ Madame Larette sie im Speisesaal abstimmen, wobei die Mehrheit für den Eiffelturm und einkaufen war. Nach der Besichtigung des Turms würde Madame Larette sie zu einem großen neuen Einkaufs- und Unterhaltungszentrum namens Forum bringen.

Bevor es losging, wurden sie wieder einmal in Gruppen eingeteilt, die je eine Begleitperson bekamen. Tina und ihre Freundinnen waren bei Frau Paul, was nicht gerade hoffen ließ; sie hatte übelste Laune. Sie würden sehr vorsichtig sein müssen.

Sie konnten den Eiffelturm während der ganzen Fahrt dorthin sehen. Madame Larette erklärte ihnen, dass man ihn in ganz Paris sehen könne.

„Als er in den 1880ern gebaut wurde“, sagte sie, „war er das höchste Gebäude auf der ganzen Welt!“

Als sie am Fuß des Turms ankamen, stellte Tina enttäuscht fest, dass es Warteschlangen am Eingang gab.

Glücklicherweise hatte das Wetter vom Morgen gehalten und sie verbrachten die Zeit in der Schlange damit, einem Puppentheater zuzusehen.

„Ach, ich liebe es, wenn das Krokodil die Wurst klaut“, rief

Betty und lachte ebenso sehr wie die kleinen Kinder vor dem Kasperletheater.

Endlich waren sie an der Reihe, in den Aufzug zu steigen und auf den Turm zu fahren.

„Das ist ja total Klasse hier oben!“, rief Tina aus. „Seht mal, man kann über ganz Paris schauen. Wir sind so hoch oben.“

„Das Puppentheater ist mir tausendmal lieber“, meinte Betty. „Ich mag keine Höhen.“

Als Nächstes ging Frau Paul mit ihrer Gruppe ins Forum, in dem es unwahrscheinlich viele Geschäfte gab, mehrere Kinos, ein Kindertheater, ein Holografiemuseum und ein Wachsfigurenkabinett.

Die Kinder bekamen die Erlaubnis, durch die Geschäfte zu bummeln. Tina kaufte ein paar kleine Geschenke, die sie ihrer Familie mitbringen würde – einen Miniatureiffelturm für ihre Eltern und einen Schlüsselring mit eingebauter Taschenlampe für ihren Bruder Max, aber sie konnte sich nicht recht entscheiden, was sie für ihre Schwester Hannah kaufen sollte, die für die meisten Geschenke noch zu klein war.

„Wie wär’s denn mit einem Kuscheltier?“, schlug Poppy vor.

„Das ist eine gute Idee“, stimmte Tina zu.

Sie fanden schnell ein Geschäft, das Kuscheltiere verkaufte. Betty fand dort einen Teddy, der genauso aussah wie Teddy Edouard.

„Ich glaube, ich werde ihn kaufen“, sagte sie. „Es wäre doch lustig, Zwillinge zu haben, oder?“

Tina sah sich den Teddy genau an. „Kein eineiiger Zwilling. Irgendwas ist anders an seinem Gesicht.“

„Wirklich? Ich kann nichts feststellen“, entgegnete Betty.

Tina suchte einen rosa Hasen aus und sie gingen mit den Kuscheltieren zur Kasse.

„Ich glaube, ich werde ihn Pierre nennen“, meinte Betty.

Sie gingen zurück zu Frau Paul.

„Die anderen sind noch einkaufen“, sagte sie. „Ihr könnt noch fünfzehn Minuten haben.“

Als sie wieder davonschlenderten, entdeckten sie einen großen Spielplatz gleich um die Ecke von dem großen Platz.

„Das sieht nett aus“, meinte Betty. „Wollen wir reingehen?“

Sie rannten wieder zu Frau Paul, um sie um Erlaubnis zu bitten.

„Nein, ich glaube nicht, Bettina. Ich möchte euch alle an einem Ort haben, sodass ich euch im Auge behalten kann.“

„Aber es ist doch gleich da drüben“, sagte Tina. „Wenn Sie aufstehen, können Sie den Spielplatz genau sehen.“

„Na dann, in Ordnung“, stimmte Frau Paul widerwillig zu, „aber schaut auf eure Uhr und seid bis vier Uhr wieder zurück, sonst bekommt ihr es mit mir zu tun.“

„Danke, Frau Paul“, antworteten die Mädchen im Chor, bevor sie zum Garten hinüberrannten.

Er war schön angelegt, aber das Beste daran war, dass Erwachsenen der Zutritt streng verboten war!

„Frau Paul kann hier nicht herkommen und uns auf die Pelle rücken!“, sagte Betty.

Es gab Schaukeln, Klettergeräte und viele andere Dinge, aber die Mädchen fühlten sich ein bisschen zu groß für alles, außer den Schaukeln.

„Das erinnert mich an zu Hause", meinte Tina. „Ich schaukele da immer noch oft auf der Schaukel im Garten."

Als Tina über die Blumenbeete hinwegblickte, setzte ihr Herz einen Schlag aus. Zwei Männer lehnten auf der anderen Seite am Zaun und starrten in ihre Richtung.

„Betty, sieh mal, beim Ausgang!", rief Tina. „Sind das nicht die Männer aus Amiens?"

„Oahh, nicht schon wieder, Tina", stöhnte Betty. „Die sind bei dir echt eine fixe Idee geworden!"

„Aber sieh mal genau hin!"

„Diese beiden da haben Bärte!", rief Betty aus. „Unsere beiden waren glatt rasiert. Was ist eigentlich mit dir los, Tina?"

„Aber ich weiß, dass sie es sind", sagte Tina. „Ich weiß es einfach irgendwie. Sie tragen wahrscheinlich falsche Bärte."

„Oh, Tina, du bist wirklich gut", sagte Poppy kichernd.

„Lach mich nicht aus", schnappte Tina. „Die beiden verfolgen uns aus irgendeinem Grund. Glaubt mir!"

„Sie haben nicht dieselben Sachen an", sagte Betty.

„Okay, wenn ihr mir nicht glauben wollt, dann gehen wir jetzt ruhig da rüber in ihre Richtung, und wenn wir nah genug dran sind, werden wir ja sehen, ob einer von ihnen eine Narbe hat oder nicht."

„Ja, das sollte es klären", meinte Poppy.

Tina war unwohl dabei, näher an sie heranzugehen, aber der Zaun, der sie von ihnen trennte, beruhigte sie ein wenig und auch die Tatsache, dass am Eingang ein Parkwächter war, der keine Erwachsenen hineinließ.

Die drei Mädchen taten so, als seien sie in ein Gespräch vertieft und sahen nicht zu den Männern hin, bis sie ziemlich nah dran waren. Als Tina dann aufschaute, beobachteten die Männer sie noch immer, was äußerst beunruhigend war. Die Mädchen gingen wieder weg und verglichen ihre Eindrücke.

Tina musste zugeben, dass sie aufgrund der riesigen buschigen Bärte, die die Männer trugen, keine Narbe sehen konnte.

„Aber ich würde um mein Leben wetten, dass diese Bärte falsch sind“, sagte sie. „Und ihre Statur und die Augen waren dieselben.“

„Was meinst du, Betty?“, fragte Poppy.

Betty zögerte. „Na ja, ich dachte erst, es ist nur wieder Tinas lebhafte Fantasie ... aber jetzt bin ich mir nicht mehr so sicher. Sie sahen den Männern aus Amiens schon irgendwie ähnlich. Und sie *haben* uns beobachtet.“

„Genau wie sie die anderen Schüler beobachtet haben, als wir sie in Rouen gesehen haben“, sagte Tina.

„Mann, ihr zwei macht einem ja richtig Angst“, meinte Poppy. „Kommt, es ist zwei Minuten nach vier. Wir sollten besser ziemlich fix zurückgehen, sonst bekommen wir was zu hören!“

„Warte mal“, sagte Tina und hielt Poppy zurück. „Sieh mal, wo sie stehen – direkt neben dem Ausgang. Wir müssen genau an ihnen vorbei.“

„Verstehe, was du meinst“, antwortete Betty. „Ich glaube, das ist keine besonders gute Idee.“ Sie drückte ihren neuen Teddy fest an sich.

„Oh nein“, stöhnte Poppy. „Das ist scheinbar ansteckend. Du bist ja fast genauso schlimm wie Tina.“

„Mir egal, was du sagst." Tina schob ihr Kinn vor. „Ich gehe nicht an diesen Männern vorbei."

„Also, ich nehme es lieber mit den Männern auf als mit Frau Paul", meinte Poppy.

„Ich weiß was", sagte Tina. „Wenn wir hinter den Schaukeln durchgehen, sollten wir über den Zaun klettern können. Seht ihr – da sind ein paar Büsche davor."

„Stimmt", sagte Betty. „Wir müssen aufpassen, dass uns der Parkwächter nicht sieht."

Sie hüpften hinüber zu den Schaukeln und versuchten dabei möglichst unschuldig auszusehen, dann sprangen sie blitzschnell durch die Büsche und kletterten über den Zaun. Sie rannten um den Garten herum davon und gelangten wieder zu dem großen Platz, auf dem Frau Paul und die anderen schon warteten. Die Männer waren ihnen nicht gefolgt.

„Ich glaube nicht, dass sie gesehen haben, wo wir hin sind.", meinte Betty.

„Nein, sie halten vermutlich immer noch am Ausgang nach uns Ausschau", kicherte Tina.

„Schhh", warnte Poppy. „Frau Paul schaut uns ganz finster an."

„Ich dachte, ich hätte euch Mädchen gesagt, dass ihr spätestens um vier wieder hier sein sollt. Es ist jetzt genau sieben Minuten nach. Ich hätte gut Lust, euch von allen weiteren Stadtgängen auszuschließen."

Die Mädchen entschuldigten sich, aber Frau Pauls schlechte Laune hielt an. Sie stritt sich sogar mit Frank, dem Busfahrer, weil der im Bus geraucht hatte.

„Zwei Miesepeter auf einem Haufen, wenn ihr mich fragt", sagte Betty, als sie Franks mürrische Antworten hörten.

„Ich bin froh, wenn wir wieder im Hotel sind", meinte Tina. „Diese Männer haben mir echt einen Schreck eingejagt."

„Was meinst du, warum sie uns verfolgen?", fragte Betty.

Tina dachte nach. „Vielleicht haben wir etwas aus dem Laden mitgenommen, von dem sie nicht wollten, dass wir es haben?"

„Aber wir haben nur deinen Teddy und meine Spardose gekauft!", sagte Betty.

„Und die Postkarten", fügte Tina hinzu.

„Meinst du, wir sollten Madame Larette davon erzählen?"

„Ich weiß nicht", antwortete Tina. „Ich würde es ihr gerne erzählen, aber, na ja, wir haben nicht viele Beweise, oder? Sie würde vermutlich denken, es ist nur meine Fantasie."

„Damit wäre sie nicht die Einzige", meinte Poppy.

„Schade, dass wir keine neue Falle bauen können", dachte Tina laut.

„Oh nein", sagte Betty bestimmt. „Ich werde es nicht riskieren, in diesen Ferien noch mal Ärger mit Frau Paul zu bekommen."

„Schon gut", seufzte Tina, „dann werden wir einfach unsere Augen und Ohren offen halten müssen, nicht wahr?"

Zwei Teddys

„Teddy Edouard, darf ich vorstellen: Teddy Pierre“, sagte Betty und schob die beiden Bären hin und her. Die Mädchen waren im Speisesaal des Hotels und warteten auf ihr Abendessen.

„Sie haben sich doch schon kennen gelernt“, sagte Tina.

„Sie sind sich aber noch nicht offiziell vorgestellt worden“, korrigierte Betty sie.

Madame Larette kam an ihren Tisch. „Ich möchte euch alle bitten, euch vor der Vorstellung ’eute Abend eine ’albe Stunde ’inzulegen. Sehenswürdigkeiten anschauen kann ziemlich ermüdend sein.“

„Und beängstigend“, fügte Tina hinzu, als Madame Larette zum nächsten Tisch weitergegangen war.

„Oh, erinnere mich nicht daran“, meinte Betty.

Als sie nach dem Essen wieder in ihrem Zimmer waren, versuchten die Mädchen, sich auszuruhen, aber es ging nicht.

„Wo ist diese Spardose?“, fragte Tina Betty.

„Hier ist sie“, antwortete Betty und stellte sie auf Tinas Bett.

„Hast du sie leer gemacht?“

„Ich glaube, ich habe das ganze Geld rausbekommen“, meinte Betty. „Es hat Ewigkeiten gedauert!“

Tina schüttelte die Spardose. „Na ja, da klappert nichts. Aber sie wäre gut geeignet, um etwas Kleines darin zu verstecken, oder?“

Betty fing an zu ahnen, was Tina durch den Kopf ging. „Nein, du kannst sie nicht auseinander nehmen. Davon würde sie kaputtgehen!“

Tina zuckte mit den Schultern. „Es ist deine Spardose. Ich würde nur gerne herausfinden, warum diese Männer uns verfolgen.“

„Aber wir wissen nicht sicher, hinter was sie her sind“, meinte Betty.

„Darf ich nicht doch eine neue Falle bauen?“, fragte Tina.

„Nein, kommt nicht infrage“, antwortete Betty.

„Ich verspreche auch, dass nicht wieder alles geflutet wird“, beteuerte Tina. „Wir müssen uns doch irgendwie schützen, oder?“

Betty und Poppy dachten darüber nach. „Ich schätze, du hast Recht“, gab Poppy widerwillig zu.

„Aber bring uns bitte nicht wieder in Schwierigkeiten, Tina“, fügte Betty hinzu.

Tinas Gesicht erhellte sich. „Ich geh mal schnell nach nebenan und frage Matthias, ob wir sein Buch ausleihen können.“

„Welches Buch?“

„Ihr wisst schon: *Verrückte Streiche.*“

Als sie damit zurück war, verbrachte Tina den Rest der Ruhepause damit, es durchzublättern.

„Ich hab genau das gefunden, was wir brauchen“, sagte sie

schließlich. „Aber ich glaube, ich werde die Jungs bitten, uns beim Bauen zu helfen."

„Ist das schlau?", fragte Betty.

Tina zuckte mit den Schultern. „Wir brauchen ein paar Stühle. Wenn wir aus ihren Zimmern welche leihen könnten, und vielleicht auch von Wiebke und Jule, dann müsste es eigentlich reichen."

„Dann müssen wir uns beeilen", meinte Poppy. „Wir haben nicht mehr viel Zeit, bis der Bus kommt, um uns zur Vorstellung zu bringen."

„Na dann los", sagte Tina. „Ich erklär's euch unterwegs."

„'abt ihr euch gut er'olt, Mädchen?", fragte Madame Larette, als sie mit ihren Kostümtaschen und Teddy Edouard ins Foyer hinunterkamen.

Der Bus wartete bereits vor der Tür und sie kletterten schnell hinein. Alle waren ein bisschen nervös wegen der bevorstehenden Aufführung, hauptsächlich, weil sie keine Gelegenheit gehabt hatten, auf der Bühne zu proben.

Als sie vor dem Pompidou-Zentrum hielten, verschlug es ihnen vor Überraschung die Sprache. Es war ein riesiges, hell erleuchtetes, knallbuntes, ultramodernes Gebäude. Aber das Erstaunlichste war, dass die Rolltreppen, Fahrstühle, Belüftungsschächte sowie Gas- und Wasserrohre alle *außen* am Gebäude waren!

Vor den Rolltreppen gab es Warteschlangen, und auf dem Platz vor dem Gebäude schauten viele Leute einem weißgesichtigen Pantomimen und ein paar Jongleuren zu, die dort unter freiem Himmel ihre Kunststücke vorführten.

„Da sind ja so viele Leute!“, rief Tina aus. „Ich hoffe, die kommen nicht alle, um uns zuzuschauen!“

Die Mädchen stellten erleichtert fest, dass sie als Künstler nicht Schlange stehen mussten. Schon bald hasteten sie durch eine Reihe von Türen zu der großen Garderobe, die sie sich mit allen anderen Hohenstein-Mädchen teilen würden.

Tina entledigte sich ihrer Kleidung und zog ihr Tutu an. Der Reißverschluss verhakte sich in der obersten Tülllage.

„Ach, Betty, kannst du mal schauen, ob du diesen Reißverschluss für mich zukriegen kannst?“, fragte sie, als Betty ihre gestreiften Strumpfhosen anzog.

Betty zerrte an dem Reißverschluss, um ihn freizubekommen, und zerriss dabei die oberste Tülllage.

„Oh, Tina, das tut mir Leid!“, rief sie, und beide betrachteten den Schaden.

„Ich geh wohl besser noch mal zu Frau Westhoff“, meinte Tina. „Keine Sorge. Es war nicht deine Schuld.“

Innerlich war Tina traurig, dass ihr Tutu eingerissen war, da es keine Möglichkeit geben würde, den Tüll so zu reparieren, dass man es nicht sah. Frau Westhoff tat mit Nadel und Faden ihr Möglichstes, aber selbst sie musste zugeben, dass sie nicht viel tun konnte, um den Schaden unsichtbar zu machen.

„Wenigstens ist es hinten, Christina, und auf der Bühne kann man solche Details sowieso nicht wirklich sehen.“

„Danke, Frau Westhoff“, sagte Tina und verließ das kleine Zimmer der Lehrerin. Sie war immer noch ein wenig traurig. Es war das erste richtige Tutu, das sie je besessen hatte, und es würde nie wieder so sein wie vorher.

Als Tina in die Garderobe der Mädchen zurückkam, sah Betty immer noch schuldbewusst und besorgt aus. Sie hatte am Tag zuvor etwas Nougat gekauft und bestand darauf, dass Tina alles nahm, als Entschädigung.

„Ich will das nicht, Betty!", sträubte sie sich.

„Ach los, bitte nimm's! Ich würde mich viel besser fühlen, wenn du's nehmen würdest."

„Also, wenn's sonst niemand will, nehm ich's", warf Wiebke dazwischen – frech kommt ja bekanntlich weiter.

„Ach, na gut", sagte Tina, als sie Bettys Gesichtsausdruck sah. „Ich nehm das Nougat, ich verteile es dann sowieso."

„Oh, lecker!", meinte Wiebke.

Fetzen der Musik vom Ballett der französischen Schule drangen in die Garderobe und zeigten ihnen, dass die Vorstellung begonnen hatte.

„Ich bin wirklich froh, dass wir heute Abend nicht als Erste dran sind", sagte Tina.

„Ich weiß nicht", meinte Jule. „So haben wir mehr Zeit, nervös zu werden."

Aber Poppy hatte vorgesorgt; sie zog ein Kartenspiel aus der Tasche, das ihnen für die nächste Stunde zur Unterhaltung diente.

Tina wartete vor ihrer Garderobe, um Claudette abzufangen, als sie nach dem Ende von *La Fille Mal Gardée* von der Bühne kam.

„Wie ist es gelaufen?", fragte sie, als Claudette kam.

„Bien", antwortete die Französin. „Sehr gut, glaube ich. Ich wünsche dir viel Glück!"

„Danke“, sagte Tina.

Während der Pause wurden alle deutschen Mädchen sichtlich nervös. Zum Glück erwies sich Tinas Nougat als nützliche Nervennahrung.

Dann war es Zeit für den Beginn ihres Balletts. Sie würden eine gekürzte Version aufführen, damit sie in nur eine Hälfte des Abendprogramms passte.

„Viel Glück!“, rief Madame Larette, als die Tänzerinnen und Tänzer der ersten Szene an ihr vorbei auf die Bühne gingen.

Cinderella lief sehr gut. Die Solos der Feen kamen alle gut an, und Tina war zufrieden mit ihrer eigenen Leistung. Madame Larette gab ihr die Erlaubnis, in den Kulissen zu bleiben und sich von dort die Ballszene anzusehen.

Die bösen Stiefschwestern brachen ihre eigenen Rekorde. Ihre Tänze mit den Höflingen waren zum Brüllen komisch. Im Gegensatz dazu war Cinderellas *Pas de deux* mit dem Prinzen graziös und bezaubernd. Ole übertraf sich selbst bei den Sprüngen im Tanz. Tina hatte ihn noch nie so hoch springen sehen. Aber dann kam die Katastrophe! Ole nahm Anlauf, drehte sich und sprang, schätzte den Abstand falsch ein, stürzte schwer und rutschte beinahe in den Orchestergraben.

Tänzer sind – genau wie Eisläufer – daran gewöhnt, zu stürzen und sich dann einfach wieder aufzurappeln und weiterzumachen, aber als Ole das versuchte, knickte sein rechtes Bein unter ihm ein, sobald er es belastete.

Der Vorhang wurde schnell geschlossen und Ole von der Bühne geholfen. Mitarbeiter des Balletts erschienen aus dem

Nichts. Inzwischen heulte Ole vor Schmerz. Matthias und Abigail versuchten, ihn so gut wie möglich zu trösten. Tina wurde losgeschickt, um Herrn Pfeifer zu suchen.

Frau Westhoff vermutete, dass er sich entweder eine Sehne gerissen oder irgendetwas gebrochen hatte. Sie riet Herrn Pfeifer, sofort mit Ole ins Krankenhaus zu fahren.

Tina fragte sich, ob sie nach dieser Krise nun wohl das Ballett zu Ende bringen konnten, aber dann sah sie Madame Larette ernsthaft mit Tom sprechen. Als Madame Larette sich entfernte, um eine Ankündigung zu machen, rannte Tina zu ihm hinüber.

„Tanzt du den Prinzen?“, fragte sie.

„Ja!“, antwortete Tom mit vor Schreck geweiteten Augen.

„Du schaffst das schon, keine Panik. Weißt du, bis wohin sie gekommen sind?“

„Ja, Madame Larette hat's mir gerade erklärt. Wünsch mir Glück, Tina. Ich hab total Schiss!“

„Viel Glück, Tom. Steck sie alle in den Sack!“

Die Szene wurde fortgesetzt und Tom schaffte es, erstaunlich fehlerfrei zu tanzen. Als Tina sich das Ganze aus den Kulissen ansah, war sie sicher, dass niemand merkte, wie nervös er in Wirklichkeit war. Abigail half ihm so viel sie konnte durch die gemeinsamen Stücke. Als er am Ende des Balletts von der Bühne kam, klopften Tina und Poppy ihm auf den Rücken.

„Du warst super, Tom!“, sagte Tina.

Sofie und die anderen Sterne folgten ihm von der Bühne. Sofie blieb genau in dem Moment neben ihnen stehen, als Matthias und Betty zu der Gruppe stießen.

„Gut gemacht, Tom!", sagte Matthias. „Das war eine super Leistung!"

Tom lächelte verlegen angesichts all dieser Aufmerksamkeit, die ihm zuteil wurde.

„War ja klar, dass du das sagen würdest, Matthias", warf Sofie ein. „Du bist schließlich sein Freund."

„Ich sag nur, wie's ist", meinte Matthias grinsend. Er weigerte sich einfach, sich von Sofie die Laune verderben zu lassen.

„Was für ein Quatsch!", rief Sofie. „Ohne Abi wäre Tom völlig aufgeschmissen gewesen. Sie hat ihn Schritt für Schritt mit durchgezogen."

Tina zuckte innerlich zusammen, als sie sah, wie sich Toms Gesichtsausdruck veränderte; sein ganzes Selbstvertrauen war verpufft.

„Wie kannst du so was sagen?", schrie sie Sofie wütend an. „Ist es dir völlig egal, auf den Gefühlen anderer Leute rumzutrampeln?"

„Ich lege nur Wert darauf, dass die *richtigen* Leute das Lob bekommen, das ist alles", sagte Sofie, warf ihren Kopf in den Nacken und stakste davon.

„Oaaahhh, diese Zicke", schimpfte Tina. „Sie macht mich absolut wahnsinnig!"

„Gib nichts drauf, Tom", sagte Betty. „Du hast das toll gemacht, glaub mir."

„Na ja, Sofie hat Recht. Ich glaube nicht, dass ich es geschafft hätte, wenn Abi mich nicht so gut geführt hätte", sagte Tom. „Wo ist sie überhaupt?"

„Sie ist losgerannt, um Madame Larette zu suchen und zu sehen, ob es irgendwelche Neuigkeiten von Ole gibt", antwortete Tina.

Bis sie wieder im Hotel waren, hatte Abigail sich erfolgreich eingeredet, dass Ole sich ernsthaft verletzt hatte. Sie war sehr besorgt, weil er noch nicht vom Krankenhaus zurück war.

„Man muss in der Notaufnahme immer Ewigkeiten warten", meinte Tina, „außer, man ist am Sterben."

Tina, Betty und Poppy machten sich auf den langen Weg hinauf zu dem Dachgeschosszimmer, das sie sich teilten.

„Diese Treppen werden nicht kürzer", meinte Betty. „Genau das, was man braucht, nach einem harten Abend auf der Bühne!"

Als sie den letzten Treppenabsatz erreichten, schob Tina ihre Freundinnen zurück um die Ecke.

„Ich glaube, wir haben Besuch", flüsterte sie. Sie bedeutete ihnen, ihre Kostüme und Taschen in einen Besenschrank am oberen Ende der Treppe zu stecken.

„Sind es die Männer?", fragte Betty leise.

„Sieht so aus", flüsterte Tina. „Sie versuchen, unsere Tür zu öffnen."

„Was machen wir denn jetzt?", zischte Poppy.

„Geh runter und hol Madame Larette und den Hotelmanager, wenn du ihn finden kannst", flüsterte Tina. „Wir lassen sie nicht aus den Augen."

„Okay", sagte Poppy, „aber mach keine Dummheiten, Tina, klar?"

„Nein, natürlich nicht!"

Poppy rutschte lautlos das Treppengeländer hinunter, während Tina und Betty aus ihren Schuhen schlüpften. Betty wagte einen kurzen Blick um die Ecke.

„Sie gehen gerade rein“, berichtete sie leise. „Warte, gleich schnappt die Falle zu!“

Sie spitzten die Ohren und wurden kurz darauf mit lautem Gepolter und Krachen belohnt.

„Sie sind gegen den Falldraht gestoßen!“ Tina kicherte aufgeregt. „Sollen wir reingehen?“

„Ich weiß nicht“, meinte Betty und wich zurück. „Sie sind vielleicht gefährlich. Ich glaube, wir sollten auf Madame Larette warten.“

„Mit zwei Stapeln Stühlen auf sich drauf werden sie wohl kaum gefährlich sein, oder?“, mokierte sich Tina.

Ihre Falle hatte daraus bestanden, direkt hinter der Tür zwischen zwei wackeligen Stapeln aus Stühlen eine Schnur zu spannen. Die Stühle waren so gestapelt, dass sie nach innen fallen mussten, sobald jemand gegen die Schnur stieß, sodass der Eindringling darunter begraben wurde.

„Los, komm, Betty. Schwächeln zählt nicht.“

Betty atmete tief durch. „Okay“, sagte sie. „Ich bin direkt hinter dir.“

Sie marschierten über den Flur in ihr Zimmer und fühlten sich dabei wie Polizisten, die eine Verhaftung vornehmen. Der Mann, der in Amiens ein Barett getragen hatte und der immer noch einen gestreiften Pullover trug, saß auf dem Fußboden und sah benommen aus. Der Mann mit der Narbe war jedoch schon wieder auf den Beinen und der Tür zugewandt.

„Allez, allez!“, schrie er die Mädchen an und scheuchte sie mit den Händen zur Seite. Er zog seinen Komplizen auf die Füße und rief ihm etwas zu. Er sprach zu schnell, als dass die Mädchen ihn hätten verstehen können.

„Ich geh hier nicht weg“, sagte Tina zu Betty und schob ihr Kinn vor, „bis Madame Larette mit dem Hotelmanager kommt.“

Betty sah unsicher aus. Der narbengesichtige Mann schaute schnell durchs Zimmer. Plötzlich stürzte er sich auf Bettys Bett und riss Teddy Pierre an sich. Während er irgendetwas zu dem anderen Mann sagte, kam er auf die Mädchen zu.

Tina versuchte mit allen Mitteln, ihnen den Weg zu verstellen, aber die Männer schubsten sie unsanft beiseite. Während sie auf den Treppenabsatz hinausstürmten, fand Tina schnell ihr Gleichgewicht wieder. Sie rannte hinter ihnen her und entriss dem Mann mit der Narbe den Teddy. Er drehte sich wütend um und stürzte sich auf sie.

In diesem Moment kam Poppy mit Madame Larette, Herrn Pfeifer und dem Hotelmanager um die Ecke. Die Männer sahen sich um und schubsten die Mädchen aus dem Weg, dabei rissen sie Teddy Pierre wieder an sich. Sie rannten den Korridor entlang davon.

Betty lief völlig außer Atem den Korridor hinunter, den Männern auf den Fersen.

„Sie können nicht fliehen“, sagte Poppy. „Wir haben ihnen den Weg zur Treppe abgeschnitten.“

Aber der übergewichtige Hotelmanager sagte zwischen keuchenden Atemzügen etwas zu Madame Larette.

„Das Oberlicht!", rief sie.

Sie sprinteten alle los, aber die Männer hatten einen Vorsprung. Ihre Verfolger kamen gerade noch rechtzeitig, um das letzte Paar Beine durch das Fenster nach oben verschwinden zu sehen. Herr Pfeifer versuchte erfolglos, sich an die Füße des Mannes zu hängen, schaffte es aber nur, ihm einen Schuh auszuziehen.

Dann half der Hotelmanager Herrn Pfeifer mit einer Räuberleiter hinauf. Er zog sich sportlich durch das offene Dachfenster.

„Schade, dass Betty das verpasst hat!", meinte Poppy, als er verschwand.

Aber Tina war schon wieder in Bewegung. „Hilf mir hoch, Poppy!"

„Und was glaubst du, wo du hingehst, junge Dame?", fragte Madame Larette.

„Aufs Dach!", antwortete Tina, als wäre das die selbstverständlichste Sache der Welt.

„Oh nein, das tust du nicht", erwiderte Madame Larette.

Inzwischen waren unten von der Straße Polizeisirenen zu hören.

„Was ist denn da los?", rief Tina. „Sollte ich nicht vielleicht nachschauen gehen, ob mit Herrn Pfeifer alles in Ordnung ist?"

Wie zur Antwort kamen Herrn Pfeifers Füße und Beine durch das Dachfenster gebaumelt. Er sprang auf den Treppenabsatz hinab. Tina hatte nicht bemerkt, dass Betty von hinten an sie herangetreten war.

„Oh, ist er nicht sportlich?“, flüsterte sie bewundernd in Tinas Ohr.

„Ist mit dir alles in Ordnung, Betty?“

„Ja, sicher. Was ist …?“

„Schhh“, warnte Tina. Sie wollte nicht verpassen, was Herr Pfeifer gerade sagte.

„… sind weg, fürchte ich. Sie sind auf ein anderes Dach gesprungen. Mir war das da oben alles etwas zu unsicher, deshalb habe ich es den Polizisten überlassen. Auf der Straße wimmelt es nur so von ihnen.“

Nachdem Madame Larette dem Hotelmanager alles übersetzt hatte, eilten die drei Erwachsenen nach unten. Sie nahmen als Beweisstück den Schuh mit.

„Da haben wir ja Glück“, meinte Tina. „Wir können gehen und die Stühle aufräumen und keiner wird etwas merken.“

„Ich hoffe, die Polizei schnappt sie“, sagte Betty. „Ich bin gespannt, wann wir etwas herausfinden.“

„Na ja, statt nur hier rumzuhängen und uns das zu fragen, warum schauen wir nicht nach?“, schlug Tina vor.

Ihre Freundinnen gingen auf die Treppe zu.

„Nein, nicht da lang!“, rief Tina. „Auf der Straße werden wir nicht viel sehen. Lasst uns einen Blick aus dem Dachfenster werfen.“

„Aber Tina“, protestierte Betty. „Madame Larette hat doch gesagt, dass du nicht aufs Dach darfst.“

„Ach, wir gehen ja auch nicht aufs Dach“, sagte Tina beruhigend. „Wir stecken nur den Kopf aus dem Oberlicht, das ist alles.“

Betty und Poppy sahen sich an, aber ihre Neugier siegte. Mithilfe einer Räuberleiter von Betty zog sich Tina hoch und setzte sich auf den Fensterrahmen, aber Betty und Poppy gaben sich damit zufrieden, einen Stuhl zum Draufstellen zu holen.

Sie kamen gerade noch rechtzeitig, um zwei schattenhafte Figuren über eine weitere Lücke zwischen den Dächern springen zu sehen, auf das Dach eines anderen Hotels. *Sie verschwinden, wahrscheinlich in das Gebäude hinein*, dachte Tina. Zwei Polizisten erschienen auf dem Nachbardach, aber sie hatten die Männer verloren.

„Oh nein", stöhnte Tina, „ich glaube, sie haben die Polizisten abgehängt."

„Keine Sorge, Tina", meinte Poppy, „irgendwann müssen sie wieder raus auf die Straße kommen, und schau dir mal an, wie viele Polizisten da auf sie warten!"

„Ich hab irgendwie das ungute Gefühl, dass sie davonkommen werden."

Die Mädchen kehrten in den Korridor zurück und rannten zu ihrem Zimmer, um mit dem Aufräumen zu beginnen.

„Wenigstens wissen wir jetzt, worauf sie aus sind", meinte Tina und zog Teddy Edouard zusammen mit ihrem Kostüm aus der Besenkammer. Sie sah ihn scharf an. „Was für ein Geheimnis steckt in dir?", fragte sie.

„Ich wünschte, sie hätten meinen Teddy nicht mitgenommen", meinte Betty. „Ich habe ihn doch gerade erst gekauft."

„Und sie werden vermutlich platzen vor Wut, wenn sie feststellen, dass sie den falschen haben!", fügte Poppy hinzu.

„Was auch immer in Teddy Edouard versteckt ist, muss sehr viel Geld wert sein“, meinte Betty, „sonst wären sie uns nicht überallhin gefolgt.“

Tina fing an zu lachen.

„Was ist denn so komisch?“, fragte Poppy.

„Ich dachte nur gerade an die Falle mit dem Wassereimer. Die müssen sie auch abbekommen haben.“

Das leuchtete Betty und Poppy unmittelbar ein. „Sie müssen patschnass geworden sein!“, sagte Betty kichernd.

„Sollen wir den Teddy aufschneiden?“, fragte Poppy, als sie sich ausgelacht hatten.

„Noch nicht“, meinte Tina. „Lasst uns erst mal die Stühle zurückbringen. Ich habe das Gefühl, wir werden in nicht allzu langer Zeit Besuch von der Polizei bekommen.“

„Ja, klar“, sagte Betty. „Sie werden uns um eine Beschreibung bitten. Wir sind die Einzigen, die sie richtig gesehen haben.“

„Ich glaube nicht, dass die anderen mitbekommen haben, dass sie deinen Teddy mitgenommen haben, Betty“, fuhr Tina fort. „Es ist alles so schnell gegangen.“

„Ist das wichtig?“

„Ja. Ich möchte, dass du es für dich behältst“, antwortete Tina, „zumindest bis wir einen genauen Blick auf Teddy Edouard geworfen haben. Sonst ziehen sie ihn ein, oder?“

Die beiden anderen stimmten zu, Teddy Pierres Entführung vorerst für sich zu behalten. Als die Polizei zusammen mit Madame Larette erschien, saßen die Mädchen in einem vollkommen aufgeräumten Zimmer und spielten Karten, als wäre nichts geschehen.

Ein junger dunkelhaariger Mann in einem weißen Regenmantel, offensichtlich ein Kriminalkommissar, stellte ihnen in perfektem Deutsch Fragen. Tina, Betty und Poppy gaben sich Mühe, sie so wahrheitsgemäß wie möglich zu beantworten, und beschrieben ihr erstes Zusammentreffen in Amiens und alle Gelegenheiten, bei denen sie sie später gesehen hatten. Aber die Teddybären erwähnten sie gar nicht, weder den Kauf von Teddy Edouard noch die Entführung von Teddy Pierre.

Am Ende des Gesprächs stand der Kommissar auf und lächelte. *Er sieht sehr gut aus, wenn er lächelt*, dachte Tina.

„Keine Sorge", sagte er. „Wir kriegen sie. Wenn nicht heute, dann sehr bald."

„Was für ein Abend!", rief Tina, als sich die Tür hinter den Polizisten schloss. „Ich bin viel zu aufgedreht, um zu schlafen."

„Ach, ich weiß nicht", meinte Betty gähnend. „Ich glaube, ich könnte im Stehen einschlafen."

Tina ging hinüber zu der kleinen Gaube und zog einen der Vorhänge beiseite. „Komisch, wenn man sich vorstellt, dass die beiden irgendwo da draußen sind. Es sind immer noch ziemlich viele Polizeiautos auf der Straße. Ich hoffe sehr, dass sie sie heute Abend schnappen!"

Armer Teddy Edouard

Ole ärgerte sich schwarz, dass er die ganze Aufregung des Vorabends verpasst hatte. Als er kurz vor vier Uhr morgens in sein Zimmer gekommen war, war im Hotel längst wieder Ruhe eingekehrt.

Als Tina Ole beim Frühstück sah, saß er da und hatte sein verbundenes rechtes Bein auf einen zweiten Stuhl gelegt.

„Das musste ja auch ausgerechnet mir passieren", meinte er missgelaunt zu Abigail, Tom und Matthias. „Nicht nur, dass ich für den Rest der Tour nicht mehr tanzen kann, ich verpasse auch noch das ganze Abenteuer!"

„Wir haben nicht viel gesehen", meinte Matthias. „Tina und Betty waren mittendrin."

„Ich auch", warf Poppy dazwischen.

„Ich bin froh, dass wir wenigstens am Bau der Falle beteiligt waren", sagte Tom. „Ich hätte ja zu gerne ihren Gesichtsausdruck gesehen, als ihnen die Stühle auf den Kopf gefallen sind."

„Der eine Einbrecher sah mitgenommen aus", meinte Betty, „aber der andere muss einen sehr harten Schädel gehabt haben."

„Meinst du den mit der Narbe?“, fragte Poppy.

„Ja, er ist der Finsterste“, meinte Tina.

„Und ein Dieb! Er hat meinen …“, Betty schlug sich die Hand vor den Mund und sah Tina schuldbewusst an.

„Ich wusste gar nicht, dass etwas gestohlen wurde“, sagte Matthias und sah interessiert aus.

„Wir haben's der Polizei nicht erzählt“, flüsterte Tina. „Ihr müsst uns schwören, dass ihr es für euch behaltet.“

„Ich schwöre“, sagten die Jungen im Chor.

„Ich auch“, fügte Abigail hinzu.

„Also, sie haben Bettys neuen Teddy mitgenommen – wir glauben, weil sie ihn mit meinem verwechselt haben.“

„Hast du deinen in Amiens gekauft?“, fragte Ole.

„Genau“, antwortete Tina. „In ihm steckt irgendetwas drin, das sie wiederhaben wollen.“

„Hast du nachgeschaut?“, fragte Abigail.

„Nein, ich brauche eine scharfe Schere, um ihn aufzuschneiden“, antwortete Tina.

„Ich habe eine“, sagte Abigail. „Du kannst sie nach dem Frühstück haben.“

„Super. Danke.“

„Meint ihr, die Polizei hat sie inzwischen geschnappt?“, fragte Tom.

„Noch nicht“, antwortete Tina. „Ich habe Madame Larette vorhin gefragt, und sie hat gesagt, sie hat noch nichts von einer Festnahme gehört. Irgendwie enttäuschend, oder?“

„Nicht so enttäuschend, wie für den Rest der Tour nicht tanzen zu können!“, jammerte Ole.

„Wenigstens ist es kein Bruch“, tröstete Abigail ihn.

„Ich weiß, aber eine Sehnenzerrung braucht Wochen, um zu heilen“, sagte Ole niedergeschlagen.

„Es sind ja nur noch zwei Vorstellungen“, meinte Tina, „und es ist ja nicht so, dass wir nicht ohne dich auskommen könnten.“

Sobald sie das gesagt hatte, wusste sie, dass es nicht die taktvollste Äußerung gewesen war, aber glücklicherweise nahm Ole es ihr nicht übel.

„Nein, Tom ist gut klargekommen“, sagte Abigail. „Auch wenn wir nicht so ein schönes Paar abgeben, glaube ich.“

Ole warf ihr ein strahlendes Lächeln zu.

„Hör auf, dir Sorgen zu machen, Ole“, sagte Tina. „Lehn dich zurück und ruh dich aus. Du kannst die nächsten paar Tage in Arras doch genießen. Richtig Ferien machen.“

„Ja“, sagte Matthias. „Lass dich von den Mädchen bedienen!“

Tina tat, als wolle sie ihm eine runterhauen. Aber sie freute sich, dass Ole schon eine ganze Ecke fröhlicher aussah.

Nach dem Frühstück ging Tina in Abigails Zimmer, um ihre Schere auszuleihen. Sie fand, dass Sofie misstrauisch dreinblickte.

„Wozu willst du die denn?“, fragte sie.

„Nichts weiter“, antwortete Tina und verließ schnell das Zimmer, bevor Sofie Gelegenheit hatte, ihr noch weitere Fragen zu stellen.

Oben im Dachgeschosszimmer waren Betty und Poppy hastig am Packen. Tina legte Teddy Edouard aufs Bett.

„Du solltest dich besser beeilen, Tina“, warnte Betty. „Unsere Zeit in Paris ist fast rum!“

„Hoffen wir mal, dass uns diese beiden Verbrecher nicht noch bis nach Arras verfolgen“, meinte Poppy.

„Wenigstens wird die Polizei unser neues Hotel und den Bühneneingang bewachen“, sagte Tina.

„Tut sie das?“

„Ja, hat mir Madame Larette heute Morgen erzählt. Sie hat gesagt, wir brauchen uns keine Sorgen mehr zu machen wegen dieser Kerle. Die Polizei wird uns beschützen.“

„Ich hoffe, sie hat Recht“, sagte Betty.

Tina hatte Teddy Edouard am Rücken aufgeschnitten und zog händeweise Füllmaterial heraus.

„Ich hasse es, dir das anzutun“, murmelte sie.

„Hast du schon was gefunden?“, fragte Poppy.

Tina schüttelte den Kopf. Sie schnitt den Teddy weiter auf, auch den Kopf, und holte selbst das letzte bisschen Füllmaterial heraus.

„Nein, da ist nichts“, sagte sie. „Ich weiß nicht, ob ich enttäuscht bin oder erleichtert.“

Die beiden anderen kamen zu ihr, um das Füllmaterial zu durchsuchen, aber ihre Suche blieb ohne Erfolg.

„Ist ja merkwürdig“, sagte Betty. „Warum im Himmel wollten sie dann unbedingt den Teddy? Meinst du, sie haben ihn einfach mitgenommen, um uns zu ärgern?“

„Ich weiß nicht“, meinte Tina. „Das Ganze ist ein Mysterium. Obwohl – vielleicht haben sie nach deiner Spardose gesucht.“ Sie sah Betty durchdringend an.

„Na gut, was soll's", sagte Betty seufzend. „Ich weiß ja, dass du nicht eher Ruhe geben wirst, bis du gesehen hast, was drin ist."

„Der einzige Weg, ans Innere ranzukommen, ist, sie aufzubrechen, fürchte ich", meinte Tina, nachdem sie die Spardose untersucht hatte.

Bevor Betty ihre Meinung ändern konnte, trat sie mit dem Absatz ihres Schuhs hart darauf, sodass das Plastikgehäuse zerbrach. Es gelang ihr, die beiden Hälften auseinander zu ziehen, dabei kam eine Banknote zum Vorschein, die im Geheimfach gesteckt hatte.

„Oh, seht mal!", rief Betty und ergriff den Geldschein. „Was haben wir denn da für Schätze?", fragte sie gespannt, aber die Aufregung wich gleich wieder aus ihrem Gesicht, als sie sah, dass es einer ihrer eigenen Fünf-Euro-Scheine war.

„Tut mir Leid, Betty", sagte Tina und hob die zerstörte Spardose auf. „Es war halt die einzige Möglichkeit, sicherzugehen."

„Na ja", meinte Betty bedauernd, „wenigstens bin ich fünf Euro reicher, als ich dachte."

Es klopfte an der Tür. Tina begann, die ziemlich traurig aussehenden Überreste von Teddy Edouard zu verstecken, aber Sofie kam ins Zimmer, bevor sie fertig war.

„Was machst du denn mit deinem Teddybären?!", sagte sie und schaute sich gründlich um. „Ich schätze mal, dafür wolltest du Abis Schere. Ich komme sie holen, damit sie sie in ihren Koffer packen kann."

Tina biss die Zähne zusammen und gab ihr die Schere. Sie

bezweifelte stark, dass Abigail Sofie auf diesen Botengang geschickt hatte, dachte aber, es wäre das Beste, nichts zu sagen.

„Sehr gut, Tina“, meinte Betty, als Sofie gegangen war. „Ich habe einen Ausbruch erwartet!“

Betty und Poppy halfen Tina, ihre Sachen zu packen, und schon sehr bald saßen sie alle im Bus auf dem Weg nach Arras.

„Habt ihr den Polizeiwagen beim Hoteleingang gesehen?“, fragte Matthias und lehnte sich über den Gang.

„Ja, haben wir gesehen“, antwortete Tina. „Ich wünschte nur, er würde uns nach Arras begleiten.“

Die Mädchen verbrachten den größten Teil der Reise damit, eingehend die Gesichter in den Autos zu studieren, die hinter dem Bus herfuhren.

„Ich glaube kaum, dass sie’s so offensichtlich machen würden“, meinte Matthias, als er begriff, was sie taten.

„Nein“, stimmte Tina seufzend zu. „Ich wüsste gerne, wie sie’s bislang geschafft haben, uns auf den Fersen zu bleiben!“

Bis sie ihr Ziel erreichten, war Tina eingenickt. Sie stolperte im Halbschlaf aus dem Bus und in ihr neues Hotel. Es war ein viel kleineres Haus als das Hotel in Paris und strahlte etwas Gemütliches aus. Tina freute sich, dass sie zusammen mit Betty und Poppy ein Zimmer hatte, aber da es ein größeres Zimmer war, mussten sie es auch mit Abigail und Sofie teilen.

Tinas Laune verdüsterte sich augenblicklich. Selbst an einem guten Tag war sie Sofies Gesellschaft leid, aber jetzt, mitten in diesem Abenteuer, konnte sie den Gedanken an Sofies Anwesenheit kaum ertragen. Und zu alledem waren sich Abigail und Sofie immer noch nicht richtig grün.

Während die fünf Mädchen ihre Koffer auspackten, herrschte eine angespannte Atmosphäre.

„Gucken wir uns in Arras irgendwelche Sehenswürdigkeiten an?“, fragte Betty, um die Stimmung aufzulockern.

„Glaube kaum, dass wir dafür viel Zeit haben werden“, meinte Tina. „Wir sind schließlich nur eine Nacht hier.“

„Und haben eine Probe und eine Vorstellung“, fügte Poppy hinzu und sah auf ihre Uhr. „Genauer gesagt müssen wir uns jetzt gleich auf den Weg zum Stadthaus machen!“

Tina fischte Teddy Edouards Fell und Füllmaterial aus ihrem Koffer. Er bot einen traurigen Anblick. Sie seufzte.

„Ich schätze mal, ich habe jetzt keine Zeit, ihn wieder zusammenzunähen.“

„Nicht wirklich“, stimmte Poppy zu.

„Wieso um Himmels willen hast du ihn zerschnitten?“, rief Sofie. „Hattest du einen deiner Wutanfälle?“

„Ganz bestimmt nicht“, schnappte Tina, aber ihr Tonfall schreckte Sofie nicht ab.

„Oder hast du nach etwas gesucht?“, fragte sie mit einem hinterlistigen Blick.

Das kam der Wahrheit viel zu nahe. „Mensch, kümmre dich um deinen eigenen Kram!“, schnauzte Tina. „Wenn du mich nicht endlich in Ruhe lässt, dann … dann …“

„Ja?“, bohrte Sofie. „Was dann?“

„Ich weiß nicht!“, gab Tina entnervt zu. „Aber ich lass mir was einfallen.“

Glücklicherweise wurden die Mädchen in diesem Moment in die Hotelhalle hinuntergerufen.

„Ihr werdet eure Trainingskleidung und einen Regenmantel brauchen“, sagte Frau Westhoff, die sie holen gekommen war. „Es hat gerade angefangen, zu regnen.“

„Fahren wir nicht mit dem Bus?“, fragte Abigail.

„Nein“, antwortete Frau Westhoff lächelnd. „Das Stadthaus ist gleich um die Ecke.“

Auf dem kurzen Spaziergang stieg Tinas Stimmung wieder, besonders als sie den Polizisten sah, der den Hoteleingang bewachte.

Als sie das Stadthaus betraten, wurden sie von zwei überdimensionalen Figuren begrüßt. Es verschlug ihnen die Sprache.

„Wow!“, meinte Betty. „Die müssen größer sein als die Riesen in Märchen!“

Die Mädchen wurden in einen großen Gemeinschaftsumkleideraum geführt, wo sie schnell ihre Gymnastikanzüge, Strumpfhosen und Ballettschuhe anzogen.

„Meine Haare sind heute Morgen eine Katastrophe“, jammerte Tina, als sie in den Spiegel schaute. Egal wie viel Haarspray sie draufsprühte, sie konnte einfach nicht verhindern, dass sich dünne Strähnchen aus ihren hochgesteckten Zöpfen lösten.

„Nimm dich vor Frau Paul in Acht“, sagte Poppy. „Sie leitet die Übungsstunde und die Probe heute Morgen. Ich habe gehört, dass es Madame Larette nicht gut geht.“

„Arme Madame Larette!“, rief Tina. „Sie hat sich bestimmt Sorgen gemacht wegen der Einbrecher!“

Die Freundinnen hofften, dass Frau Paul ein wenig nachsichtig sein würde angesichts der Tatsache, dass sie eine sehr störungs- und ereignisreiche Nacht gehabt hatten, aber es wurde sehr bald deutlich, dass das nicht der Fall war.

Sie ging fast sofort auf Tina los.

„Nur weil wir in einem anderen Land sind, heißt das noch lange nicht, dass ihr es euch erlauben könnt, unsere Hohenstein-Ansprüche zu missachten", sagte sie. „Deine Haare sind äußerst unordentlich, Christina. Bitte geh zurück in den Umkleideraum und ändere das."

Tina knickste und eilte davon. Sie schnappte sich Bettys Haargel und schmierte ihre Haare großzügig damit ein, bevor sie sie erneut zu Zöpfen flocht.

Als sie auf die Bühne zurückkam, hatte die Klasse bereits den Adage-Teil erreicht und Tina konnte diese Gelegenheit nutzen, ihre arg strapazierten Nerven zu beruhigen. Beim Tanzen ging es ihr fast immer besser.

Als die Stunde zu Ende war, machten die Mädchen Platz für die Jungen, die ihre Ballettstunde bei Herrn Pfeifer hatten. Ballett lag Herrn Pfeifer nicht ganz so sehr wie Stepptanz. Die Jungen waren allerdings schon sehr gut aufeinander eingespielt und wussten genau, was sie üben mussten.

Frau Westhoff verteilte die Lunchpakete, die das Hotel gepackt hatte, in den Umkleiden an die Mädchen.

„Ihr könnt genauso gut schon mal essen, während die Jungen auf der Bühne sind", schlug sie vor.

Ole, der genug davon hatte, die Übungsstunde der Jungen zu beobachten, kam in den Umkleideraum der Mädchen gehumpelt und machte es sich gemütlich. Nachdem ihm belegte

Brote und Knabberkram angeboten worden waren, machte er sich an ein vorgezogenes Mittagessen.

„Wenigstens werde ich heute gut essen", sagte er und sah schon fröhlicher aus. „Ich werde dann mit den anderen Jungen mein zweites Mittagessen zu mir nehmen."

Abigail lachte. „Dein Appetit ist ja offensichtlich bestens. Was macht das Bein?", fragte sie.

Als Antwort zog Ole ein schmerzverzerrtes Gesicht. Er fand langsam Gefallen daran, so viel Mitleid zu bekommen.

Während die Jungen Mittagspause machten, bekamen die Mädchen die Erlaubnis, auf den 75 Meter hohen Glockenturm des Stadthauses zu steigen.

„Gott sei Dank gibt's einen Fahrstuhl", sagte Betty, als sie, Tina, Wiebke und Poppy hineinstiegen.

„Klingt ein bisschen altersschwach", meinte Poppy. „Ich hoffe, er bleibt nicht auf halber Höhe stecken."

Als die Mädchen aus dem Fahrstuhl traten, sahen sie sich einer Wendeltreppe mit über dreißig Stufen gegenüber. Betty stöhnte.

„Komm schon, Betty", rief Tina über ihre Schulter, „das ganze Mittagessen müsste dir doch etwas Energie gegeben haben!"

„Wir sind ziemlich hoch oben.", stellte Wiebke fest, als sie an der Spitze des Glockenturms ankamen. „Und schaut euch mal diese riesige Glocke an!"

„Nicht so hoch wie der Eiffelturm, zum Glück", sagte Betty.

Die Mädchen schauten hinunter auf die Stadt, die wie eine ausgebreitete dreidimensionale Landkarte unter ihnen lag.

„Ob die beiden Männer wohl irgendwo da unten sind?“, meinte Tina plötzlich.

„Das bezweifle ich“, meinte Poppy. „Selbst wenn sie noch nicht gefasst worden sind, wird sie die Anwesenheit der Polizei bestimmt davon abschrecken, uns zu verfolgen.“

Als sie wieder unten ankamen, zog sich Tina in die Kulissen zurück, während die Hauptdarsteller das Ballett begannen. Von dort schaute sie zu, mit Tom neben sich.

„Wie fühlst du dich jetzt, wo du den Prinzen tanzen sollst?“, fragte Tina.

„Immer noch nervös“, antwortete Tom. „Heute Abend muss ich das ganze Ding machen, nicht nur das letzte Stück.“

„Na, immerhin hast du diese Probe.“

„Ja, Gott sei Dank. Mein Gedächtnis macht mir etwas Sorgen. Ich kann die Tänze noch nicht wirklich alle.“

„Wenn du die Musik hörst und siehst, was Abi macht, dann wirst du dich schon erinnern“, meinte Tina.

„Das hoffe ich ganz fest“, antwortete Tom.

Tina war überrascht, Madame Larette in die Kulissen kommen zu sehen. Sie knickste, und Tom verbeugte sich vor ihr.

„Geht es Ihnen jetzt besser, Madame?“, fragte sie.

„Ja, danke. Und wie sieht es mit dir aus? Das muss gestern Abend ein beängstigendes Erlebnis für dich gewesen sein.“

„Ach, mir geht’s gut“, antwortete Tina, „bin nur ein bisschen müde.“

„Ja“, sagte Madame Larette und sah besorgt aus. „Das ist zu viel für euch Mädchen. Ich bin froh, dass wir nach ’eute Abend nur noch eine weitere Vorstellung ’aben.“

„Irgendwelche Neuigkeiten von der Polizei?“, fragte Tina.

„Ich ’abe sie gerade vom ’otel aus angerufen. Immer noch nichts, fürchte ich!“

Unter ihrem selbstbewussten Äußeren verspürte Tina einen kleinen Angstschauer.

Als die Probe erst einmal lief, waren jedoch alle Gedanken an die Männer aus Amiens vergessen. Frau Paul sprintete in halsbrecherischem Tempo durch den ersten Akt, ging aber die Szenen, in denen der Prinz vorkam langsam und methodisch durch, sodass Tom ausreichend Gelegenheit hatte, seine Rolle zu lernen.

Die Probe dauerte länger als üblich, und als die Kinder ins Hotel zurückkamen, waren sie spät dran fürs Abendessen. Sie hatten nur eine kurze Ruhepause nach dem Essen, bevor es an der Zeit war, ihre Kostüme zusammenzusammeln für den Weg zurück zum Stadthaus.

Es regnete immer noch.

„Also, besonders frühlingshaft ist das nicht“, grummelte Betty, während sie die Pfützen auf dem Bürgersteig umgingen.

„Mir tun unsere Polizeiwachen Leid“, meinte Tina, „bei diesem Wetter draußen stehen zu müssen!“

Ein weiterer Polizist war vor dem Stadthaus postiert worden, neben dem Bühneneingang.

„Da fühlt man sich doch gleich sicherer, oder?“, meinte Poppy, während sie an ihm vorbei durch die Tür gingen.

„Viel Glück!“, rief Tina Tom zu, als er sich zusammen mit den anderen Jungen auf den Weg zu ihrer Garderobe machte.

„Danke, kann ich brauchen!“, rief Tom zurück.

Der erste Akt lief sehr gut. Als die Feen, allen voran Poppy, in die Kulissen abgingen, gratulierte Madame Larette ihnen allen.

„Das war bislang die beste Vorstellung“, meinte sie.

Tina eilte davon, um von Frau Westhoff Nadel und Faden zu leihen. Sie ging damit zurück in die Garderobe und fischte die Überreste von Teddy Edouard aus ihrer Tasche.

„Gut, dass Sofie auf der Bühne ist“, bemerkte Poppy, „sonst hätten wir gleich wieder den nächsten Streit.“

Tina stopfte das Füllmaterial wieder in den Bären und begann, die Rückennaht zuzunähen. Wiebke kam zu ihr herüber, um das Ganze in Augenschein zu nehmen.

„Sieht so aus, als ob du nicht viel nähst“, meinte sie.

„Ich stopfe höchstens mal meine Ballettschuhe“, antwortete Tina.

„Komm, ich mach das für dich“, bot Wiebke an.

Tina übergab die Arbeit dankbar. Wiebke machte es viel ordentlicher, als Tina es getan hätte.

„Ich glaube, ich schleich mich mal in die Kulissen und schaue, wie's Tom so ergeht“, meinte Tina, als Teddy Edouard sich selbst wieder ähnlicher sah, wenn auch nicht ganz so gleichmäßig ausgestopft wie vorher.

Sie kam rechtzeitig zu einem der wichtigsten *Pas de deux* des Prinzen mit Cinderella an. Tom schien sich bemerkenswert gut zu schlagen. Dann kam Abigails Solo. Tom ging in die hintere Ecke, genau dorthin, wo Tina stand, um auf sein eigenes Solo zu warten. Er sah Tina und flüsterte: „Was mache ich als Nächstes? Ich hab einen totalen Blackout.“

Tinas Gedanken überschlugen sich. „Du fängst an mit den beiden *Assemblés*, du weißt schon, die mit einem Ausfallschritt nach dem zweiten enden. Dann … ähm … kommen die *Sissones* und die Pirouetten und …“

Aber Abigails Solo war bereits vorbei und der Applaus ging langsam zu Ende.

„Keine Zeit mehr, Tom“, zischte Tina. „Einfach improvisieren! Viel Glück!“

Die Panik, die Tom ins Gesicht geschrieben stand, verschwand, als er während der Eingangstakte seiner Musik vortrat. Sein Gesicht fing automatisch an, zu lächeln, während er Tinas Anweisungen im Kopf folgte.

Tina beobachtete ihn mit Argusaugen. Nach den Pirouetten konnte sonst etwas passieren. Aber sein Lächeln wurde entspannter und Tina erkannte mit großer Erleichterung, dass ihm der Rest seines Solos wieder eingefallen war.

„Das hat Nerven gekostet“, sagte sie zu Poppy, die sich in den Kulissen zu ihr gesellt hatte. „Es ist so furchtbar für die zweite Besetzung, plötzlich einspringen zu müssen.“

„Na, wenigstens wird dir das nicht passieren“, meinte Poppy. „Wir haben nur noch die Vorstellung in Boulogne morgen Abend, und dann war's das!“

Versteckspiel

„Ich bin froh, dass der Rest der Vorstellung für dich gut gelaufen ist“, sagte Tina am nächsten Morgen beim Frühstück zu Tom. „Du hast total panisch ausgesehen, als du mir erzählt hast, dass du dein Solo vergessen hast!“

„Ich hatte auch Panik“, antwortete Tom.

„Ich könnte mich ans Nichtstun gewöhnen“, meinte Ole, der mit hochgelegten Füßen genüsslich an einem Croissant kaute. „Genau genommen fühlt es sich jetzt wirklich nach Ferien an.“

„Wir könnten alle eine kleine Pause gebrauchen“, sagte Tina. „Ich bin völlig alle.“

Madame Larette machte eine willkommene Ankündigung im Speisesaal. „Ich ’abe die ’eutige Probe in Boulogne gestrichen, um euch ein wenig mehr Zeit zum Ausruhen zu geben.“

Zur Belustigung der wenigen anderen Hotelgäste erhob sich allgemeines Freudengeschrei.

Der Bus sollte pünktlich um neun in Arras abfahren, daher mussten die Mädchen in Eile packen.

„Die Tour geht jetzt so schnell vorbei“, sagte Poppy und legte ihr wunderschönes weißes Feen-Kostüm in ihren Koffer.

„Ich weiß“, stimmte Tina zu. „Kaum zu glauben, dass schon Freitag ist.“

„Ich freue mich darauf, bald nach Hause zu fahren“, sagte Betty. „Ich hab die Nase voll von mysteriösen Männern!“

„Na, gestern haben wir sie ja nicht gesehen“, meinte Tina. „Die Polizei scheint sie verjagt zu haben. Schade eigentlich.“

„Was?!“, explodierte Betty.

„Ich meine, es ist schade, dass wir vielleicht nie herausfinden werden, wonach sie gesucht haben.“

„Also, ich kann damit leben, es nicht zu wissen“, meinte Betty, „Hauptsache, sie lassen uns in Ruhe.“

Bis zum Mittag hatten sie sich dann in ihrem neuen Hotel am Stadtrand von Boulogne eingerichtet und waren bereit für ihren letzten Nachmittag und Abend in Frankreich.

„Ohhh, superbequem“, sagte Betty und hüpfte auf ihrem Bett auf und ab.

„Pass bloß auf“, warnte Poppy. „Es ist ein altes Gebäude, der Fußboden kracht vielleicht durch.“

Nach einem leckeren Mittagessen wurden sie in zwei Gruppen eingeteilt, um sich die Sehenswürdigkeiten der Stadt anzusehen. Die Freundinnen wurden Herrn Pfeifers Gruppe zugeteilt – zu Bettys großer Freude. Der Bus brachte sie in die Innenstadt.

Sie fuhren durch einen ziemlich tristen Stadtteil mit modernen Betongaragen und Lagerhäusern. Aber der Fischerei- und Fährhafen sah deutlich lebendiger aus.

Der Bus hielt vor einem riesigen Tor in einer hohen und sehr alt aussehenden Mauer.

„Die Stadtmauer verläuft um den ganzen alten Stadtkern", erklärte Herr Pfeifer. Er machte mit Frank, dem Busfahrer, aus, dass er sie um vier Uhr wieder abholen sollte.

„Das ist ja ein schöner Teddy, den du da hast", sagte Frank, als Tina an seinem Platz vorbeiging.

„Oh, danke", antwortete Tina, überrascht, dass er zur Abwechslung mal freundlich war.

Innerhalb der Stadtmauer hatte man das Gefühl, in frühere Zeiten zurückversetzt zu sein. Die Freundinnen schlenderten durch kleine Gassen mit Kopfsteinpflaster. Dabei konnten sie die ganze Zeit die enorme Kuppel der Kathedrale sehen.

„Wie heißt die Kathedrale?", fragte Betty schüchtern Herrn Pfeifer.

„Notre-Dame", antwortete er. „Madame Larette hat erzählt, dass darunter ein ganzes Labyrinth von Gängen und Räumen ist und sogar die Überreste eines alten römischen Tempels."

„Können wir sie besichtigen?", fragte Betty.

„Später", antwortete der Lehrer. „Ich will euch erst den Markt zeigen."

„Ist euch aufgefallen, dass alle Kathedralen, die wir gesehen haben, Notre-Dame heißen?", meinte Tina zu Betty, als sie Herrn Pfeifer zum großen Freiluftmarkt folgten. Kaninchen, Geflügel, Kräuter, Ziegenkäse, Salat, Wildpilze und Blumensträuße wurden dort zum Verkauf angeboten.

Auf dem Markt wimmelte es von Menschen. Betty zog Tina zur Seite, um sich einen Stand anzuschauen, an dem lebende Kaninchen und Entenküken ausgestellt waren.

„Sind die nicht niedlich?", rief sie, als sie die kleinen gelben

Küken betrachtete. „Es ist so witzig, ihre Füße sehen immer viel zu groß für ihren Körper aus."

Der Verkäufer bot Betty an, eines in die Hand zu nehmen. Nach ihr nahm Tina das warme Federbüschel und fühlte das kleine Herz gegen ihre Finger schlagen. Sie nieste und Betty nahm ihr das Entenküken hastig wieder ab.

„Die Kaninchen sind auch Klasse", sagte sie bewundernd. „Welches gefällt dir am besten?"

Tina betrachtete sie alle genau.

„Ich glaube, das schwarz-weiße mit den Schlappohren."

„Sie heißen wirklich Schlappohrkaninchen. Ich wollte schon immer eins haben."

Tina lachte. „Damit dein Zoo noch größer wird!" Sie sah sich um. „Wo sind die anderen?"

„Ich hab gar nicht bemerkt, dass sie weitergegangen sind", sagte Betty und sah sich ebenfalls um. „Es ist auch schwer, in diesem Gedränge etwas zu sehen."

„Wir werden sie schon wieder finden", meinte Tina.

Sie wanderten über den Markt und sahen sich die Stände an, aber auf Herrn Pfeifer und den Rest der Gruppe stießen sie nicht.

„Meinst du, sie haben uns inzwischen vermisst?", fragte Betty, die anfing, sich Sorgen zu machen.

„Es ist aussichtslos, auf diesem Markt jemanden zu suchen", meinte Tina. „Lass uns zur Kathedrale gehen. Ich glaube, da haben wir größere Chancen, sie wiederzutreffen."

Sie gingen an Straßencafés vorbei, in denen viele Leute saßen und den Sonnenschein des frühen Nachmittags genossen, und traten wenig später in die stille, dunkle Atmosphäre der Kathedrale ein.

„Wow, es ist so friedlich hier drin nach dem Gewusel auf dem Markt“, flüsterte Betty.

Die Mädchen folgten einem Rundgang, betrachteten marmorne Grabmäler, ehrwürdige Statuen und riesige Gemälde. Mit einem Auge hielten sie Ausschau nach Herrn Pfeifer.

In der zentralen Kapelle hielten die Mädchen vor einer wunderschönen hölzernen Statue der Jungfrau Maria inne.

„Schau dir mal ihre Krone an“, flüsterte Tina beeindruckt. „Da sind lauter echte Edelsteine drin.“

„Ja, ich glaube, du hast Recht“, sagte Betty und sah genauer hin. „Ist sie nicht schön?“

Tina erstarrte plötzlich. Zwei Männer waren soeben in die Kapelle gekommen. Obwohl ihre Gesichter im Schatten waren, erkannte Tina sie sofort. Sie sah sich nach einem Fluchtweg um.

„Komm, schnell!“, zischte sie Betty zu und zog sie am Ärmel. „Die Männer aus Amiens!“

Während sie zum Ausgang auf der anderen Seite der Kapelle eilten, wurde Tina bewusst, dass der Kopf von Teddy Edouard oben aus ihrer Einkaufstasche herauslugte. *Sie müssen immer noch hinter ihm her sein*, dachte sie. *Aber warum?*

Als sie aus der Kapelle kamen, sah Tina sich um. Die Männer folgten ihnen. Wie konnten sie sie loswerden?

Sie bemerkte ein Schild, das eine Treppe hinabzeigte und den Weg zur Krypta und den Kellern wies.

„Hier runter“, sagte sie zu Betty. Sie flohen die Treppe hinunter und liefen in einen langen Gang. Glücklicherweise führten zu beiden Seiten viele andere Gänge davon ab. Das einzige Problem war, dass sie mit Seilen absperrt waren. Die Besucher sollten geradeaus in die Krypta aus dem elften Jahrhundert gehen. Das hielt Tina nicht auf. Sie sprang über eines der Seile auf der linken Seite und Betty gleich hinterher.

Die Kurven in diesem Seitengang bedeuteten, dass sie sicher außer Sichtweite waren, bis die Männer die Treppe hinabgekommen waren. Die Mädchen hielten an, um zu lauschen. Schritte hallten durch den Hauptgang.

„Sie sind vermutlich in die Krypta gegangen“, sagte Tina leise.

„Was machen wir jetzt?“, fragte Betty. „Den Gang erkunden?“

Irgendwie schien es besser, in Bewegung zu bleiben, auch wenn sie keine Ahnung hatten, wohin sie der Tunnel führen würde. Sie kamen an einer Reihe kleiner zellenartiger Räume vorbei und stießen dann auf einen weiteren Gang.

Stimmen vor ihnen warnten sie, dass sie sehr nahe an der Krypta waren. Tina wagte einen Blick um die letzte Kurve des Gangs. Sie zog ihren Kopf zurück und drückte sich flach gegen die Wand. Dann gingen sie und Betty langsam und leise zurück durch den Tunnel, bis sie außer Hörweite waren.

„Waren sie da?“, flüsterte Betty.

„Ja“, antwortete Tina. „Sie sind aus der Krypta gekommen und sind in einen Tunnel auf der anderen Seite des Hauptgangs gegangen.

„Oh nein!“, rief Betty. „Sie werden bestimmt alle Gänge absuchen. Ich hab Angst, Tina. Sollen wir hier abhauen, solange sie aus dem Weg sind?"

„Nein, das ist zu riskant", sagte Tina, „besonders, da wir die anderen vielleicht nicht finden werden. Wir müssen hier unten ein Versteck finden und warten, bis sie die Nase voll haben."

„Wie wär's mit der Krypta?", schlug Betty vor. „Da haben sie schon gesucht."

„Nein, wenn sie zurückkämen, wären wir in die Ecke gedrängt", sagte Tina. „Es gibt nur einen Ausgang. Wir nehmen besser einen anderen Gang und suchen ein gutes Versteck."

Betty zog eine Grimasse. „Aber das heißt, wir müssen wieder in den Hauptgang hinaus!"

„Nein, weißt du noch, dahinten treffen zwei Gänge aufeinander. Lass uns zurückgehen und die andere Abzweigung nehmen."

„Hoffentlich suchen sich die beiden nicht diesen Gang als Nächstes aus!", rief Betty mit einem Schauder.

Nachdem sie dem gewundenen Gang eine Weile gefolgt waren, fanden die Mädchen das perfekte Versteck. In einer kleinen Nische stand ein großes schwarzes Grabmal. Sie quetschten sich dahinter.

„Gut, dass wir schlank sind", flüsterte Tina.

„Was meinst du, wie lange wir hier bleiben müssen?", fragte Betty, die schon sehr bald ein Piksen und Kribbeln in ihren Beinen verspürte.

Tina lugte nach ihrer Uhr. „Noch eine Weile. Ich glaube, wir sollten bis kurz vor vier warten und dann losrennen. Dann wissen wir wenigstens, wo der Bus ist."

„Du denkst auch an alles“, meinte Betty.

Tina konnte nicht sagen, ob das sarkastisch gemeint war. „Hast du einen besseren Plan?“

„Nein, nicht wirklich“, gab Betty zu.

Die Minuten vergingen sehr langsam. Das Piksen und Kribbeln aus Bettys Beinen schien sich über ihren ganzen Körper ausgebreitet zu haben. „Ooooah!“, stöhnte sie.

„Spann die Muskeln in deinen Füßen und Beinen in einem regelmäßigen Rhythmus an und entspann sie wieder“, riet Tina. „Stell dir vor, dass du tanzt – das funktioniert.“

„Pah“, sagte Betty, aber nachdem sie es eine Weile probiert hatte, musste sie zugeben, dass es half.

„Können wir jetzt gehen?“, flüsterte sie.

Tina schaute erneut auf ihre Uhr. „Ja, ich glaube, wir können. Inzwischen müssten sie eigentlich aufgegeben haben.“

Als sie gerade ihr Versteck verlassen wollten, überkam Tina plötzlich ein komisches Gefühl. Sie zog Betty wieder neben sich nach unten und legte ihr einen Finger auf die Lippen. Jetzt konnten sie leise Schritte hören, die lauter wurden, als sie sich auf sie zubewegten. Tina fühlte, wie Betty neben ihr anfing zu zittern. Es waren die Männer, da war sie sich jetzt sicher. Sie konnte sie reden hören, als sie sich der Nische näherten.

Oh, bitte, geht vorbei!, versuchte Tina, sie mit Willenskraft zu lenken.

Stattdessen hielten die Schritte genau vor dem Grabmal an. Tina hörte das Geräusch eines Feuerzeugs und roch den Rauch, als die Männer sich Zigaretten anzündeten. Sie fing einen Fetzen ihrer Unterhaltung auf.

„… trop tard …“ Das heißt zu spät, dachte sie. Vielleicht waren sie drauf und dran, die Suche aufzugeben?

Los, bewegt euch!, befahl ihnen Tina mental.

Zur großen Erleichterung der Mädchen entfernten sich die Männer schnell den Gang hinunter. Trotzdem wagten es Tina und Betty weitere zehn Minuten nicht, sich zu rühren.

„Wir sollten jetzt besser gehen“, flüsterte Tina. „Ich hoffe nur, dass der Bus auf uns gewartet hat.“

„Was ist, wenn sie immer noch da sind?“, zischte Betty.

„Wir müssen es riskieren“, antwortete Tina. „Fertig?“

Sie zogen ihre Schuhe aus, stopften sie in Tinas Einkaufstasche zu Teddy Edouard und rannten lautlos durch das Labyrinth der Gänge. Glücklicherweise verliefen sie sich nicht und kamen am Fußende der Treppe raus.

Sie warfen einen Blick den Hauptgang hinunter, aber von den Männern war keine Spur zu sehen, also zogen sie ihre Schuhe wieder an und rannten die Treppe hinauf, zurück in den Hauptteil der Kathedrale.

„Ich glaube, wir haben Glück“, keuchte Tina, als sie durch das Kirchenschiff gingen. „Sie müssen weggegangen sein.“

„Na, Gott sei Dank!“, seufzte Betty, als sie ins strahlende Sonnenlicht und das geschäftige Treiben der Stadt hinaustraten. Sie machten sich schnell auf den Weg zu dem Stadttor, an dem sie mittags abgesetzt worden waren.

Sie waren erleichtert, als sie den Bus noch an der alten Stelle stehen sahen.

„Gleich geschafft“, meinte Tina.

Sie sprinteten durch das Tor und winkten Frank, dem Busfahrer, fröhlich zu, während sie darauf warteten, die viel befahrene Straße überqueren zu können.

„Das ist ja komisch", sagte Tina plötzlich. „Da ist ja niemand im Bus!" Sie sah prüfend auf ihre Uhr. „Viertel nach vier. Sie sollten längst hier sein."

„Lass uns Frank fragen", schlug Betty vor.

Als sie beim Bus ankamen, legte Frank gerade sein Handy beiseite.

„Da seid ihr ja!", sagte er. „Alle suchen nach euch! Sogar die Polizei!"

„Wo sind denn die anderen?", fragte Tina.

„Die suchen noch", sagte Frank. „Das Beste, was ich tun kann, ist, euch ins Hotel zurückzubringen, und die können dann der Polizei sagen, dass ihr in Sicherheit seid."

„Sollten wir nicht erst nach Herrn Pfeifer suchen?", meinte Betty.

„Nein, dann geht ihr nur wieder verloren", sagte er. „Ich bring euch zurück. Dann wissen wir, wo ihr seid."

Die Mädchen sanken in die bequemen Sitze, froh, auf dem Weg zurück zu Madame Larette zu sein. Tina sah aus dem Fenster und fiel fast von ihrem Sitz vor Überraschung.

„Da sind Abigail und Poppy!", rief sie. „Halt den Bus an, Frank!" Sie kletterte über Betty hinweg und rannte nach vorn.

„Wieso das denn?", grummelte Frank und fuhr einfach weiter.

„Da sind zwei von unseren Freundinnen!", schrie Tina. „Stopp, stopp!"

„Nur zwei, hast du gesagt?"

„Ja, Abi und Poppy. Bitte, halt an!"

Der Bus kam rumpelnd zum Stehen und wartete, während Poppy und Abigail die Straße hinunter darauf zuliefen. Sie fielen keuchend die Stufen hinauf und Frank startete sofort wieder den Motor.

„Mal langsam, Frank!", rief Abigail.

Doch der Busfahrer raste ohne Antwort los.

Abigail und Poppy gingen zu ihren Freundinnen und einige Minuten lang waren nur Kreischen und erstaunte Ausrufe zu hören, während Tina und Betty ihre Geschichte erzählten.

„Gut, dass wir gleich wieder im Hotel sind", meinte Tina.

„Ja, ich habe einen Mordshunger", stimmte Betty zu. „Angst macht mich immer hungrig."

„Alles macht dich hungrig", stichelte Tina. „Ich schätze, Frank wird gleich zurückfahren und die anderen holen."

„Ja, denke ich auch", meinte Poppy. „Herr Pfeifer hat mit allen ausgemacht, dass wir uns um fünf wieder am Haupttor treffen. Wir haben uns in kleine Gruppen aufgeteilt, zu zweit oder zu dritt, um nach euch zu suchen."

„Tja, und dann haben wir euch gefunden, nicht andersrum", meinte Tina.

Poppy lachte und sah aus dem Fenster. „An diese Straße kann ich mich gar nicht erinnern", sagte sie plötzlich.

Tina und ihre Freundinnen schauten aus dem Bus. Sie fuhren durch eine unbekannte Gegend außerhalb der Stadt – und das ziemlich schnell. Tina überkam ein ungutes Gefühl und sie erinnerte sich auf einmal an zwei Dinge. Zum einen daran, dass Frank den Teddy Edouard bewundert hatte. Und zum anderen daran, dass er mit seinem Handy telefoniert hatte, als er Tina und Betty vor dem Stadttor gesehen hatte.

Sie rannte ans hintere Ende des Busses und sah aus dem Rückfenster. Ein schwarzes Auto folgte ihnen. Es hatte getönte Scheiben, sodass man nicht sehen konnte, wer es fuhr.

Mit entsetzter Miene ging sie zu ihren Freundinnen zurück.

„Ich glaube, wir sind in eine Falle gelaufen!"

Überraschungen für Tina

„Frank muss mit den Männern unter einer Decke stecken“, meinte Tina. „Wir haben ihnen genau in die Hände gespielt.“

„Und du meinst, das sind sie da hinter uns?“, fragte Betty.

„Wer denn sonst?“, antwortete Tina düster. „Das Einzige, was wir tun können, ist zu versuchen, den Bus anzuhalten und wegzulaufen.“

„Aber wie sollen wir das machen?“, heulte Betty.

„Also, wir sind immerhin zu viert, und er ist alleine“, sagte Tina.

„Wir provozieren auf die Art vielleicht einen Unfall“, gab Abigail zu bedenken.

„Na ja, entweder wir probieren es, oder wir warten ab, dass Frank uns zu irgendeinem Versteck dieser üblen Typen bringt!“, sagte Tina. „Los, kommt, lasst es uns einfach versuchen. Besser nicht zu viel drüber nachdenken.“

Mit klopfendem Herzen ging Tina den Gang entlang nach vorn, gefolgt von ihren Freundinnen. Bevor Frank überhaupt begreifen konnte, was vor sich ging, hatten sie ihn schon umzingelt. Betty versuchte, an die Handbremse zu kommen, Tina griff ans Steuer und bemühte sich, mit ihrem Fuß die Bremse zu erreichen, während Abigail und Poppy Franks Arme festhielten.

Frank trat Tinas Fuß zur Seite und ein paar gefährliche Augenblicke lang fuhr der Bus in Schlangenlinien von einer Seite der Landstraße zur anderen, während eine Reihe von Händen um das Steuer kämpfte.

„Was glaubt ihr eigentlich, was ihr da macht?“, schimpfte Frank.

„Stopp! Stopp!“, rief Tina, der inzwischen Tränen übers Gesicht liefen. Aber Frank ließ sie nicht einmal in die Nähe der Fußbremse kommen. Er entriss ihr das Steuer; sie kamen von der Straße ab und holperten über den Grünstreifen. Sie fuhren geradewegs auf einen Baum zu. Abigail schrie und schlug die Hände vors Gesicht.

Endlich machte Frank eine Vollbremsung, aber nicht rechtzeitig, um die Kollision zu vermeiden. Er versuchte, das Steuer zu drehen, wurde dabei aber durch die Mädchen behindert, die immer noch daran hingen.

Mit einem Ruck krachte der Bus gegen den Baum. Alle wurden nach vorn geschleudert, aber Tina, Poppy und Betty gelang es, sich am Steuer festzuhalten.

Abigail hatte nicht so viel Glück. Sie wurde gegen die Windschutzscheibe geschleudert und prallte hart mit dem Kopf auf. Sie sackte auf den Boden und blieb dort bewegungslos liegen.

Als sie den ersten Schock überwunden hatten, beugten sich die drei anderen Mädchen über sie.

„Sie ist bewusstlos“, sagte Tina. „Wir sollten sie in die stabile Seitenlage bringen.“

Sie hoben Abigail sanft auf die Seite, während Frank die beiden Männer aus Amiens in den Bus ließ. Der Mann mit der Narbe kam als Erster herein. Er zählte einen Stapel Geldscheine ab und gab sie Frank.

„Danke", sagte Frank mürrisch, „aber diesen ganzen Ärger hatte ich nicht erwartet."

„*Où est le teddy?*", fragte der narbengesichtige Mann.

Die Mädchen schraken vor ihm zurück.

„*Le teddy*", wiederholte er drohend.

„In ihrer Tasche", sagte Frank, als sie nicht antworteten.

„Tasche?", sagte der Mann. Er ging durch den Bus, auf der Suche nach Gepäck.

„*Voilà*", sagte er und hob Tinas Einkaufstasche hoch. Tina raste durch den Bus, zu plötzlich, als dass die anderen Männer sie hätten zurückhalten können. Der narbengesichtige Mann hatte Teddy Edouard in der Hand. Mit dem Überraschungseffekt auf ihrer Seite riss Tina ihm das Spielzeug aus der Hand und rannte zurück zu ihren Freundinnen.

Aber weiter kam sie nicht. Selbst wenn sie irgendwie aus dem Bus gekommen wären, hätten sie Abigail nicht zurücklassen können.

Tina drückte Teddy Edouard eng an sich. Der Mann mit der Narbe kam den Bus entlang, dabei sprudelte ein wütender französischer Wortschwall aus ihm heraus. Tina bildete sich ein, über seine erhobene Stimme hinweg ein anderes Geräusch zu hören – eine Polizeisirene. „Wunschdenken!", sagte Tina sich.

Aber nein, da heulte tatsächlich von weitem eine Sirene.

Die drei Männer hielten inne und schauten sich um. Sie hatten es auch gehört. Sie brauchten nur in ihr schwarzes Auto zu springen und die Flucht zu ergreifen. Wie sollten drei Schulmädchen sie aufhalten?

Tinas Gedanken überschlugen sich. Sie wusste, wie entschlossen sie waren, Teddy Edouard an sich zu bringen, aus welchem Grund auch immer. Sie verließ sich darauf, dass die Männer sich nicht ohne ihn davonmachen würden. Alles, was sie tun musste, war, sie noch ein paar Minuten aufzuhalten. Sie war zwischen den beiden Franzosen gefangen. Sie kamen beide näher. Tina sprang auf den Sitz zu ihrer Rechten, riss das Schiebefenster auf und schleuderte Teddy Edouard hindurch. Die Männer fluchten und hasteten aus dem Bus, um ihn aufzusammeln.

Auch Betty und Tina sprangen hinaus. Frank versuchte nicht sie aufzuhalten. Jetzt, da er sein Geld hatte, interessierte ihn das Ganze nicht mehr. Er schien jedoch beunruhigt über die näher kommende Polizeisirene.

Er folgte den Mädchen aus dem Bus, stieg schnell in den schwarzen Wagen und fuhr in rasendem Tempo davon. Genau in dem Moment, als die Franzosen mit dem Teddybären zurückgerannt kamen.

Sie sahen wütend aus und wurden panisch, als der Polizeiwagen mit quietschenden Reifen um die Kurve und neben dem Bus zum Stillstand kam. Die Männer versuchten davonzurennen, aber drei Polizisten hatten sie bald in Handschellen.

Tina erkannte plötzlich, dass der vierte Polizist ihr freundlicher Kommissar aus Paris war. Er vergewisserte sich, dass die

Mädchen in Ordnung waren, bevor er per Funk einen Krankenwagen für Abigail rief.

Zwei der Polizisten brachten die beiden Franzosen zur nächsten Polizeiwache, während der andere bei Abigail blieb.

„Wir 'aben diese beiden Männer schon lange gesucht", erklärte der junge Kommissar.

„Schon vor dem Einbruch in unserem Hotel?", fragte Tina.

„Oh ja, schon lange vor'er. Aber wir waren sehr verwirrt weil wir nicht wussten, was sie von euch wollten."

Er hielt Teddy Edouard hoch.

„'ast du dies in dem Laden gekauft, in dem du sie zum ersten Mal gese'en 'ast?"

Tina nickte schuldbewusst.

„Das 'ättest du uns früher sagen sollen. Ihr 'abt euch in große Gefahr begeben!"

„Aber warum sollten sie meinen Teddy haben wollen?", brach es aus Tina heraus.

„Diese Männer sind Juwelendiebe", erklärte der Kommissar und betrachtete Teddy Edouard. „Ich se'e, du 'ast ihn schon aufgeschnitten."

„Ja", sagte Tina, „aber es war nichts drin!"

„Mmmm, ich frage mich …", murmelte der Kommissar. Er nahm ein Taschenmesser aus seiner Hosentasche und schlug damit hart auf eines von Teddy Edouards Augen. Das Plastikmaterial zerbrach und er schüttelte einen glänzenden weißen Edelstein heraus auf seine Hand.

„Ein Diamant!", rief Tina mit vor Überraschung weit aufgerissenen Augen.

„Und ich glaube, wir werden 'ier sein Gegenstück finden", sagte der Kommissar und brach das andere Auge auf. Er hielt zwei funkelnde Diamanten in seiner Hand.

„Wahnsinn!", sagte Betty.

„Kann ich meinen Teddy jetzt wiederhaben?", fragte Tina.

Der Kommissar schüttelte den Kopf. „Ich fürchte, er muss untersucht werden."

„Wir schauen besser mal, wie's Abi geht", meinte Tina. Der andere Polizist war schon bei ihr im Bus. Tina war erleichtert zu sehen, dass sie schon wieder aufrecht saß; sie sah ein wenig benommen aus, war aber wach genug, um genauso aufgeregt wie Poppy auf die Nachricht von den Diamanten zu reagieren.

„Denk doch mal", sagte Poppy, „du bist die ganze Zeit mit zwei wertvollen Diamanten herumgelaufen!"

Nachdem der Krankenwagen Abigail ins Krankenhaus gebracht hatte, wurden Tina, Betty und Poppy zur Polizeiwache gefahren, wo sie ihre Aussage machten über alles, was im Zusammenhang mit Frank und den beiden Verbrechern passiert war.

„Schade, dass der Busfahrer entkommen ist", sagte der Kommissar.

„Ach, ich war so fasziniert, plötzlich die Diamanten zu sehen, dass ich beinahe vergessen hätte, es Ihnen zu sagen", meinte Tina. „Ich habe mir die Nummer des schwarzen Wagens gemerkt."

Er lachte. „Ich glaube, wir müssen dir sehr dankbar sein. Das entschädigt uns ein wenig dafür, dass du uns bei unserem ersten Gespräch nicht die ganze Wahr'eit erzählt 'ast!"

Tina wurde dunkelrot. „'tschuldigung“, sagte sie. „Ich wollte einfach meinen Teddy nicht verlieren.“

Die Mädchen kamen wie Stars ins Hotel zurück. Wohin sie auch gingen, überall waren sie von Trauben von Mitschülerinnen und Mitschülern umringt, die aufgeregt Fragen stellten. Zunächst mussten sie aber Madame Larette und Herrn Pfeifer Bericht erstatten und ihnen alle Einzelheiten erzählen. Die Polizei hatte Frau Paul zu Abigail gebracht, damit sie bei ihr sein konnte, während Abi im Krankenhaus behandelt wurde.

„Wie geht's Abi?“, fragte Tina, sobald sie im Sturmfeuer der Fragen, das den Mädchen entgegenschallte, selbst eine Frage einwerfen konnte.

„Es wird wieder“, sagte Madame Larette. „Sie kommt morgen Früh aus dem Kranken'aus. Die Ärzte 'aben gesagt, dass sie wegen ihrer Ge'irnerschütterung zwei bis drei Tage Ruhe braucht, das ist alles.“ Sie lächelte. „Du weißt, was das bedeutet, nicht wahr, Christina?“

Tina sah sie verständnislos an. Die ganze Aufregung des Tages hatte sie ziemlich benebelt.

„Fühlst du dich in der Lage, 'eute Abend die Cinderella zu tanzen?“

„Heute?“, kreischte Tina.

„Wenn nicht, können wir die Vorstellung in Boulogne absagen“, sagte Madame Larette. „Ich 'abe vollstes Verständnis, wenn dich die Ereignisse des 'eutigen Nachmittags …“

„Nein, nein!“, rief Tina. „Ich wäre begeistert! Sie dürfen nicht absagen! Aber wer wird die Frühlingsfee übernehmen?“

„Ich 'abe schon mit Sofie darüber gesprochen – sie ist sehr, sehr zuversichtlich, dass sie die Rolle gut genug kennt." Madame Larette strahlte sie an. „Du bist ein echter Profi, Christina", sagte sie mit Wärme. „Ich wünsche dir ganz viel Erfolg in der Rolle!"

Das Abendessen und die kurze Ruhepause danach schienen wie im Traum vorüberzugehen. Tina ging im Kopf alle Tänze durch, die sie an diesem Abend vorführen würde. Sie machte sich auf die Suche nach Tom, um ihn nach ein paar Einzelheiten des *Pas de deux* zu fragen, bei denen sie sich nicht sicher war.

Sie probten die schwierigen Stellen gemeinsam auf dem Flur.

„Jetzt bin ich an der Reihe, panische Angst zu haben", sagte Tina.

„Ja, es ist schon komisch, dass dir das jetzt auch noch passiert", meinte Tom. „Ich fühle mich wie ein alter Hase."

„Du hast die Rolle des Prinzen so gut gelernt", stimmte Tina ihm zu, „ich verlass mich darauf, dass du mich durch den *Pas de deux* führst."

Tom grinste. „Hätte nie gedacht, dass sich jemand mal auf *mich* verlässt", sagte er.

Tina hörte, wie Herr Pfeifer allen zurief, sich fertig zu machen.

„Oh Gott!", sagte Tina. „Wo ist die Zeit hin? Mir ist ganz schlecht vor Aufregung."

„Du schaffst das, Tina, versprochen", antwortete Tom.

Als Tina in Cinderellas Lumpenkostüm geholfen wurde, konnte sie kaum fassen, dass es wirklich wahr wurde für sie. Sie stand allein auf der Bühne, der Vorhang war noch geschlossen, das Publikum verstummte, als der Pianist die Ouvertüre begann. Dann wusste sie, dass es an ihr war: Der Erfolg der letzten Vorstellung hing von ihr ab.

Tina hatte sich in ihrem ganzen Leben noch nie so stark konzentriert. Der Vorhang öffnete sich und sie begann, sich über die Bühne zu bewegen, dabei war sie sich der hunderte von Augenpaaren, die auf ihr allein ruhten, nur zu deutlich bewusst. Das Theater schien riesig. Tina war erleichtert, als die beiden bösen Stiefschwestern hereinwuselten und sich um einen seidenen Schal stritten.

Tina zog sich auf ihre niedrige Position am Herdfeuer zurück, glücklich, dass die Augen des Publikums zumindest für ein paar Minuten nicht auf sie, sondern auf Betty und Matthias gerichtet sein würden.

Aber nur allzu bald war der Seidenschal zerrissen und die bösen Stiefschwestern eilten wieder von der Bühne, immer noch streitend. Tinas Herzschlag setzte aus; jetzt kam ihr erstes richtiges Solo. Sie hob den zerrissenen Schal auf und begann einen verträumten Tanz. Tina musste das Publikum überzeugen, dass sie Cinderella war, die sich sehnlichst wünschte, zum Ball gehen zu können.

Ihre Nerven beruhigten sich, als der Tanz sie mitriss. Tina war Cinderella, und am Ende des Tanzes wusste sie, dass sie niemanden hatte hängen lassen.

Der erste Akt lief glatt, bis zur Verwandlung Cinderellas

durch die gute Fee. Diese erforderte einen blitzschnellen Kostümwechsel in das Ballkleid, aber Tina hatte diesen Kostümwechsel nie geprobt und jetzt musste sie ihn auf der Bühne machen, nur von den Feen verdeckt. Sie hatte zwei linke Hände – sie würde es nie in der kurzen Zeit schaffen, die die Musik für diesen Kostümwechsel gestattete! Wiebke sah, dass sie Schwierigkeiten hatte, und half ihr. Cinderella war genau im richtigen Moment fertig, um zum Ball zu gehen.

Mit dem wundervollen weißen Ballkleid, dem großartigen goldenen Umhang und der glitzernden Tiara fühlte sich Tina für den Rest des Balletts wie eine Prinzessin. Und mit Tom als rücksichtsvollem Partner stieg ihr Selbstvertrauen in ungeahnte Höhen.

Wenn ihre Füße am Ende des Balletts nicht so geschmerzt hätten, hätte Tina sich einreden können, dass sie tatsächlich in einem Märchen gewesen war. Aber ihre drei Blumensträuße waren real genug – und einer davon war von dem jungen Kommissar aus Paris!

Tina war überglücklich, als sie vortrat, um sich zusammen mit Tom zum letzten Mal zu verbeugen. Es war das erste Mal, dass sie eine Hauptrolle getanzt hatte, seit sie ins Internat Hohenstein gekommen war, und es war ein Erlebnis, dass sie nie vergessen würde.

Dann war alles vorbei; der letzte Augenblick der letzten Vorstellung der Tour. Jetzt lagen eine Nacht erholsamer Schlaf und jede Menge Kofferpacken vor ihnen.

Abigail wurde am nächsten Morgen aus dem Krankenhaus entlassen, rechtzeitig, um den neuen Bus zu erreichen, der sie, gesteuert von einem freundlichen Franzosen, nach Hause bringen sollte.

Abgesehen von einer großen Beule auf der Stirn schien es Abigail ganz gut zu gehen. Sie überschüttete Tina mit Fragen, wie sie am Abend zuvor mit *Cinderella* zurechtgekommen sei.

„Ich war okay, glaube ich“, sagte Tina bescheiden, „aber es war ein ziemlich nervenaufreibendes Erlebnis!“

„Du warst ja nicht die Einzige, die das durchmachen musste“, stichelte Tom.

„Nein“, warf Sofie ein, „das warst du nicht.“

„Gut gemacht, alle miteinander“, sagte Abigail.

„Das war Kinderkram“, antwortete Sofie. „Ich war ja noch nicht mal die offizielle Zweitbesetzung für die Frühlingsfee und hab's trotzdem geschafft.“

Tina war drauf und dran, etwas zu erwidern, als Betty ihr auf den Fuß trat.

„Aua!“

Betty zeigte aus dem Fenster. Der Bus fuhr gerade auf eine Raststätte.

„Was?“, fragte Tina und lugte hinaus.

„Ist das nicht unser Kommissar?“, fragte Betty.

„Ich glaube, das ist er“, sagte Tina. „Vielleicht ist er gekommen, um uns *Bon voyage* zu wünschen.“

Der junge Kommissar kam mit einer Plastiktüte in der Hand in den Bus und ging den Gang hinunter. Er streckte Tina die Tüte entgegen.

„Ich dachte, du und deine Freundin, ihr möchtet dies vielleicht wieder'aben", sagte er. „Wir 'aben den Laden in Amiens durchsucht und schaut mal, was wir gefunden 'aben."

Unter begeisterten Ausrufen wurde zuerst Teddy Edouard und dann Teddy Pierre aus der Tüte gezogen.

„Oh, vielen Dank!", riefen die Mädchen im Chor.

„Er hat wieder Augen!" Tina strahlte über das ganze Gesicht.

Der Kommissar grinste. „Wir 'aben für dich ein neues Paar drangenäht."

„Vielen, vielen Dank", sagte Tina und drückte Teddy Edouard an sich.

„*Bon voyage*", sagte der Kommissar.

„*Au revoir*", antwortete Tina lächelnd.

„Falls ihr nächstes Jahr wiederkommt", sagte er, „kauft bitte keine Teddys mehr, okay?"

„Nein", sagte Tina. „Mit diesem habe ich genug zu tun."

Die Stars von Hohenstein

Noch eine Geburtstagsparty

Tina Braun betrachtete sich im Schrankspiegel mit neuem Selbstvertrauen. Sie sah eigentlich genauso aus wie immer: Sie hatte immer noch braune Haare, braune Augen und diese lästige Lücke zwischen den Schneidezähnen. Aber sie fühlte sich anders, und das lag an der Frankreich-Tournee mit ihrer Ballettschule, von der sie gerade zurückgekehrt war.

Sie hatte ihren dreizehnten Geburtstag dort verbracht und unerwartet die Gelegenheit bekommen, die Hauptrolle in *Cinderella* zu tanzen. Obendrein waren sie und ihre Freundinnen auch noch in ein spannendes und bisweilen Furcht erregendes Abenteuer verwickelt worden.

Nach all diesen Erfahrungen weit weg von zu Hause fühlte Tina sich viel älter und stärker. Aber das sollte nun nicht heißen, dass sie Dinge, die ihr vorher Spaß gemacht hatten, nicht mehr genießen konnte. Ihre Eltern hatten ihre besten Freundinnen – Betty, Emilia und Poppy – zu sich eingeladen, um Tinas Geburtstag nach alter Sitte der Familie Braun zu feiern. Sie würden über Nacht bleiben und am nächsten Tag gemeinsam mit Tina zum Internat zurückgebracht werden.

Während sie sich anzog, stieg ihr schon der köstliche Duft

des Geburtstagskuchens in die Nase, der unten in der Küche im Ofen stand. An die Geburtstagskuchen ihrer Mutter kam einfach nichts heran, noch nicht einmal die wunderschöne Torte, die sie in der Küche der Pariser Ballettschule für sie gebacken hatten.

Tina war die ersten drei Tage, die sie bislang zu Hause verbracht hatte, einfach nur müde gewesen. Aber jetzt hatte sie etwas Schlaf nachgeholt und fühlte sich, als könnte sie Bäume ausreißen – sie konnte es gar nicht erwarten, endlich ihre Freundinnen wieder zu sehen, die bald ankommen sollten.

Sie freute sich besonders auf das Wiedersehen mit Emilia, die sich von ihrer Magersucht hatte erholen müssen und daher nicht mit auf Tournee gewesen war.

Während ihres späten Frühstücks in der Küche unterhielt sich Tina mit ihrer Mutter über die Tour und die geplante Geburtstagsparty.

„Ich habe euch Mädchen ein Video mitgebracht, das ihr euch nach dem Essen anschauen könnt", sagte Tinas Mutter.

„Danke, Mama", antwortete Tina. „Wo ist eigentlich Papa?"

„Er musste zu einer Besprechung", sagte ihre Mutter.

„Was, in den Osterferien?"

Tinas Mutter lachte. „Tja, weißt du, für einen Lehrer hört die Arbeit nicht automatisch auf, wenn die Ferien anfangen." Sie wurde wieder ernst. „Dein Vater hat im Moment ziemlich viel um die Ohren."

„Ja, er kam mir recht still vor", meinte Tina. „Was ist denn los?"

„Die Schülerzahlen sind zurückgegangen und es ist wieder

die Rede davon, dass die Schule vielleicht geschlossen werden soll."

„Das wäre ja schrecklich!" Tina erinnerte sich immer gerne an ihre kleine Dorfgrundschule.

„Ja", stimmte ihre Mutter zu. „Es wäre ein großer Verlust für unser Dorf."

„Aber was kann Papa dagegen tun?"

„Er kann darum kämpfen", antwortete ihre Mutter. „Dein Vater, die anderen Lehrer und einige der Eltern werden alles tun, was sie können, um dafür zu sorgen, dass die Schule nicht geschlossen wird."

„Gut zu wissen", sagte Tina und war insgeheim ein bisschen stolz auf ihren Vater.

„Da du jetzt auf bist, kannst du mir helfen, die Gästebetten für deine Freundinnen herzurichten."

„Okay. Du, ich glaube nicht, dass in meinem Zimmer genug Platz für alle ist."

„Nein, da hast du Recht. Eine kann mit in dein Zimmer und die anderen beiden können im Etagenbett in Hannahs Zimmer schlafen."

„Das ist super, dann kommt Emilia mit zu mir und Betty und Poppy bekommen das Etagenbett."

Diese Aufteilung war eigentlich ideal. Sie würde Tina Gelegenheit geben, mit Emilia darüber zu reden, wie diese jetzt mit ihrer Familie zurechtkam, seit ihr Vater zurückgekehrt war. Emilia behielt ihre Privatangelegenheiten immer gerne für sich und würde vielleicht nicht offen darüber sprechen wollen, wenn die anderen dabei waren. Am Telefon hatte sie sich jedenfalls sehr fröhlich angehört und Tina hoffte, dass sie von ihrer Magersucht geheilt war.

Als die Betten fertig hergerichtet waren, gab es für Tina nichts mehr zu tun. Ungeduldig wartete sie auf die Ankunft ihrer Freundinnen.

Poppy stand als Erste vor der Tür. Sie war direkt vom Internat Hohenstein gekommen und hatte daher den kürzesten Weg gehabt. Sie kam ursprünglich aus Australien, deshalb verbrachte sie die kurzen Ferien im Internat.

Tina rannte die Auffahrt hinunter, um ihre rothaarige Freundin zu begrüßen und auch Frau Schäfer, ihre gemeinsame Hausmutter, die Poppy mit dem Auto gebracht hatte.

Es ist irgendwie komisch, dass Frau Schäfer hier in unserer Küche sitzt, Kaffee trinkt und sich mit Mama unterhält, dachte Tina. Die Schule und ihr Zuhause waren normalerweise streng getrennte Welten.

„Wie ich gehört habe, ist die Tour sehr gut gelaufen“, sagte Frau Schäfer.

„Ja, es war toll“, sagte Tina, „aber ich kann es kaum erwarten, wieder in die Schule zurückzukommen.“

„Oh, da ist aber jemand *sehr* eifrig!“, sagte Frau Schäfer lachend zu Tinas Mutter.

„Ich glaube, es gibt nichts, das Tina vom Tanzen abhalten könnte“, meinte Tinas Mutter ebenfalls lachend.

„Ach, ich weiß nicht – ein doppelter Beinbruch würde vielleicht ausreichen“, warf Poppy grinsend ein.

Als ein paar Minuten später Herr und Frau Heimann mit Betty ankamen, verabschiedete sich Frau Schäfer hastig. Die

Hausmutter kannte Frau Heimann schon. Aber Bettys Mutter erwischte sie im Flur.

„Ach, Frau Schäfer, wie *schön* Sie wieder einmal zu treffen. Sie können uns doch bestimmt ganz genau von der Tournee berichten und uns erzählen, wie Betty sich in ihrer Rolle gemacht hat. Jammerschade, dass wir nicht selbst zum Zuschauen kommen konnten. Ich nehme an, die Vorstellungen waren einfach zauberhaft!"

„Nun, ähm, ich war selbst gar nicht mit auf Tournee, Frau Heimann", gelang es Frau Schäfer einzuschieben. „Ich musste mit den Kindern, die über die Ferien nicht nach Hause fahren konnten, im Internat bleiben."

„Ja, natürlich, wie dumm von mir!"

„Ich muss jetzt leider los", sagte Frau Schäfer und versuchte, an Bettys Mutter vorbeizukommen.

„Nun, vielleicht können Sie als Bettys Hausmutter uns stattdessen sagen, wie Betty mit dem Tanzen vorankommt. Wird sie es schaffen, was meinen Sie?"

„Ich kann Bettys Tanzfähigkeiten wirklich nicht beurteilen. Ich unterrichte sie in Mathematik", sagte Frau Schäfer. „Wenn Sie mich jetzt bitte entschuldigen würden …" Bettys Vater erbarmte sich der jungen Lehrerin und trat einen Schritt zurück, um sie vorbeizulassen.

Nachdem Tina ihrer Hausmutter zum Abschied hinterhergewinkt hatte, nahm sie ihre beiden Freundinnen mit auf ihr Zimmer und überließ es ihrer Mutter, Herrn und Frau Heimann zu unterhalten.

„Ich hab nur geschlafen, seit ich nach Hause gekommen

bin“, sagte Tina und ließ sich auf ihr Bett fallen. „Wie war's bei euch?“

„Ich war am ersten Tag ziemlich müde“, sagte Betty und strich sich ihr langes weißblondes Haar aus dem Gesicht. „Aber in den letzten beiden Tagen habe ich viel Zeit mit den Tieren verbracht.“

„Ich hab am ersten Tag auf meinem Bett gelegen und ein bisschen geschlafen“, erzählte Poppy, „als plötzlich ohne Vorwarnung ein fremder Mann ins Zimmer platzte. Er hat mich zu Tode erschreckt!“

„Wer war das?“, fragte Tina.

„Keine Ahnung“, sagte Poppy. „Ich glaube, er wusste nicht, dass jemand in unserem Zimmer war. Ich habe ihn seitdem oft gesehen. Er wandert immer um das Gebäude herum und misst irgendwas aus.“

„Na ja, das hört sich immerhin so an, als ob er in Hohenstein etwas zu tun hat“, meinte Tina. „Aber ich wüsste schon gerne, was da los ist.“

Poppy zuckte mit den Schultern. „Vielleicht meinen sie, dass es im Mädchenflügel ein bisschen eng ist, und wollen anbauen?“

„Das glaubst du ja wohl selbst nicht!“, lachte Betty. Sie saß am Fenster und konnte von dort aus auf die Straße sehen. „Da ist gerade ein Auto gekommen. Ob das Emilia ist?“

„Ich kann's kaum erwarten sie zu sehen!“, rief Tina und lief ans Fenster. „Ob sie wohl wieder richtig gesund ist?“

„Das will ich hoffen“, meinte Betty. „Sie hat uns letztes Halbjahr einen ganz schönen Schrecken eingejagt.“

Als sich Emilia ein paar Minuten später zu ihren Freundinnen gesellte, konnten diese feststellen, dass sie sehr gut aussah. Die eingefallenen Wangen und die dunklen Ringe unter den Augen waren verschwunden. Ihr hellbraunes Haar glänzte, ihre Augen blitzten und sie hatte eine gesunde Gesichtsfarbe.

Nachdem Emilia die anderen zur Begrüßung umarmt hatte, wollte sie alles über die Tournee hören. Es gab so viel zu erzählen, dass sie sich immer noch lautstark darüber unterhielten, als Tinas Mutter sie zum Essen rief.

Alles, was Tina am liebsten mochte, stand auf dem Tisch, aber als sie sich zum Essen setzte, machte sie sich plötzlich Sorgen um Emilia. Vielleicht würde sie gar nichts essen wollen oder nur aus Höflichkeit ein bisschen an etwas herumknabbern. Ihre Befürchtungen waren jedoch grundlos; Emilia griff zu wie alle anderen. Tina konnte jetzt ganz entspannt ihre Geburtstagsparty genießen und freute sich, dass Emilia offensichtlich wirklich geheilt war.

Tinas Mutter brachte den Geburtstagskuchen auf einem silbernen Teller. Sie hatte ihn mit Schokoladenglasur und einem perfekt geformten Paar rosa Ballettschuhe dekoriert.

„Ich kann gar nicht glauben, dass du schon ein Teenager bist“, sagte sie, als sie die dreizehn Kerzen anzündete.

„Ich auch nicht“, antwortete Tina lachend. „So viele Kerzen kann man gar nicht auf einmal auspusten!“

Es ergab sich so, dass Betty das größte Stück bekam. „Oh, der ist lecker“, meinte sie und ließ sich ohne Umstände ein zweites Stück geben.

Nach dem Essen machten die Mädchen einen kleinen Spaziergang die Straße hinunter. Es war warm geworden und sie freuten sich, ohne Jacken nach draußen gehen zu können. Jetzt war Emilia an der Reihe, ihre Neuigkeiten zu berichten. Ihre Familienprobleme schienen sich merklich gebessert zu haben, seit ihr Vater wieder da war. Sie erzählte keine Einzelheiten, aber Tina konnte sehen, dass sie mit der neuen Situation viel glücklicher war, und sie freute sich für ihre Freundin.

„Du hast vermutlich in deiner Erholungszeit jede Menge Bücher gelesen", meinte Betty.

„Ein paar", antwortete Emilia, „aber lesen und fernsehen waren mir eigentlich ziemlich schnell zu langweilig."

„Und was hast du dann gemacht?", fragte Tina, die wusste, dass es für Emilia sehr frustrierend gewesen sein musste, überhaupt nicht tanzen zu können.

„Ich habe Flöte gespielt", sagte Emilia.

Die übrigen drei sahen sich ungläubig an. Emilia kicherte. „Jetzt guckt nicht so entsetzt!", sagte sie. „Es macht mir wirklich Spaß. Wenn wir wieder zu Hause sind, spiele ich euch etwas vor, das ich mit meinem Vater geübt habe."

Emilia hielt ihr Versprechen und spielte ihnen das neue Stück vor. Als es zu Ende war, klatschten ihre Freundinnen begeistert.

„Das war toll, Emmi!", rief Tina. „Ist ja Wahnsinn, wie gut du jetzt spielst. Und das Stück war auch viel schwerer als alle anderen."

Emilia lächelte; sie strahlte über das ganze Gesicht.

„Ich habe lange geübt, und Papa hat mir viel geholfen – er spielt ja auch Flöte. Ich bin jetzt ganz versessen darauf."

Tina merkte, dass das Flötespielen Vater und Tochter einander näher gebracht hatte, und das war genau das, was Emilia gebraucht hatte.

Die Rückkehr in den Schulalltag am nächsten Tag war ein ziemlicher Schock. Glücklicherweise begann der Unterricht erst einen Tag später. Zunächst mussten alle Schüler und Schülerinnen gewogen, gemessen und vom Schularzt untersucht werden.

Tina traf Ole, als er gerade aus dem Untersuchungszimmer humpelte.

„Was hat er gesagt?“, fragte sie.

Ole zuckte mit den Schultern. „Ich bekomme Krankengymnastik, aber ich darf in den nächsten vier bis sechs Wochen immer noch nicht tanzen.“

„Oh, Mann!“, sagte Tina. Ole hatte sich während der Frankreich-Tournee eine Sehnenzerrung im rechten Bein zugezogen und hatte daher die Rolle des Prinzen in *Cinderella* nicht weiter tanzen können.

„Das geht mir langsam echt auf den Keks“, jammerte er.

Tina dachte an die Zeit zurück, als sie sich einen Knöchel verstaucht hatte. „Das wird bald wieder besser, Ole“, beruhigte sie ihn. „Geh halt trotzdem zum Unterricht. Man glaubt gar nicht, was man nur vom Zuschauen alles lernen kann!“

„Ich werde total hinterherhinken, egal, was ich tue“, meinte Ole.

„Das holst du wieder auf, du wirst schon sehen“, sagte Tina fröhlich, aber sie konnte sich noch gut daran erinnern, wie frustrierend es gewesen war, im Unterricht nicht mitmachen zu können.

Ole ging weiter und gleich darauf entdeckte Tina Jule, die sehr unglücklich aussah.

„Was ist denn mit dir los?“, fragte Tina.

„Mein Beurteilungsbogen hat schon zu Hause auf mich gewartet“, sagte sie sehr leise.

„Oh, Jule, das soll doch wohl nicht etwa heißen, sie werfen dich raus?“

„Ich fürchte doch, Tina. Insgesamt müssen fünf gehen.“

„Das ist ja schrecklich. Ich hätte nicht gedacht, dass sie am Ende des zweiten Jahres so hart sind. Was wirst du jetzt machen?“

„Na ja, ich bleibe bis zum Ende des Schuljahres, obwohl es ziemlich hart sein wird, wenn alle wissen, dass ich es nicht ins dritte Jahr geschafft habe.“

„Mach dir keine Sorgen, Jule. Wir sind alle auf deiner Seite!“

„Und Frau Weber wird mir ein paar Vorstellungstermine an anderen Schulen besorgen. Mama und Papa sind glücklicherweise bereit, Schulgebühren zu zahlen. Aber ich will hier nicht weg …“

Tina sah, dass Jule sich verzweifelt bemühte, nicht in Tränen auszubrechen. Sie schlug vor, zum Mittagessen in den Speisesaal zu gehen, aber Jule hatte keine Lust und so ging Tina alleine hin.

Sie setzte sich zu ihren Freundinnen an einen Tisch am Fenster und erzählte ihnen von Jule.

„Ich frage mich, warum sie sie nicht behalten“, sagte Poppy. „Im Unterricht macht sie überall einen guten Eindruck.“

„Keine Ahnung“, sagte Tina. „Vielleicht hat es etwas damit zu tun, wie ihr Körper mit dem Tanzen zurechtkommt. Sie geben hier sehr viel auf die Meinung der Mediziner, nicht wahr?“ Sie seufzte. „Es ist ganz schön nervig, sich ständig darüber Gedanken zu machen, wie viel man wohl wachsen und wie man sich entwickeln wird.“

„Ja“, stimmte Betty ihr zu, „beim geringsten Anzeichen von X-Beinen kannst du's gleich vergessen.“

Alle kicherten. „Ob ihr's glaubt oder nicht, ich bin seit dem letzten Halbjahr schon wieder zwei Zentimeter gewachsen“, sagte Tina. „Ich werde am Ende zu groß für eine Tänzerin sein, ich weiß es jetzt schon!“

„Wenn's hart auf hart kommt, kannst du immer noch ein gutes Model abgeben“, zog Emilia sie auf.

„Ich will aber kein Model werden!“, rief Tina entsetzt. „Die ganze Zeit in irgendwelchen lächerlichen Klamotten rumsitzen!“

„Och, ich hätte nichts dagegen“, meinte Poppy. „Sieht doch nach einem ganz coolen Leben aus.“

„Na ja“, erwiderte Emilia, „Tanzen sieht für den Zuschauer auch ganz ‚cool' aus, aber wir wissen ja, was für harte Arbeit dahinter steckt, oder?“

„Seht mal!“, rief Poppy auf einmal und zeigte aus dem Fenster. „Da ist dieser Mann wieder!“

„Welcher Mann?“, fragte Tina und folgte ihrem Blick.

„Der Mann, der plötzlich in meinem Zimmer stand!“

Der besagte Mann schien im Garten Vermessungsinstrumente aufzustellen, nicht weit vom Speisesaal entfernt. Tina konnte ihn deutlich sehen. Er war klein, glatt rasiert, rotblond und dem Aussehen nach etwa dreißig Jahre alt.

„Also ist er nicht weg“, sagte sie. „Vielleicht sollten wir mal rausgehen und uns ein wenig umsehen. Seid ihr alle fertig mit essen?“

„Ich glaube, ich hole mir noch ein bisschen Nachschlag“, meinte Betty. „Geht ruhig ohne mich.“

„Ich kann nicht“, sagte Emilia, „ich muss noch Flöte üben.“

Also gingen Tina und Poppy allein nach draußen. Sie bemühten sich, möglichst unauffällig auszusehen, als sie sich dem Vermesser näherten.

„Was macht man mit dem Instrument da?“, fragte Tina, um mit ihm ins Gespräch zu kommen.

„Ich hab keine Zeit für dumme Fragen“, antwortete der Mann schroff, nahm seine Ausrüstung und drehte sich auf dem Absatz um.

Tina war so überrascht, dass sie einen Moment brauchte, um sich davon zu erholen. „Also, manche Leute!“, rief sie aus.

„Genau so hat er sich mir gegenüber auch verhalten“, sagte Poppy. „Hat sich noch nicht mal dafür entschuldigt, dass er einfach bei mir reingeplatzt ist.“

Während sie ins Schulgebäude zurückgingen, grübelte Tina darüber, was in aller Welt dieser Vermesser mit den schlechten Manieren in Hohenstein zu suchen hatte.

Frau Kempmanns Kostüme

„Ich hab das Gefühl, schon seit Wochen wieder hier in der Schule zu sein, nicht erst seit gestern!“, sagte Tina gähnend.

Die Mädchen hatten gerade ihre Ballettstunde bei Frau Paul hinter sich. Sie hatte sie hart rangenommen und selbst kleinste Fehler korrigiert, die sich während der Frankreich-Tournee in ihre Übungen eingeschlichen hatten.

Als sie die Haarnadeln herauszog, die ihre Zöpfe auf ihrem Kopf festhielten, sah Tina aus dem Augenwinkel, dass sich Sofie mit Jule unterhielt. Jule war entsetzlich schüchtern, deshalb gab Sofie sich normalerweise nicht mit ihr ab.

Tina drehte sich um und sah genauer hin. Obwohl sie durch den ganzen Trubel im Umkleideraum nicht hören konnte, was Sofie eigentlich sagte, konnte sie deutlich sehen, dass Jule den Tränen sehr nahe war.

„Was Sofie wohl zu ihr gesagt hat?“, murmelte Tina.

„Was?“, fragte Betty, aber Tina war schon zu den beiden Mädchen hinübergegangen, um herauszufinden, was los war. Sie hörte gerade noch, wie Sofie sich schadenfroh darüber ausließ, dass Jule für das dritte Schuljahr keinen Platz in Hohenstein bekommen hatte.

„Ich bin nicht die Einzige“, sagte Jule, und konnte ihre Tränen nicht länger zurückhalten. „Melissa geht es genauso und Alina und …“

„Deine Eltern sind bestimmt ziemlich sauer“, unterbrach Sofie sie.

„Mensch, Sofie“, mischte Tina sich ein, „jetzt hör auf, darauf herumzureiten.“

„Tu ich ja gar nicht“, entgegnete Sofie. „Ich habe ihr lediglich eine Gelegenheit gegeben, sich auszuweinen – nicht wahr, Jule?“

Jule schniefte in ihr Taschentuch, sagte aber nichts. Tina wandte sich an sie.

„Wenn sie dich nicht in Ruhe lässt, sag Bescheid“, sagte Tina und warf Sofie einen finsteren Blick zu.

„Huuuuuh“, spottete Sofie verächtlich. „Und was willst du dann machen?!?“

„Ich lass mir was einfallen“, sagte Tina. „Warum lässt du Jule, während sie sich umzieht, nicht in Ruhe? Wir kommen eh schon alle zu spät.“

„Danke, Tina“, murmelte Jule, als Sofie gegangen war. „Es ist schon schlimm genug, immer daran denken zu müssen, dass ich Hohenstein verlassen muss, ohne auch noch vor allen lächerlich gemacht zu werden.“

„Falls sie's noch mal versucht, geh einfach weg und lass sie stehen“, antwortete Tina. „Und komm zu mir.“

Jule hielt sich die ganze Pause über in Tinas Nähe auf, aus Furcht, dass Sofie noch einmal eine Gelegenheit ergreifen würde, auf ihr herumzuhacken.

Tina und ihre Freundinnen streiften Kekse kauend durch das Gelände um die Schulgebäude.

„Der Vermesser gestern Abend war aber ganz schön unhöflich, nicht wahr?“, fragte Poppy.

„Das war er wirklich“, stimmte Tina ihr zu. „Ich wüsste nur zu gerne, was er hier will.“

Als die Mädchen um die Ecke des Gebäudes kamen, in dem ihre Schlafzimmer lagen, blieben sie überrascht stehen. Arbeiter waren damit beschäftigt, neben der längsten Wand des Gebäudes ein Gerüst aufzubauen. Und die Aufsicht führte der rotblonde Vermesser.

„Sieht aus, als ob renoviert werden soll“, sagte Betty.

„Ich wünschte, wir könnten mehr darüber herausfinden“, sagte Tina, „aber es hat ja wohl keinen Zweck, ihn zu fragen.“

Der Vermesser hatte kurz in ihre Richtung geschaut und an seinem verbissenen Gesicht konnte Tina ablesen, dass er nicht erfreut war, sie zu sehen.

„Ich glaube, wir sollten lieber verschwinden“, sagte sie. „Er kann ja nicht ständig hier sein. Wir kommen später wieder.“

Von den Fenstern der Klassenräume aus, in denen sie den Rest des Schultages verbrachten, konnten sie das Gerüst nicht sehen. Selbst der Speisesaal ging zur anderen Seite hinaus. Aber in der Hausaufgabenzeit vor dem Abendessen hatten die Mädchen Gelegenheit, in Zimmer 12 hinaufzugehen und den Stand der Arbeiten vom Fenster aus in Augenschein zu nehmen.

Der rotblonde Vermesser schien immer noch die Arbeiten zu beaufsichtigen. Während sie das Ganze betrachteten, ging er auf einen der Arbeiter zu und sprach mit ihm. Es war ein dünner Mann mit einem traurigen Gesicht.

Die beiden standen direkt unter dem Fenster, an dem die Mädchen waren. Tina bewegte das Schiebefenster vorsichtig ein kleines Stück nach oben, damit sie besser hören konnten, was unten gesagt wurde.

Der Vermesser war lauter geworden. Er schien sich darüber zu beschweren, wie lange die Arbeiter gebraucht hatten, um das Gerüst aufzubauen. Der dünne Mann entschuldigte sich, aber der Vermesser schimpfte verärgert weiter.

Tina schloss das Fenster. „Puh!", sagte sie. „Ich glaube, ich habe genug gehört."

„Was für ein fürchterlicher Mensch", meinte Betty.

Die Flüche des Vermessers klangen ihnen noch in den Ohren, sodass die Mädchen keine Lust hatten, sich weiter zu unterhalten.

„Ich weiß nicht, ob es daran liegt, dass dieser Mann hier herumspukt", meinte Tina einen Augenblick später, „aber seit wir wieder da sind, habe ich das Gefühl, dass hier an der Schule eine seltsame Atmosphäre herrscht."

„Ja, das finde ich auch", sagte Poppy. „Das habe ich schon bemerkt, bevor ihr anderen zurückgekommen seid."

„Kann nicht behaupten, dass mir etwas aufgefallen wäre", meinte Betty. „Das Essen ist immer noch furchtbar. Was ist denn anders?"

„Kleinigkeiten", sagte Tina. „Von den Lehrern sieht niemand besonders glücklich aus. Normalerweise sind sie nach den Ferien richtig energiegeladen."

„Ja“, sagte Emilia. „Jedenfalls sind sie sonst die ersten Tage immer gut gelaunt.“

„Und ist euch nichts an Frau Weber aufgefallen bei der Schulversammlung heute Morgen?“, fragte Tina.

„Sie kam mir vor wie immer“, sagte Betty. „Ganz ihr übliches freundliches Selbst.“

„Ja, ich weiß schon, dass sie immer etwas mürrisch dreinschaut“, sagte Tina, „aber heute war sie irgendwie anders – als ob sie mit ihren Gedanken bei anderen Dingen war.“

„Es ist bestimmt kein einfacher Job, eine Schule wie diese zu leiten“, sagte Emilia.

Tinas Gedanken wanderten zu ihrem Vater, der seine eigenen Schulsorgen hatte. Sie fing an, sich unwohl zu fühlen.

„Lasst uns rausgehen“, schlug sie vor.

„Ich habe eigentlich keine Lust, noch einmal diesem Vermessungsmenschen zu begegnen“, sagte Emilia.

Tina sah aus dem Fenster. „Ich glaube, er ist weg. Die Arbeiter packen auch schon ein. Kommt! Wenn wir uns beeilen, können wir vielleicht einen von denen fragen, was es mit diesem Gerüst auf sich hat.“

Die vier Mädchen ließen ihre Hausaufgaben liegen und verließen das Gebäude durch die Hintertür. Sie trafen draußen gerade noch auf den dünnen Mann, der die Schimpftirade des Vermessers abbekommen hatte.

„Entschuldigen Sie“, sagte Tina und lächelte freundlich. „Uns ist aufgefallen – na ja, kann man auch schlecht übersehen –, dass Sie um unser ganzes Gebäude ein Gerüst aufgebaut haben.“

„Das stimmt, kleines Fräulein“, sagte der Arbeiter. „Wir werden vermutlich morgen damit fertig.“

„Ähm – können Sie uns vielleicht sagen, wofür das ist?“, fragte Tina.

„Nein, leider nicht. Hat man mir nicht gesagt.“

„Oh.“ Tina sah enttäuscht aus. „Der Mann, der die Aufsicht hat, wirkt nicht sehr freundlich. Er wollte gestern nicht mit uns reden.“

„Der Boss“, sagte er. „Nein, er ist kein besonders netter Kerl, das kann man ihm nicht nachsagen.“

„Kennen Sie ihn schon lange?“, fragte Tina.

„Den Boss? Nein, ich arbeite zum ersten Mal für ihn.“

„Wie heißt er denn?“, fragte Tina.

„Schmidtke“, sagte der dünne Arbeiter. „Aber das ist so ungefähr alles, was ich über ihn weiß.“

Obwohl sie immer noch fast platzte vor Neugier, musste sich Tina mit den wenigen Dingen, die sie in Erfahrung gebracht hatte, zufrieden geben.

Am nächsten Tag begannen die Proben für den Galaabend zum Abschluss des Schuljahres. Dabei sollten eine gekürzte Version von *Cinderella* aufgeführt werden sowie eine Reihe kurzer Stücke in verschiedenen Stilrichtungen von Stepptanz bis Jazzballett.

Madame Larette leitete die erste Probe, in der den Schülerinnen und Schülern bei einem Durchlauf von *Cinderella* die neuen Kürzungen erklärt wurden. Tom, der die Rolle des Prinzen von Ole übernommen hatte, als dieser seinen Bühnenunfall gehabt hatte, sollte weiterhin den Prinzen tanzen. Tina, die am allerletzten Abend der Tournee die weibliche Hauptrolle getanzt hatte, hatte nicht so viel Glück. Frau Weber hatte Emilia versprochen, dass sie Cinderella tanzen dürfe, wenn sie bis zum zweiten Halbjahr wieder gesund würde.

Tina konnte damit leben. Sie hatte ihren großen Abend in Frankreich gehabt. Jetzt sollte ihre Freundin einmal die wohlverdiente Gelegenheit haben, im Rampenlicht zu stehen. Sie hatte nichts dagegen, zu ihrem wundervollen Solo als Frühlingsfee zurückzukehren.

Aber Sofie war weitaus weniger glücklich damit, die Rolle der Frühlingsfee an Tina abzutreten. Als die Mädchen nach der Probe in den Umkleideraum strömten, hörte Tina, wie sich Sofie bei Abigail bitterlich darüber beklagte. Als Tina vorbeiging, drehte sie ihr demonstrativ den Rücken zu.

Tina ging schnell zu Emilia, Betty und Poppy hinüber.

„Sofie hat schlechte Laune", sagte sie zu ihren Freundinnen.

„Erzähl mir mal was Neues", antwortete Betty.

„Ich bin immer noch sauer auf sie wegen der Nummer mit Jule", sagte Tina.

„Sofie ist nicht besonders gut darin, auf die Gefühle anderer Rücksicht zu nehmen", stimmte Poppy zu.

Was sie sagten, schien nicht bis in Emilias Bewusstsein vorzudringen. Sie war in ihrer eigenen kleinen Welt gefangen.

„Ich kann es einfach nicht glauben", sagte sie plötzlich.

„Och, ich glaube so einiges, was Sofie angeht", meinte Poppy.

„Sofie?“, fragte Emilia verwirrt. „Nein, ich kann nur nicht glauben, dass ich im Juli Cinderella tanzen werde. Es ist wie ein wunderbarer Traum, der plötzlich wahr wird.“

Tina lächelte so breit, dass ihre Grübchen deutlich sichtbar wurden. „Du wirst eine wunderschöne Cinderella sein. Du hast das heute wirklich toll gemacht, und es war erst die erste Probe.“

„Danke, Tina“, sagte Emilia. „Du und Abigail, das sind ganz schön große Fußstapfen, in die ich da treten soll. Ich bin froh, dass es für ein anderes Publikum sein wird.“

Tina dachte zurück an ihren eigenen Auftritt in der Rolle – ihrer ersten Hauptrolle – und daran, was für ein wunderbares Erlebnis es gewesen war. Bettys Stimme durchbrach ihre Träumerei.

„Wollen wir in der Mittagspause zu Frau Kempmann gehen? Ich würde gerne nach Panter schauen.“

Die anderen stimmten zu. Es war ein schöner Tag, genau richtig für einen Spaziergang durch das Gelände des Internats zu dem kleinen Haus, in dem ihre betagte Freundin wohnte. Und so machten sich die vier Freundinnen, nachdem sie hastig ihre Lasagne und ihren Apfelkuchen gegessen hatten, auf den Weg durch die Wiesen und das verwilderte Gelände am Wald in der Nähe der Begrenzungsmauer.

Frau Kempmann saß auf einem Gartenstuhl vor dem Haus, als sie bei ihr ankamen. Betty freute sich riesig, Panter laut schnurrend zusammengerollt auf ihrem Schoß vorzufinden. Das andere Kätzchen lag unter dem Gartenstuhl der alten Dame und schlief tief und fest.

„Sie sind so groß geworden!“, rief Betty aus, nachdem die Mädchen und Frau Kempmann einander begrüßt hatten. Sie nahm Panter auf den Arm und drückte ihn fest an sich. Er schnurrte immer noch wie ein Rasenmäher.

„Ich freue mich sehr, euch Mädchen zu sehen“, sagte Frau Kempmann. „Hilf mir mal aus diesem verflixten Stuhl hoch, Christina, dann hole ich euch etwas zu trinken.“

„Oh, bitte, machen Sie sich keine Umstände“, sagte Tina. „Wir haben gerade erst zu Mittag gegessen. Ist Ihre Arthritis schlimmer geworden?“

„Ich fürchte ja, meine Liebe. Die Bewegungen fallen mir immer schwerer. Aber ich bekomme ja viel Hilfe. Ich habe eine Frau, die jeden Morgen kommt, um den Haushalt und die Einkäufe zu erledigen.

„Das ist gut“, sagte Emilia.

„Und geht es dir besser, Emilia? Alle haben sich letztes Halbjahr solche Sorgen um dich gemacht.“

„Ja, danke, mir geht's wieder gut“, sagte Emilia mit einem breiten Lächeln.

„Du siehst jedenfalls sehr gut aus. Sei so lieb und hilf mir mal eben auf, bitte. Der Wind wird doch langsam etwas kühl. Lasst uns ins Haus gehen.“

Die Mädchen folgten Frau Kempmann in ihr Haus, das voll gestopft war mit Antiquitäten und Sammlerstücken.

„Möchtet ihr mal meine alten Kostüme sehen?“, fragte sie die Mädchen. „Meine Tochter hat sie mir gerade zurückgebracht. Sie zieht demnächst um und hat in ihrem neuen Haus keinen Platz dafür.“

„Kann ich bei den Katzen bleiben?“, fragte Betty. Panter und Tiger waren ins Wohnzimmer gekommen und hatten sich das bequemste Kissen zum Hinlegen ausgesucht.

„Aber natürlich!“

Die anderen folgten der alten Dame in ein kleines Nebenzimmer, in dem es einen großen Einbauschrank gab, der vom Fußboden bis zur Decke reichte.

„Ich habe ihn zu einem Kleiderschrank für die Kostüme umbauen lassen“, erklärte Frau Kempmann. Sie öffnete die Türen und dahinter kamen mehr als zwanzig Tutus und wadenlange Tüllkleider in verschiedenen Farben und Schnitten zum Vorschein.

Die Mädchen stürzten sich begeistert darauf, nahmen die Kostüme der Reihe nach aus dem Schrank und hielten sie sich an.

„Wow, dieses ist umwerfend!“, rief Tina, die gerade ein schimmerndes fliederfarbenes Tutu in der Hand hielt.

„Das war mein Fliederfee-Kostüm“, sagte Frau Kempmann lächelnd. „Es ist hübsch, nicht wahr?“

„Ist das aus *Dornröschen*?“, fragte Poppy.

„Ja, das ist es“, sagte Frau Kempmann. „Sie ist die Fee, die den Fluch der bösen Fee aufhebt.“

„Wie oft haben Sie die Rolle getanzt?“, fragte Tina.

„Oh, nur die eine Saison, aber es hat mir viel Spaß gemacht. Als *Dornröschen* das nächste Mal auf unseren Spielplan kam, habe ich Aurora getanzt, das war wirklich ein Erlebnis!“

„War das Ihre Lieblingsrolle?“, fragte Tina.

„Ich glaube ja, mit Ausnahme von Giselle.“

Tina warf einen Blick über die an der Stange aufgereihten Kostüme. „Welches ist das Aurora-Kostüm?"

„Dieses", sagte Frau Kempmann. „Das rosarote Tutu."

„Oh, es ist wunderschön!", rief Emilia.

„Es muss ziemlich schwierig für euch sein, euch von einer armen alten verkrüppelten Frau wie mir vorzustellen, wie sie in diesen Kleidern auf der Bühne herumspringt", sagte Frau Kempmann lachend. „Wie kommst du denn nach deiner Pause mit dem Tanzen voran, Emilia?"

„Ich bin dabei, aufzuholen, glaube ich", sagte Emilia. „Aber wieder richtig in Form zu kommen wird harte Arbeit werden. Man kommt völlig aus der Übung. Mein Körper hat sich am ersten Abend ganz schön beschwert. Um ehrlich zu sein, tun mir jetzt eigentlich immer noch alle Knochen weh."

„Konntest du zu Hause gar nicht üben?"

„Nein, mein Arzt hat mich nicht gelassen."

„Das muss für dich sehr frustrierend gewesen sein."

„Ach, ich weiß nicht. Im Nachhinein betrachtet glaube ich, er hatte Recht. Ich brauchte eine Pause davon. Und ich kann jetzt wesentlich besser Flöte spielen!"

„Flöte!", rief Frau Kempmann. „Würdest du vielleicht auf meiner alten Flöte etwas spielen? Sie hat seit Jahren keine Gelegenheit gehabt, auch nur eine Note von sich zu geben."

Emilia kam diesem Wunsch nur zu gerne nach, besonders als sie das wunderschöne silberne Instrument sah, das Frau Kempmann aus einer Schublade nahm. Sie spielte darauf ein paar kurze Melodien. Tina sah, wie sehr Frau Kempmann sich freute, während sie zuhörte.

„Emilia wird langsam ein kleiner Star, nicht wahr?“, meinte Tina nach dem zweiten Stück.

„In der Tat, in der Tat“, sagte die alte Dame und sah hochzufrieden aus. „Ich habe für mein Leben gern Flöte gespielt, aber irgendwann wollten meine Hände nicht mehr. Sehr gut, Emilia!“

Die Zeit war so schnell vergangen, dass Tina bei einem Blick auf ihre Uhr mit Erstaunen feststellte, wie spät es schon war.

„Wir müssen uns beeilen“, sagte sie.

Wenn sie den ganzen Weg rannten, konnten sie gerade noch rechtzeitig zum Nachmittagsunterricht zurück in der Schule sein. Aber als sie am Mädchenflügel entlangliefen, stolperten sie in den dünnen Arbeiter hinein. Keuchend kamen sie zum Stehen. Tina war froh, dass von dem Vermesser keine Spur zu sehen war.

„Da seid ihr ja“, sagte der Arbeiter. „Ich hab mich mal ein bisschen für euch umgehört“, erklärte er. „Ihr wolltet doch wissen, wofür das Gerüst ist.“

„Ja, genau“, sagte Tina eifrig. Die anderen zogen sie schon am Ärmel, wohl wissend, dass es gleich zum Nachmittagsunterricht klingeln würde.

„Also, euer Flügel rutscht weg vom Rest des Gebäudes.“

Tina verschlug es den Atem. „Er rutscht ab?“, rief sie.

„Ja“, sagte der Arbeiter. „Wenn da nicht bald was gemacht wird, kann das ganze Gebäude einstürzen.“

Umzug

Eine Woche später teilte Frau Weber der versammelten Schule mit, dass der Mädchenflügel dabei war, abzusacken.

„Das wissen wir doch schon“, flüsterte Betty Tina zu.

„Shhhh“, sagte Tina, die den scharfen Blick gesehen hatte, den Frau Paul ihnen zugeworfen hatte.

„Das ist sehr bedauerlich“, sagte Frau Weber, „da der Zustand des Gebäudes jetzt als gefährlich betrachtet wird.“

Tina und Betty sahen einander entsetzt an.

„Alle Mädchen, die zurzeit dort untergebracht sind, werden evakuiert. Der Jungenflügel wird heute noch umgeräumt, um Platz für die Mädchen zu schaffen.“

Tina riss die Augen weit auf. Betty blinzelte angestrengt.

„Ich fürchte, das bedeutet, dass es für alle eine Weile etwas eng wird, aber Tänzerinnen und Tänzer müssen lernen, mit den verschiedensten Schwierigkeiten bei ihrer Unterbringung zurechtzukommen, also wird dies eine gute Übung für euch alle sein.“

Frau Weber sah ernst und angespannt aus, als sie die Versammlung beendete und die Schüler entließ.

„Kein Wunder, dass sie in letzter Zeit so besorgt ausgesehen hat", sagte Emilia später im Naturwissenschaftsraum.

„Sie muss wirklich eine Heidenangst haben, wenn sie uns mit den Jungs zusammenlegt!", meinte Tina. „Ach Mensch, was soll ich denn jetzt mit diesem Bunsenbrenner machen?"

Betty lachte und zeigte es ihr. „Komisch, dass sie noch nicht mit den Reparaturarbeiten angefangen haben, wenn es so dringend ist. Ich meine, seit das Gerüst steht, haben wir von den Arbeitern nichts mehr gesehen, oder?"

„Nein, nur diesen fiesen kleinen rotblonden Vermesser", sagte Poppy. „Er kriecht hier immer noch herum."

„Ich schätze, sie müssen uns erst aus dem Gebäude verlegen", meinte Tina. „Es könnte eigentlich ein Riesenspaß werden, in den Jungentrakt umzuziehen."

„Vielleicht sollten wir erst mal abwarten, wie es wird", meinte Emilia etwas vorsichtiger.

Es wurde ihnen mitgeteilt, dass sie am nächsten Tag umziehen sollten. Zur Mittagszeit brummte der ganze Speisesaal mit den Neuigkeiten. Tina gesellte sich zu Matthias, Ole und Tom und fragte sie, was sich bei ihnen im Gebäude getan habe.

„Wir sind umgesiedelt worden", brummelte Matthias düster. „Wir teilen uns jetzt ein Zimmer mit drei Jungs aus dem dritten Jahr – sechs Betten in einem Zimmer, das für drei gedacht ist."

„Es ist nicht gerade spaßig", sagte Tom. „Die aus dem dritten Jahr markieren dauernd den dicken Max."

„Ach, ihr Armen", sagte Tina. Sie wandte sich an Ole. „Weißt du schon, wann du wieder tanzen kannst?"

Er zuckte die Schultern und sah niedergeschlagen aus. „Der Arzt hat mir immer noch nichts Genaues gesagt. Meint nur, es heile langsamer als erwartet.“

„Na, irgendwann muss es ja besser werden“, meinte Tina und versuchte dabei, fröhlich auszusehen.

„Wir werden euch dann wohl ab morgen öfter sehen“, meinte Matthias mit dem Versuch eines Lächelns.

„In der Tat“, sagte Tina, dann ging sie zurück zu ihren Freundinnen.

„Die Jungs sind ziemlich unglücklich“, berichtete sie.

„Wir heitern sie morgen auf!“, sagte Betty. „Na komm, wir müssen los. Jetzt ist Orchesterprobe.“

„Mist, das hatte ich ganz vergessen. Bis später, Emilia.“

„Ich komme mit“, sagte Emilia lächelnd.

„Soll das heißen, du bist jetzt auch dabei? Davon hast du gar nichts erzählt“, sagte Tina.

„Ja, Frau Lahmann hat gesagt, ich habe auf der Flöte so gute Fortschritte gemacht, dass ich in der ersten Reihe der Flötisten sitzen darf.“

„Wow, das ist ja toll!“, rief Tina. „Ich freu mich so für dich.“

Emilia sah höchst zufrieden mit sich aus, als sie ihren Platz im Orchester einnahm und die Probe begann. Die Schülerinnen und Schüler sollten ein Programm aus vereinfachten Versionen beliebter Orchesterstücke einüben, das sie bei der Jahresabschlussgala spielen würden.

„Es wird komisch sein, mit einem Instrument statt mit Ballettschuhen auf die Bühne zu treten“, sagte Emilia am Ende der Probe.

„Ja, es wird anders sein“, sagte Tina. „Ich hoffe, ich kann bis dahin die Stücke der ersten Violine gut genug lernen. Das Mozart-Stück war schwer, oder?“

„Aber wunderschön. Was meinst du, Sofie?“, fragte Emilia das Mädchen, das gerade zu ihnen gestoßen war.

„Ich schätze, du hältst dich jetzt schon für eine Expertin, Emilia Frieling“, sagte Sofie und warf ihren Kopf zurück. „Und das schon bei der ersten Probe!“

Emilia lachte. „Ich weiß, was mir gefällt, das ist alles!“

„Oh, ich glaube, da ist ein kleiner gelber Schatten in deinen Augen“, sagte Tina zu Sofie.

„Ich bin auf niemanden neidisch“, sagte Sofie verächtlich. „Vergiss nicht, ich stehe kurz davor, meine Grade-6-Prüfung zu machen.“

„Schwierigkeitsstufen sind nicht alles“, sagte Emilia. „Was zählt ist letztlich der Ton, den man produziert.“

„Willst du damit sagen, ich spiele schlecht?“

„Nein, natürlich nicht“, sagte Emilia, aber Sofie wirkte nicht überzeugt und stakste missgelaunt davon.

„Ich glaube, Sofie ist nicht besonders glücklich, dass du in der ersten Reihe eingestiegen bist“, sagte Tina. „Sie wird dir nie verzeihen, dass du so schnell aufgestiegen bist.“

„Und wenn schon, wen interessiert's?“, fragte Emilia. „Mich nicht.“

Nichts schien Emilias neuer Fröhlichkeit etwas anhaben zu können. Alle Sorgen, die sich Tina am Anfang des Halbjahres darüber gemacht hatte, dass Emilias Magersucht oder ihre Familienprobleme eventuell wieder durchbrechen könnten, hatten sich gelegt. Alles in allem erschien Emilia ausgeglichener und zufriedener als je zuvor.

Der nächste Tag begann voller Aufregung, als Frau Schäfer den Mädchen verkündete, dass sie bis zum Mittagessen vom Schulunterricht befreit waren, um ihre Sachen zu packen und sie in ihre neue Unterkunft zu bringen.

„Und was ist mit dem Ballettunterricht?“, fragte Betty hoffnungsvoll.

„Nein, der fällt nicht aus“, sagte Frau Schäfer und lächelte. „Vergesst nicht, in was für einer Schule ihr hier seid!“

„Oh, wenn ich so drüber nachdenke“, jammerte Betty, „wir werden Ihre Mathestunde verpassen!“

„Ich fühle mich geschmeichelt, dass dich das enttäuscht“, antwortete Frau Schäfer, „aber ich sehe hier nicht viele andere betrübte Gesichter.“

Ihre Hausmutter hatte Recht. Tina, zum Beispiel, war nur zu froh darüber, dass ihr ausnahmsweise eine Mathestunde erspart blieb.

Die Mädchen waren immer noch sehr aufgeregt, als sie sich im Übungsraum 1 für ihre Ballettstunde einfanden. Sie gingen laut schwatzend in die Klasse, wo Frau Paul dem allgemeinen Redeschwall unmissverständlich ein Ende setzte. Mit schuldbewusster Miene nahmen sie ihre Plätze an der Stange ein und begannen sich so ernsthaft, wie es von ihnen erwartet wurde, dem Training zu widmen.

Tinas Gruppe, die außer ihr noch aus Abigail, Poppy, Emilia und Sofie bestand, bereitete sich auf die Grundprüfung vor. Auf dem Programm standen viel mehr Arbeit auf der Spitze als vorher und schwierigere Pirouetten. Tina hoffte, dieses Mal eine wirklich gute Leistung abliefern zu können – vielleicht würde es sogar zu einer Auszeichnung reichen. Auf ihre letzte wichtige Prüfung hatte sie sich nicht richtig vorbereitet und war dann von den Ergebnissen bitter enttäuscht gewesen.

Nach der Stunde konnten es die Mädchen kaum erwarten, in ihre Zimmer zurückzukommen. Sie warfen ihre Kleider und alles andere in Koffer und Kisten und setzten sich auf die Deckel, um sie zu schließen. Nach diesem Wirbelsturm wilder Aktivität mussten sie sich dann allerdings hinsetzen und darauf warten, dass ihre Hausmutter sie holen ließ. Der Umzug in den Jungentrakt sollte geordnet vonstatten gehen.

Als sie an der Reihe waren, machten sich die Mädchen aus Tinas Zimmer schnell auf den Weg. Tina war überrascht, als sich Abigail, Sofie, Jule und Yoko, das kleine japanische Mädchen, aus einem anderen Zimmer zu ihnen gesellten.

„Ich dachte, wir sollen zimmerweise umziehen", sagte sie.

„Das hier ist ein Zimmer", sagte Abigail mit einer Geste, die alle Mädchen einschloss, die gerade ihre schweren Koffer nach nebenan schleppten.

Tina hielt einen Moment inne, um zu Atem zu kommen.

„Du meinst, wir sollen alle *acht* in ein Zimmer?"

„So hat es uns Frau Paul erklärt", antwortete Abigail.

Tinas gute Laune verflüchtigte sich augenblicklich. Sich ein Zimmer mit Sofie teilen zu müssen, war keine besonders gute Aussicht.

Als sie den Jungentrakt erreichten, der ein separates Gebäude neben dem Hauptgebäude war, wurden sie von Herrn Pfeifer in Empfang genommen und zu ihrem neuen Zimmer gebracht – Zimmer 13.

Tina stöhnte, als sie die Nummer sah. „Das fängt ja gut an", sagte sie.

„Du bist doch nicht etwa abergläubisch?", fragte Herr Pfeifer lachend und schüttelte mit einer schnellen Kopfbewegung sein dunkles Haar aus den Augen.

Tina lächelte zurück. „Nur bei manchen Dingen", sagte sie.

Er ließ sie allein, damit sie auspacken konnten. Tina sah sich in dem engen Raum um und fragte sich, wie sie alle darin miteinander klarkommen sollten ohne sich gegenseitig auf die Nerven zu gehen.

Die acht Betten nahmen den meisten Platz ein. Es gab keine Schreibtische für Hausaufgaben und sehr wenig Stauraum, aber Herr Pfeifer wollte wenigstens ein paar Kommoden aus dem Mädchenflügel besorgen. Tina vermisste die Gemütlichkeit ihres alten Zimmers. Dieses Zimmer war modern und sehr schlicht, mit nur einem kleinen Fenster. Betty seufzte und setzte sich verträumt auf ihr Bett.

„Was ist los?", fragte Tina.

„Oh, ich dachte nur gerade, wie wunderbar es sein wird, im selben Haus wie Herr Pfeifer zu wohnen."

Herr Pfeifer war der Hausvater der jüngeren Schüler.

„Was soll denn daran so toll sein?", fragte Sofie entnervt.

„Weißt du nicht, dass Betty in Herrn Pfeifer verknallt ist?", fragte Abigail und versuchte, Sofie davon abzuhalten noch mehr zu sagen.

Aber Sofie war nicht zu bremsen. „Er müsste dringend mal zum Friseur“, sagte sie. „Seine Haare hängen ja wie Gardinen rechts und links neben seinem Gesicht.“

„Süß!“, hauchte Betty.

Tina war froh, dass Sofies Stänkereien Betty wenigstens nichts ausmachten.

„Frau Schäfer hat gesagt, dass sie ein winziges Zimmer auf unserem Flur bekommen hat.“

„Ja, sie haben die Besenkammer umfunktioniert!“, sagte Poppy. „Ich hab gestern gehört, wie die Jungs darüber gesprochen haben.“

„Also, wir sind alle im Erdgeschoss und die Jungs sind oben, stimmt's?“, fragte Emilia.

„Ja“, antwortete Poppy, „abgesehen von ein paar der älteren Mädchen – die sind auch oben. Hier unten war kein Platz mehr für sie.“

„Wenn man sich das vorstellt“, sagte Betty, „eines ihrer Zimmer ist vielleicht neben dem von Herrn Pfeifer!“

„Oh, wie toll!“, äffte Sofie ihren Tonfall nach.

Es klopfte an der Tür. Tina ließ Herrn Pfeifer und Matthias herein, die gemeinsam eine Kommode trugen. Sie quetschten sie in eine Ecke des Zimmers und gingen dann wieder, um eine weitere zu holen.

Als auch diese untergebracht worden war, sah der Raum noch kleiner aus, aber wenigstens hatte jetzt jede von ihnen zwei Schubladen.

Frau Schäfer schaute vorbei, um zu sehen, wie sie zurechtkamen.

„Es ist hoffnungslos!", rief Tina. „Wir haben all diese Sachen und können sie nirgends unterbringen. Es ist wie beim Camping mit meiner Familie."

„Ich glaube, ihr werdet einen ganzen Teil der Sachen in euren Koffern unter den Betten verstauen müssen", meinte die Hausmutter. „Ihr schafft das schon."

„Dann ist kein Platz mehr für mein Cello", entgegnete Betty.

„Ihr könnt die größeren Instrumente im Musikraum aufbewahren", erwiderte Frau Schäfer. „Und zum Üben müsst ihr eben in die Übungsräume gehen, sonst geht ihr euch hier gegenseitig auf die Nerven."

„Was ist mit meiner Flöte?", fragte Emilia. „Sie braucht nicht viel Platz und ich würde gerne ab und an hier im Zimmer spielen können."

„Du kannst sie natürlich hier aufbewahren", sagte Frau Schäfer, „aber wenn du spielen möchtest, musst du erst deine Zimmerkameradinnen fragen."

Tina gefiel Sofies Gesichtsausdruck gar nicht, als Frau Schäfer dies sagte. Sie hoffte nur, Sofie würde Emilia nicht aus reiner Gehässigkeit am Üben hindern.

Nach dem Mittagessen verlief alles wie gewohnt für die Mädchen; die einzige Ausnahme war, dass sie zum Erledigen ihrer Hausaufgaben in einen Klassenraum gehen mussten statt auf ihr Zimmer. Nach den Proben und dem Abendessen machten sie sich auf den Weg zu ihrer neuen Unterkunft.

„Es ist wirklich komisch, die Schule zu verlassen, um zu unserem Zimmer zu kommen", sagte Emilia. „Aber ich schätze, man gewöhnt sich daran."

„Ich bin froh, dass Frühling ist", sagte Tina. „Es ist abends hell und warm. Im Winter wäre das ganz was anderes."

„Hey, meinst du, wir sind dann immer noch hier drüben?", fragte Poppy.

„Ich will's nicht hoffen", antwortete Tina. „Nein, ich glaube, dass sie die Reparaturen schnell durchziehen werden."

„Meinst du, das wird eine große Sache mit den Reparaturen?"

„Ich glaube, sie müssen die Mauern mit Stützmaterial verstärken, das hat jedenfalls Frau Schäfer gesagt. Ich hab keine Ahnung, wie lange das dauert."

Kurz nach ihnen kamen Abigail und Sofie ins Zimmer. Yoko und Jule waren schon mit Handtuch und Schlafanzug unter dem Arm auf dem Weg zum Badezimmer.

Die Probe war sehr anstrengend gewesen und sie freuten sich alle auf eine erfrischende Dusche, aber Jule kam mit schlechten Nachrichten zurück. „Man muss Schlange stehen", sagte sie. „Es gibt einfach nicht genug Duschen für alle."

Die Mädchen stöhnten. „Na, dann sichern wir uns mal besser einen Platz in der Schlange", sagte Tina und nahm ihr Handtuch und den Waschbeutel.

Alle acht Mädchen stellten sich an die Schlange an, die inzwischen bis auf den Flur hinausging.

„Das ist jetzt wirklich wie beim Camping", sagte Tina. Sie fing an, das Ganze von der lustigen Seite zu sehen.

Plötzlich ertönte ein merkwürdiger Lärm am anderen Ende des Korridors. Tina sah Poppy über die Schulter, um festzustellen, was da los war.

Matthias und Tom kamen laut grölend mit einem Affenzahn auf sie zugerannt. Die Mädchen mussten sich flach an die Wand drücken, damit die beiden an ihnen vorbeikamen.

Tina und Poppy sahen einander erstaunt an.

„Was sollte das denn jetzt?“, fragte Betty.

„Ich dachte, dieser Flur ist für die Jungs verboten!“, schimpfte Sofie. Sie sah äußerst missgelaunt aus.

„Das würde Matthias nicht abhalten“, sagte Tina lachend.

„Ich werde sie bei Herrn Pfeifer melden“, sagte Sofie.

„Nein, tu das nicht“, sagte Abigail. „Sie haben doch eigentlich nichts gemacht.“

„Ich will nicht, dass die ganze Zeit Jungs hier bei uns rumhängen“, moserte Sofie.

„Ach, Sofie, jetzt mach mal halblang“, unterbrach Tina sie.

Als die Mädchen sich endlich an die Spitze der Schlange vorgearbeitet hatten, schimpfte Sofie immer noch wegen der Jungen. „Man weiß nie, wo sie als Nächstes auftauchen!“, jammerte sie.

Abigail hatte sich schon zum Duschen ausgezogen. „Komm schon, Sofie“, sagte sie beschwichtigend. „Vergiss die Jungs einfach.“

„Wir werden keinerlei Privatsphäre haben“, grummelte Sofie, die nur ihre Straßenkleidung abgelegt hatte. Sie stapfte in ihrer Unterwäsche in die Duschkabine.

„Sofie“, rief Abigail, „du hast vergessen …“

„Ich weiß, du dumme Nuss“, schnappte Sofie. „Ich gehe kein Risiko ein.“

Der ganze Raum brach in Gelächter aus, und als der Witz

die Schlange entlang nach hinten weitergegeben wurde, wogte eine Welle von Gelächter durch den Flur.

Sofie kam mit knallrotem Gesicht aus der Dusche.

„Das zahle ich euch heim“, zischte sie, „euch allen!“

Abigail versuchte, sie zu beruhigen, aber mit wenig Erfolg.

„Na ja, wenigstens haben wir was zu lachen“, sagte Tina zu Betty. „Vielleicht wird das Leben im Jungsflügel ja doch ganz lustig!“

Zimmer 13

Im Laufe der nächsten Tage gewöhnten sich die Mädchen an ihr neues Zimmer. Sie mussten alle sehr ordentlich und rücksichtsvoll sein, da man sich auf so engem Raum sehr leicht auf die Nerven gehen konnte. Frau Schäfer inspizierte weiterhin jeden Morgen ihr Zimmer, wie sie es schon im Mädchenflügel getan hatte. Sie war so zufrieden damit, wie gut die Mädchen zurechtkamen, dass sie ihnen den goldenen Stern des Monats verlieh – eine große Ehre.

Sofie nutzte natürlich jede sich bietende Gelegenheit dazu, den anderen zu erzählen, dass es ihrem Einfluss zu verdanken sei, dass sie den goldenen Stern bekommen hatten. Tina stöhnte jedes Mal innerlich, wenn sie davon anfing, aber sie biss sich auf die Zunge. Sie wollte keine schlechte Stimmung in Zimmer 13.

Ein paar Tage nachdem sie den goldenen Stern bekommen hatten, ging Sofie abends ins Bett und stieß einen gellenden Schrei aus.

„Was ist denn, um Himmels willen?“, rief Abigail.

Aber Sofie konnte kein Wort hervorbringen. Sie war hochgefahren und saß auf ihrem Kopfkissen, die Knie bis an das

Kinn hochgezogen, und deutete mit ausgestrecktem Zeigefinger auf ihre Matratze.

Abigail und Tina schlugen vorsichtig die Bettdecke zurück.

„Urgh!“, machte Tina.

Über das Laken kroch eine große schleimige schwarze Nacktschnecke.

„Tu was!“, kreischte Sofie, die plötzlich ihre Stimme wiedergefunden hatte. „Wer von euch war das?“

Tina sah sie überrascht an. „Niemand von uns würde dir eine Schnecke ins Bett setzen!“

„Wer denn sonst?“, wollte Sofie wissen. „Schaff sie mir vom Hals!“, keifte sie, als die Schnecke anfing, auf sie zuzukriechen.

Betty erhob sich ganz ruhig von ihrem Bett, nahm das unerwünschte Tier mit der Hand auf und setzte es sanft aus dem Fenster.

„Gut, dass wir dich haben“, meinte Tina. „Das meiste Kriech- und Krabbelzeugs macht mir ja nicht viel aus, aber Nacktschnecken sind echt das Letzte.“

Das Schneckengeheimnis blieb ungeklärt bis zum Frühstück am nächsten Morgen, als Matthias und Tom Tina und ihre Freundinnen auf dem Weg zu ihrem Tisch anhielten.

„Hat Sofie gut geschlafen?“, fragte Matthias mit einem wissenden Grinsen.

Tina wurde sofort einiges klar. „Ah ja, ihr wart das also, ja?“, sagte sie, die Hände in die Hüften gestemmt. „Sofie weigert sich zu glauben, dass es keine von uns war. Ihr solltet besser reinen Tisch machen.“

„Auf keinen Fall", sagte Matthias. „Sie würde uns sofort melden."

„Also, an eurer Stelle würde ich sie in Ruhe lassen", meinte Tina. „Ihr macht uns sonst nur allen das Leben schwerer."

„Aber es war doch nur ein Spaß", sagte Matthias.

„Wir konnten das mit dem goldenen Stern einfach nicht mehr hören", fügte Tom hinzu.

Sofie weigerte sich den Rest des Tages, mit irgendjemandem außer Abigail aus Zimmer 13 zu sprechen. Als sie sich am späten Nachmittag alle gemeinsam ihre Trainingskleidung für die Proben zur Galaaufführung anzogen, versuchte Tina, mit ihr ins Gespräch zu kommen.

„Hör mal, Sofie, ich weiß, dass es ein übler Schreck für dich war, aber es war wirklich keine von uns."

Keine Antwort.

„Glaub mir, Sofie. Wir haben nichts davon gewusst."

Keine Antwort.

„Ach komm, Sofie. Das ist doch albern. Wir müssen nun mal alle miteinander auskommen in diesem kleinen Zimmer."

„Vielleicht würde sie dir glauben, wenn du herausfinden würdest, wer die Schnecke in ihr Bett getan hat", schlug Abigail vor.

Tina seufzte. Sie wollte gerne wieder reine Luft schaffen, aber Matthias und Tom zu verpetzen wäre nicht fair.

Cinderella stand ausnahmsweise nicht auf dem Plan für die Probe. Madame Larette hatte ein kurzes neues Stück zu Pachelbels wunderbarem *Kanon* choreografiert. Die Mädchen würden alle klassische weiße wadenlange Ballettkleider tragen und die Jungen schwarze Leggings und weiße Rüschenhemden. Madame Larette musste erst noch ein Vortanzen für die Besetzung der Jungenrollen abhalten, und so gingen die Jungen zunächst mit ihrem Ballettmeister in den zweiten Übungsraum, um ein anderes Stück zu proben.

Das *Kanon*-Ballett, wie es bald hieß, hatte große Ähnlichkeit mit *Les Sylphides;* die Tänzerinnen und Tänzer formten komplizierte anmutige Muster. Es würde unter den Mädchen keine Solistinnen geben, stattdessen lag die Betonung auf harmonischer und eleganter Gruppenarbeit.

Tina bewunderte Madame Larettes Choreografie sehr. Der Ballettmeisterin fehlte jedoch ihr üblicher Enthusiasmus. Ihr Unterricht wirkte fast halbherzig.

„Non, non, nicht so!“, rief sie an einer Stelle aus, als die Mädchen, unter ihnen auch Tina, ihre Anweisungen missverstanden hatten.

„Ihr müsst wirklich *zu'ören*!“, sagte sie ungeduldig. „Also, noch einmal. Und eins …“

„Was war denn bloß mit Madame Larette los?“, fragte Tina, als sie in den Umkleideraum kamen.

„Weiß der Himmel“, antwortete Betty. „Vielleicht kriegt sie wieder einen ihrer Migräneanfälle.“

„Ich weiß nicht, Betty. Irgendwie scheint im Moment alles in der Schule etwas merkwürdig.“

„So schlimm ist es doch nicht, oder?“

„Und ich sag dir noch was. Man sollte doch meinen, sie würden unser Gebäude ziemlich schnell reparieren wollen, oder?“

„Ja“, stimmte Betty verwirrt zu.

„Also, ich habe keinen einzigen Arbeiter gesehen, seit wir umgezogen sind. Du etwa?“

„Nein“, musste Betty zugeben. „Ich hatte noch nicht drüber nachgedacht, aber es ist schon komisch.“

Als sie nach dem Abendessen in ihr Zimmer zurückkamen, sah Jule unglücklich aus. Da Sofie und Abigail noch nicht zurück waren, konnte Tina offen mit ihr sprechen.

„Was ist los, Jule? Hat Sofie dir etwa wieder zugesetzt?“

„Nein, nein“, antwortete Jule. „Sie spricht nicht mit mir.“

„Was ist es dann?“

„Es sind die Proben“, brach es aus Jule heraus. „Sie erinnern mich immer daran, dass ich nach der Gala nicht hierher zurückkommen werde. Und da ich jetzt die Schule verlassen muss, weigern sich meine Eltern, zu kommen und zuzuschauen. Sie sind auf Frau Weber sehr schlecht zu sprechen.“

Tina konnte Jules Kummer nachfühlen. „Es tut mir wirklich sehr Leid, dass du abgehen musst“, sagte sie. „Aber du bekommst vielleicht einen Platz an einer anderen guten Schule, vergiss das nicht! Und deine Eltern werden sich bis zur Gala bestimmt wieder einkriegen, da bin ich mir sicher.“

Sie brachen ihre Unterhaltung ab, als Sofie und Abigail ins Zimmer kamen. Sofie betrachtete sie misstrauisch.

„Vermutlich heckt ihr grade wieder einen neuen dummen Streich aus, den ihr mir spielen könnt!“, sagte sie unvermutet.

„Na, freut mich, dass du wieder mit uns sprichst“, antwortete Tina, „aber nein, wir tun nichts dergleichen.“

„Mir könnt ihr nichts vormachen“, schnaubte Sofie. „Ich

kann es an euren Gesichtern ablesen, dass ihr etwas geplant habt, als wir reingekommen sind."

„Nein, Sofie, das stimmt nicht!", rief Jule.

„Na, du hast ja sowieso nichts zu verlieren, du dumme Jule", schimpfte Sofie weiter. „Sie können dich ja nicht mehr von der Schule verweisen, da du den Rausschmiss schon hast!"

Tina konnte es nicht mehr ertragen. Ein Gefühl heißer Wut stieg in ihr auf und brach aus ihr heraus.

„Ich hab dir gesagt, du sollst Jule in Ruhe lassen!", sagte sie. Ihre Stimme blieb ruhig, aber Abigail hörte den gefährlichen Unterton darin.

„Komm, Sofie, lass es gut sein", sagte Abigail. Aber Sofie war viel zu verbohrt, als dass sie jetzt Ruhe gegeben hätte.

„Ich mache, was ich will, Christina Braun!", schrie sie.

„Nein, das tust du nicht!", rief Tina, und ihre Lautstärke wuchs mit ihrem Ärger. „Solange wir uns alle ein Zimmer teilen, solltest du dich besser sehr bemühen, mit allen auszukommen. Sonst wirst du vielleicht feststellen, dass du in einem Raum mit sechs oder sieben Mädchen bist, die alle nicht mehr mit dir reden!"

Nach dieser Ansprache fühlte sich Tina viel besser, aber Sofie war immer noch sichtlich wütend. Es war Zeit, ihr aus dem Weg zu gehen.

„Komm mit zu Frau Kempmann", flüsterte sie Betty zu, und bevor Sofie wieder anfangen konnte, herumzuschreien, hatten sie das Zimmer schon verlassen.

„Wir dürfen nach dem Abendessen nicht mehr raus", ermahnte Betty sie.

„Wir passen halt auf", sagte Tina. „Ich muss einfach weg von Sofie."

„Das wird eine nette Überraschung für Frau Kempmann", sagte Betty, als sie über den Rasen in Richtung des kleinen Hauses gingen.

„Ja", stimmte Tina zu, „ich glaube, sie hat nicht oft Besuch am Abend."

Als sie die rosenumrankte Haustür erreichten, war alles still.

Sie klopften und warteten, aber nichts rührte sich. Tina rief durch den Briefschlitz, aber nur Panter erschien. Er kam miauend ums Haus herum und rieb seinen Kopf an Bettys Knöchel. Es dauerte nicht lange, bis Tiger sich dazugesellte und ebenfalls laut miaute.

„Sieht aus, als hätten sie Hunger", sagte Betty. „Und scheinbar ist Frau Kempmann heute Abend ausgegangen. Ob sie was dagegen hätte, wenn wir reingehen und die beiden füttern? Weißt du noch, wo sie ihren Ersatzschlüssel für die Hintertür versteckt hat?"

„Ja, in der Schale mit den Stiefmütterchen", sagte Tina. „Ich glaube, das wäre okay. Sie muss die Katzen vergessen haben, obwohl ihr das gar nicht ähnlich sieht."

Durch die kleine hölzerne Gartentür an der Seite des Hauses gingen die Mädchen hinter das Haus, um den Schlüssel zu holen.

„Meinst du, sie geht abends oft aus?" fragte Betty.

„Ich glaube eigentlich kaum", sagte Tina, als sie durch die Hintertür ins Haus gingen. „Wir sollten nach ihr rufen, falls sie doch da ist. Sonst denkt sie noch, wir sind Einbrecher." Die

Mädchen riefen Frau Kempmanns Namen, aber es kam keine Antwort.

„Also, wo hat sie das Katzenfutter?“, fragte Betty, während sie die Küchenschränke danach absuchte.

Panter schien zu wissen, wonach sie suchte. Er setzte sich neben den Schrank unter der Spüle und machte Kaubewegungen.

Tina und Betty mussten über ihn lachen.

„Er ist wirklich sehr clever“, sagte Betty stolz.

„Das kommt bestimmt davon, dass er bei uns gelebt hat, als er ganz klein war“, sagte Tina und strich über sein schwarzes Fell, während Betty eine Dose Katzenfutter öffnete und den Inhalt auf zwei Teller verteilte.

„Das ist ja komisch“, sagte Tina, die ins Esszimmer gewandert war. „Frau Kempmanns Abendessen steht hier auf dem Tisch, aber sie hat es nicht angerührt!“

„Das ist merkwürdig“, sagte Betty. „Ist es noch warm?“

„Nein, es ist schon kalt!“

Tina bekam langsam das ungute Gefühl, dass irgendetwas nicht in Ordnung war. „Ich glaube, wir sollten uns besser mal umschauen“, sagte sie.

Die Mädchen warfen einen Blick ins Wohnzimmer. Leer. „Was ist mit oben?“, fragte Betty.

Die beiden Mädchen sahen einander an. „Frau Kempmann!“, rief Tina im Flur. Ihre Stimme klang hohl. „Frau Kempmann!“

Eine üble Vorahnung überkam die beiden Freundinnen. Vor ihnen führte die Treppe in den ersten Stock. Tina schluckte.

„Du denkst doch nicht, dass ihr etwas passiert ist?“, flüsterte Betty Tina ins Ohr als sie begannen, hinaufzusteigen.

„Schhhhh! Hör mal!“, zischte Tina. Von irgendwo kam ein stöhnendes Geräusch, als ob jemand Schmerzen hätte.

Tina holte tief Luft und stieg schweigend weiter die Treppe hinauf, Betty dicht hinter ihr. Beide zitterten.

Als sie den Treppenabsatz erreichten, entfuhr Tina ein Schrei. „Oh, nein! Sieh mal, Betty!“

Frau Kempmann lag auf dem Boden des Badezimmers. Das gurgelnde Stöhnen, das sie auf der Treppe gehört hatten, kam von ihr. Sie versuchte offensichtlich, etwas zu ihnen zu sagen, schaffte es aber nicht.

„Frau Kempmann!“, rief Tina, rannte ins Bad und kniete sich neben sie. „Was ist passiert?“

„Beweg sie nicht“, sagte Betty. „Sie ist vielleicht gefallen und hat sich etwas gebrochen.“

„Aber warum kann sie nicht sprechen?“ Tina schluckte trocken und kämpfte mit den Tränen.

„Ich weiß nicht“, sagte Betty und sah äußerst besorgt aus, „aber sie braucht einen Arzt. Du kümmerst dich um sie und ich gehe einen Krankenwagen rufen.“

Betty rannte nach unten, während Tina Frau Kempmann über ihr graues Haar strich und sie beruhigte, so gut es ging. Sie begann, sanft mit ihr zu sprechen. Frau Kempmann verstand offenbar alles, was Tina zu ihr sagte, war aber sehr unruhig, weil sie nicht antworten konnte.

„Versuchen Sie nicht zu sprechen. Ich werde für uns beide reden“, sagte Tina leise.

Während der langen zehn Minuten, die der Krankenwagen bis zum Haus brauchte, sprach Tina unablässig mit ihrer betagten Freundin. Sie erzählte ihr in allen Einzelheiten von der Tournee durch Frankreich und von den Tänzen, die sie bei der Gala am Schuljahresende aufführen würden. Sie erzählte von ihrem Umzug in den Jungentrakt und von dem Gerüst rund um den Mädchenflügel. Alles, was ihr im Kopf herumging, strömte holterdiepolter aus ihr heraus und ihr Redestrom schien Frau Kempmann von ihrer misslichen Lage abzulenken.

In der Zwischenzeit packte Betty ein paar Nachthemden und einen Waschbeutel zusammen, die Frau Kempmann ins Krankenhaus mitnehmen konnte. Ihre Gedanken rasten und sie hoffte, dass sie an alles Wichtige gedacht hatte.

Endlich kam der Krankenwagen und Betty führte die Sanitäter nach oben. Frau Kempmann wurde vorsichtig auf eine Trage gehoben und nach unten getragen. Die Mädchen folgten ihr hinunter in den Garten. Die alte Dame streckte plötzlich die linke Hand nach ihren Haustieren aus, die am Tor auf sie warteten. Die Mädchen hoben sie hoch, damit sie sie streicheln konnte.

„Machen Sie sich keine Sorgen um Panter und Tiger", sagte Betty. „Wir kommen jeden Tag her und füttern sie, nicht wahr, Tina?"

„Ja klar, das tun wir. Werden Sie einfach schnell wieder gesund – die beiden werden Sie vermissen, genau wie wir."

Frau Kempmann schenkte ihnen ein schwaches, schiefes Lächeln, dann wurde sie in den Krankenwagen geschoben. Die Türen wurden geschlossen und der Krankenwagen fuhr los.

Als Tina und Betty ins Haus zurückkamen, fühlte es sich unangenehm leer an. Sie konnten kaum glauben, dass sie gerade zugesehen hatten, wie Frau Kempmann ins Krankenhaus gefahren wurde, aber die Stille in dem kleinen Haus machte es ihnen deutlich. Sie räumten ein bisschen auf, waren aber nur halb bei der Sache. Dann verschlossen sie die Tür hinter sich und machten sich auf den Rückweg zum Internat.

Tina hatte einen dicken Kloß im Hals, sodass sie einige Zeit nicht sprechen konnte. Betty ging ebenfalls schweigend, den Blick auf den Boden gerichtet.

„Es ist nicht fair“, sagte Tina nach einer ganzen Weile. „Sie ist so eine nette alte Dame, sie sollte nicht so krank sein müssen!“

„Nein“, stimmte Betty ihr zu. „Es war ein ganz schöner Schock, sie so zu finden!“

„Es ist mal gut, dass wir sie gefunden haben“, sagte Tina. Sie erschauerte. „Es wäre furchtbar gewesen, wenn sie den Rest der Nacht so auf dem Fußboden hätte verbringen müssen.“

„Sie schien auf einer Seite gelähmt zu sein, die Arme“, sagte Betty.

„Ich glaube, wir sollten besser Frau Weber Bescheid sagen, damit sie Frau Kempmanns Tochter anrufen kann“, meinte Tina.

„Aber dann müssen wir zugeben, dass wir die Schulregeln verletzt haben“, protestierte Betty.

„Ich weiß“, antwortete Tina, „aber wir müssen es einfach tun.“

Sie gingen auf das Hauptgebäude zu.

„Ob sie um diese Zeit wohl in ihrem Arbeitszimmer ist oder in ihrem Schlafzimmer?“, fragte Betty.

„Versuchen wir’s erst mal im Arbeitszimmer“, schlug Tina vor.

Als sie dort ankamen und an die Tür klopften, antwortete ihnen Frau Webers Stimme, dass sie draußen warten sollten.

Sie saßen in dem kleinen Vorzimmer und konnten jetzt die Stimme eines Mannes hören.

Als der Mann herauskam, stellten sie erstaunt fest, dass es Herr Schmidtke war, der rotblonde Bauinspektor. Er hatte ein unangenehmes selbstzufriedenes Grinsen im Gesicht, als er aus dem Büro kam, das er sofort unterdrückte, als er die Mädchen sah.

„Ihr könnt jetzt hereinkommen“, sagte Frau Weber.

Die Mädchen gingen zu ihr hinein. Frau Weber sah sehr blass aus und Tina bemerkte, dass ihre Hände zitterten.

„Was gibt es, Mädchen? Ich hoffe, es ist etwas Wichtiges, wenn ihr mich um diese Zeit deswegen stört!“

„Ja, Frau Weber, es ist wichtig“, sagte Tina und machte einen Knicks. „Wir haben gerade Frau Kempmann ins Krankenhaus bringen lassen.“

Frau Weber fiel auf ihren Stuhl zurück. „Oh nein. Was fehlt ihr, Christina?“

„Wir haben sie im Badezimmer gefunden. Sie war hingefallen und konnte nicht aufstehen und sie konnte nicht mit uns sprechen!“ Tinas Stimme wurde brüchig.

„Ich glaube, sie war auf der rechten Seite gelähmt“, fügte Betty hinzu.

„Oh, wie furchtbar! Das klingt nach einem Schlaganfall“, sagte Frau Weber. „Arme Maria! Wie gut, dass ihr sie gefunden habt. Überlasst alles mir – ich werde mich darum kümmern, dass die richtigen Leute informiert werden.“

Sie stand auf und ging mit ihnen zur Tür. Ihre Hand zitterte immer noch, als sie sie nach dem Türgriff ausstreckte.

„Danke, Mädchen. Noch einen schönen Abend.“

Sie schien sie möglichst schnell loswerden zu wollen.

„Ich kann's kaum glauben, dass sie nicht mit uns geschimpft hat, weil wir nach dem Abendessen noch rausgegangen sind!“, rief Betty, als sie außer Hörweite des Arbeitszimmers waren.

„Es ist fast so, als ob sie gar nicht daran gedacht hat“, sagte Tina. „Das sieht Frau Weber gar nicht ähnlich.“

„Sie sah etwas mitgenommen aus, oder?“, fragte Betty. „Ich meine, schon bevor wir ihr von Frau Kempmann erzählt haben.“

„Das Gefühl hatte ich auch“, stimmte Tina ihr zu. „Es muss etwas mit dem Besuch von Herrn Schmidtke zu tun haben. Ich kann diesen Kerl wirklich nicht leiden!“

„Ich freu mich nicht gerade darauf, Emilia und Poppy von Frau Kempmann zu erzählen“, sagte Betty.

„Nein“, sagte Tina. „Wie lange sie wohl im Krankenhaus bleiben muss? Wir müssen sie besuchen, um sie aufzuheitern. Ihre Familie wohnt so weit weg, von denen wird sie wohl nicht viel sehen.“

„Wir könnten ihr auch schreiben – sie mit dem neuesten Klatsch auf dem Laufenden halten“, sagte Betty. „Dann geht's ihr bald wieder besser.“

Tina versuchte, nicht an den schmerzerfüllten Gesichtsausdruck zu denken, den die alte Dame gehabt hatte, als sie sie gefunden hatten, und daran, wie zerbrechlich sie auf der Trage ausgesehen hatte. Sie und Betty wollten sich jetzt lieber auf die Zeit freuen, wenn ihre Freundin wieder gesund sein würde und sie dann in ihrem Haus, das eine wahre Schatzkiste war, wieder Limonade trinken würden.

Schockwellen

Beim Frühstück am nächsten Morgen gab es eine Ankündigung. Frau Westhoff hatte Aufsicht und sagte ihnen, dass es am Vormittag direkt nach der Pause eine außerordentliche Versammlung für die ganze Schule geben würde.

„Oh nein", stöhnte Poppy auf. „Das ist immer so ein Gedränge."

Tina drehte sich zu Betty. „Ich wette, das hat etwas mit Herrn Schmidtkes Besuch bei Frau Weber gestern Abend zu tun."

„Hoffentlich nicht noch mehr schlechte Nachrichten", sagte Betty. Die Freundinnen waren immer noch ziemlich mitgenommen von Frau Kempmanns plötzlicher Erkrankung.

„Irgendwie fängt alles an, schief zu gehen", sagte Emilia, „ausgerechnet jetzt, wo es für mich grade mal bergauf gegangen ist."

„Na ja, es nutzt nichts, sich jetzt schon Sorgen zu machen", sagte Tina. „Erst mal abwarten, was Frau Weber zu sagen hat."

Als alle in der Aula versammelt waren, erklomm Frau Weber mit düsterem Gesicht das Podium. Heute Morgen standen keine Gebete und keine Lieder auf dem Plan. Sie bat alle, sich zu setzen. Für die jüngeren Schülerinnen und Schüler bedeutete das, sich im Schneidersitz auf den harten Eichendielen niederzulassen. Frau Weber verzichtete auf ihre übliche Begrüßung und begann ihre Ansprache an die Schule mit ernster Stimme.

„Heute ist ein schwerer Tag für Hohenstein. Das Hauptgebäude und der Mädchenflügel sind offiziell als einsturzgefährdet eingestuft worden. Die Schäden durch die Mauerabsackungen sind so schwerwiegend, dass die nötigen Reparaturen eine halbe Million Euro kosten würden." Sie hielt inne und bemühte sich, ihre Stimme unter Kontrolle zu halten. „Eine halbe Million, die die Schule nicht hat."

Tina hatte sich auf schlechte Nachrichten gefasst gemacht, aber das klang jetzt wirklich bedrohlich. Genau wie alle anderen Schülerinnen und Schüler wartete sie gespannt auf die nächsten Worte ihrer Schulleiterin. In der Aula war außer Frau Webers tonloser, müde klingender Stimme kein einziges Geräusch zu hören.

„Der Mädchenflügel ist bereits geräumt worden, aber wir können das Hauptgebäude auch nur noch für einige Wochen benutzen. Dann muss das Internat Hohenstein schließen. Ich bedaure, euch so schreckliche Neuigkeiten zu überbringen. Ich werde noch heute an alle Eltern schreiben und das Lehrpersonal wird euch zur Verfügung stehen, um euch bei der Suche nach Plätzen an anderen Schulen zu beraten und zu unterstützen."

In Schulversammlungen herrschte immer Ruhe, aber als Frau Weber das Podium heute verließ, hätte man eine Stecknadel fallen hören können; der Schock war fühlbar. Als Händels Wassermusik durch die Lautsprecher kam, das Signal zur Auflösung der Versammlung, standen alle wie versteinert. Es gab traditionell Musik am Ende der Schulversammlungen, normalerweise war das schön und gab ein Gefühl der Sicherheit – man wusste, woran man war. Erst jetzt waren sie sich plötzlich alle bewusst, dass sich ihr gewohntes Leben grundlegend verändern würde. Sie erledigten ihre morgendlichen Aufgaben wie in Trance. Erst zur Mittagszeit fanden sie ihre Sprache wieder.

„Ich kann's einfach nicht glauben!", sagte Tina und schob das Essen auf ihrem Teller herum. Niemand schien Appetit zu haben.

„Für dich ist es ja noch viel schlimmer", meinte Betty. „Ich meine, ich wollte sowieso nie Tänzerin werden."

„Ich kann mir gar nicht vorstellen, auf eine andere Ballettschule zu gehen", sagte Tina, „und ich bin mir auch nicht sicher, ob es sich meine Eltern überhaupt leisten könnten, mich woanders hinzuschicken. Das Stipendium hat es mir möglich gemacht, hierher zu kommen."

„Danke gleichfalls", sagte Emilia düster.

„Ich werde nach Australien zurückmüssen", sagte Poppy. „Wenigstens weiß ich, dass ich an meiner alten Tanzschule einen Platz habe, aber ich werde euch alle furchtbar vermissen."

„Oh, hör auf", sagte Tina. „Ich hasse die Vorstellung, dass wir uns alle trennen und auseinander gehen sollen."

„Kein Wunder, dass Frau Weber gestern Abend so mitgenommen aussah!“, sagte Betty. „Herr Schmidtke muss ihr gerade die schlechten Nachrichten überbracht haben, als wir zu ihr kamen.“

„Die Lehrer müssen schon eine ganze Weile etwas geahnt haben“, sagte Tina. „Das würde auch die merkwürdige Stimmung in der Schule erklären.“

„Und wenn man sich vorstellt, dass das alles erst in diesen Ferien angefangen hat mit ein paar Rissen in unserem Gebäude!“, rief Poppy. „Es ist alles so schnell gegangen!“

„Die Schule wird doch nicht vor Ende des Halbjahres schließen, oder?“, fragte Emilia beunruhigt.

Tina sah in ihr besorgtes Gesicht. Die Galavorstellung! Es wäre ein schwerer Schlag für Emilia, wenn sie nie die Chance haben sollte, Cinderella zu tanzen.

„Ich weiß nicht, Em“, antwortete sie ehrlich. „Lass uns Madame Larette bei der Probe fragen.“ Aber Tina musste die Ballettmeisterin gar nicht fragen. Ihr betrübtes Gesicht sprach Bände, als die Schülerinnen und Schüler nach der Hausaufgabenzeit in den Probenraum kamen.

„Es tut mir Leid, meine Lieben“, sagte sie sanft, als alle im Übungsraum versammelt waren, „aber das Internat muss vielleicht schon Mitte des ’albjahres schließen. Also müssen wir unsere Pläne für die Gala aufgeben.“

Es gab Seufzer der Enttäuschung ringsum.

„Es tut mir Leid“, wiederholte sie. „Wir müssen alle zusammen unglücklich sein.“

Um sie aufzuheitern, gab sie ihnen anstelle der geplanten Probe eine Stunde in *Pas de deux*. Tina bekam Matthias als

Partner. Während sie am Ausbalancieren der verschiedenen Posen arbeiteten, konnte Tina sehen, dass er genauso unglücklich war wie ihre Freundinnen.

„Was wirst du machen?“, flüsterte sie.

„Das ist haargenau die Gelegenheit, auf die mein Stiefvater gewartet hat“, sagte Matthias. „Er will, dass ich einen anständigen Beruf lerne und in eine Bank gehe oder so was!“

„Der Traum vom Tanzen ist jetzt für viele von uns ausgeträumt“, seufzte Tina.

Nach dem Unterricht brach Emilia im Umkleideraum in Tränen aus. „Ich kann den Gedanken nicht ertragen, dass die Schule schließen soll“, schluchzte sie. „Und ich wollte so gerne Cinderella sein.“

„Ich weiß“, sagte Tina und legte tröstend ihren Arm um sie. „Es ist wirklich schwer, sich damit abzufinden.“

Jule kam zu ihnen herüber. „Es wird sich etwas anderes für dich finden, ganz bestimmt.“

„Weißt du schon, wo du hingehst?“, fragte Tina.

„Ich habe nächste Woche einen Vorstellungstermin an der Maiwald-Schule. Drückt mir die Daumen.“

„Oh, Jule, das ist ja super, ich freu mich für dich. Vielleicht geht das alles für dich am Ende besser aus als für den Rest von uns!“

Sofie konnte es einfach nicht lassen, sich einzumischen.

„Typisch!“, sagte sie. „Die Schlechtesten von uns werden alle guten Plätze wegschnappen, bevor die Besten überhaupt dazu kommen, sich zu bewerben!“

Nach dem Abendessen wurden die Mädchen an ihre anderen Sorgen erinnert. Frau Weber hatte ihnen die Erlaubnis gegeben, jeden Abend zu Frau Kempmanns Haus zu gehen, um die Katzen zu füttern – die Haushaltshilfe gab ihnen ihr Frühstück.

Poppy beschloss, Tina und Betty zu begleiten, aber Emilia war zu traurig und durcheinander.

„Ich will das Haus nicht so leer und trostlos sehen, ohne sie", sagte Emilia. „Das würde alles noch schlimmer machen. Ich werde lieber hier bleiben und ein wenig Flöte spielen. Das bleibt mir ja immerhin."

„Nein, wirst du nicht", unterbrach Sofie, die auf ihrem Bett lag und las. „Es würde mich von meinem Buch ablenken."

„Ach, sei nicht so egoistisch", sagte Tina verärgert. „Du siehst doch, wie unglücklich Emilia ist. Flöte zu spielen wird sie etwas aufmuntern."

„Egoistisch!", rief Sofie. „Hör sich das mal einer an! Emilia kann in einen Übungsraum gehen. Ich war zuerst hier."

Tina öffnete den Mund, um etwas zu erwidern, aber Emilia sah sie an und runzelte die Stirn. „Ist schon okay", sagte sie. „Vielleicht sollte ich doch mit euch mitgehen. Ich kann ja unterwegs spielen."

Die sehnsuchtsvolle Melodie, die Emilia auf ihrer Flöte spielte, während sie durch das leere, friedlich daliegende Schulgelände gingen, entsprach der Traurigkeit, die sie alle fühlten.

Als sie bei Frau Kempmanns Haus ankamen, freuten sich Panter und Tiger sehr, sie zu sehen.

„Sie sind bestimmt einsam", vermutete Betty als sie Panter

hochhob, um ihn ein bisschen zu knuddeln. „Ich hoffe, Frau Kempmann muss nicht zu lange im Krankenhaus bleiben."

„Ich werde Frau Schäfer fragen, ob wir sie besuchen können", sagte Tina.

Frau Schäfer erklärte sich bereit, die vier Mädchen am nächsten Abend nach München ins Krankenhaus zu fahren.

„Von der Sache mit Hohenstein erzählen wir Frau Kempmann lieber nichts", meinte Tina im Auto.

„Nein", stimmte Betty zu, „damit sollten wir sie nicht belasten, solange sie krank ist."

Nachdem sie kurz bei einem Blumengeschäft angehalten hatten, um einen Strauß zu kaufen, fuhr Frau Schäfer sie quer durch die Stadt zum Krankenhaus.

„Das erinnert mich an die Zeit, als ich krank war", sagte Emilia, als sie Frau Kempmanns Station erreichten. Sie schauderte. „Ich vertrage Krankenhäuser nicht mehr so gut."

Frau Kempmann freute sich riesig, sie zu sehen. Sie war immer noch sehr schwach, aber ihre Augen funkelten und sie freute sich, das Neueste von den Katzen zu hören.

Die Mädchen waren sehr erleichtert festzustellen, dass Frau Kempmann wieder sprechen konnte, wenn auch noch etwas undeutlich. Tina musste sehr genau zuhören, um zu verstehen, was sie sagte.

Als Frau Schäfer fragte, ob sie irgendetwas bräuchte, murmelte die alte Dame, „eine halbe Million!"

Frau Schäfer sah sie erstaunt an.

„Sie wissen also schon von der Schule?", fragte Tina.

„Ja“, antwortete Frau Kempmann, „Frau Weber hat mich gestern Abend besucht.“

Tina fragte sich, wie es die Schulleiterin ausgerechnet an diesem Tag auch noch geschafft hatte, ihre alte Freundin zu besuchen.

„Christina“, flüsterte Frau Kempmann, „du bist eine Kämpferin, das weiß ich. Du darfst die Hoffnung nicht aufgeben. Kämpf, Christina!“

Frau Schäfer sah bedrückt aus, als sie den Korridor entlang zurück zum Ausgang gingen. Als sie die Eingangshalle erreichten, hielt sie Tina an.

„Nimm dir das, was sie gesagt hat, nicht zu sehr zu Herzen. Sie ist nicht ganz bei sich – steht vermutlich auch unter Medikamenten. Ich möchte nicht, dass du dich für irgendetwas, das die Schule angeht, nun ja, *verantwortlich* fühlst. Ich meine, wir können alle einfach nichts mehr tun. Eine Weile haben wir gehofft, dass sich die nötigen Reparaturen in Grenzen halten würden und dass die Stiftung sie bezahlen könnte. Aber jetzt …“ Sie brach ab und zuckte mit den Schultern.

„Ihr Mädchen müsst an eure Zukunft denken. Aber außerhalb von Hohenstein.“

In der Ballettstunde am nächsten Morgen ermahnte Frau Paul die Mädchen, sich gut auf ihre Prüfungen vorzubereiten.

„Ich will hier niemanden durchhängen und mit Jammermiene herumlaufen sehen“, sagte sie. „Es gibt viel zu tun. Viele von euch werden ihre Ballettausbildung fortsetzen wollen, von daher wäre es angebracht, in der anstehenden Prüfung das

Beste zu geben. Glücklicherweise werden wir die Prüfung noch vor den kurzen Ferien zur Halbjahresmitte durchführen können, die Termine wurden heute Morgen bekannt gegeben."

Es war zwar hart, aber Tina war klar, dass dies ein guter Ratschlag war, und sich auf die Arbeit zu konzentrieren brachte sie von den trüben Gedanken ab.

„*Grand battements en cloche*!", rief Frau Paul. „Und was bedeutet *cloche*, Poppy?"

„Glocke, Frau Paul", antwortete Poppy.

„Genau. Eine glatte, fließende Bewegung von der Vierten *ouverte devant* zur Vierten *ouverte derrière*. Und eins und ..."

Tina spürte die starke Dehnung in ihren Oberschenkeln, aber die schwingende rhythmische Bewegung der Übung machte ihr Spaß.

Während der Spitzenübungen an der Stange schien Frau Paul ganz besonders pingelig, sodass Tina alles daransetzte, ihre Füße möglichst präzise zu platzieren. Die Spitzenübungen waren immer ihr Lieblingsteil der Stunde, sodass es ihr nicht sonderlich schwer fiel, sich von ihrer allerbesten Seite zu präsentieren.

Frau Paul ermunterte die Mädchen, sich während der Hebungen *en pointe* vorzustellen, sie seien Luftballons – nichts als Schweben und Steigen. Mit diesem Hintergedanken übten sie die schwierigeren *Temps de cou de pied*, beide Füße gleichzeitig emporschnellend, einer über dem anderen.

„Oh, nein!", rief Frau Paul voller Verzweiflung. „Ihr landet wie Elefanten. Wie kann man das verhindern ... Christina?"

„Indem man die Muskeln auf dem Spann benutzt, Frau Paul."

„Korrekt. Aber auch durch kontrolliertes Atmen. Beim Aufsteigen einatmen, aber nicht ausatmen, bis ihr nicht gelandet seid. Bitte merkt euch das."

Tina stellte fest, dass dieser kleine Trick Wunder wirkte. Plötzlich waren ihre Landungen viel weicher und glatter, ihre Bewegungen viel kontrollierter. Die Konzentration auf das Tanzen vertrieb alle anderen Gedanken. Tina tat, was sie am liebsten tat, und wünschte, die Stunde würde nie zu Ende gehen. Danach kehrten die trüben Gedanken zurück, als sich die Notlage ihrer Ballettschule wieder in ihr Bewusstsein drängte. Yoko sah im Umkleideraum genauso unglücklich aus.

„Meine Eltern haben heute Morgen angerufen", schluchzte sie. „Sie meinen, es sei zu gefährlich. Ich gehe zurück nach Japan!"

Damit noch nicht genug, stieß Tina beim Verlassen des Umkleideraums auf Ole und Matthias. Ole durfte immer noch nicht wieder mittanzen und sah äußerst niedergeschlagen aus.

„Kommst du zu meiner Party?", fragte er Tina.

„Ich weiß nicht, ob ich dazu in der Stimmung bin", antwortete Tina. „Hast du Geburtstag oder so?"

„Nein, es ist meine Abschiedsparty", erklärte Ole mit einem schiefen Grinsen. „Ich gehe Ende der Woche."

„Wieso?", fragte Tina überrascht.

„Ich hab gestern Abend mit meinen Eltern telefoniert und sie wollen, dass ich auf die Schule zu Hause wechsle. Ich denke, das ist das Beste. Die letzten Wochen waren so langweilig hier, und da die Schule eh schließt, macht's nicht viel Sinn, noch zu bleiben."

„Kann ich verstehen", sagte Tina. „Heißt das, dass du das Tanzen aufgibst?"

„Vermutlich", sagte Ole. „Es bedeutet mir nicht mehr so viel wie früher. Aber ihr müsst alle zu meiner Party kommen. Freitagabend auf unserem Zimmer."

„Würdest du dich da vielleicht mit Yoko zusammentun?", fragte Tina. „Sie geht auch am Wochenende. Ihre Eltern haben Angst, es könnte was passieren, wenn sie hier bleibt. Es ist wahrscheinlich noch schwerer für sie, weil sie so weit weg sind. Wenn tatsächlich etwas passieren würde …" Sie verstummte. Tina wusste, dass ihre eigenen Eltern inzwischen den Brief von Frau Weber bekommen haben mussten. Nach dem Abendessen rief sie zu Hause an. Ihre Mutter war sehr verständnisvoll, aber als sie fragte, ob sie auf eine andere Ballettschule gehen könne, gab ihre Mutter den Hörer an ihren Vater weiter.

„Kann ich, Papa?", fragte Tina.

„Ich glaube kaum, mein Schatz", antwortete er und Tina wusste, es tat ihm weh, das sagen zu müssen. „Die Schulgebühren kosten ein Vermögen. Und wir müssen auch an deine Schwester und deinen Bruder denken."

„Was kann ich denn sonst tun?", fragte sie mit einem Anflug von Verzweiflung in der Stimme.

„Wir werden Madame Larette um Rat bitten, aber schlimmstenfalls kannst du hier zu Hause wieder Unterricht bekommen."

Das würde das Ende ihres Traumes von einer Karriere als professionelle Tänzerin bedeuten. Tina wusste das, aber sie wollte nicht, dass sich ihr Vater noch schuldiger fühlte.

„Tina, warum gründest du keinen Rettungsverein? So wie wir für die Grundschule?“, schlug ihr Vater vor.

„Eine halbe Million ist ziemlich viel Geld, das muss man erst mal auftreiben“, antwortete sie.

„Okay, aber wenn ihr vielleicht genug für ein paar Abstützarbeiten zusammenbekämt, könnte die Schule vielleicht wenigstens bis zum Ende des Schuljahres geöffnet bleiben.“

„Danke, Papa. Einen Versuch ist's vielleicht wert.“

Tina legte auf und dachte über den Vorschlag ihres Vaters nach. Frau Kempmanns Worte kamen ihr wieder in den Sinn: „Kämpf, Christina!“

Das war die einzige Möglichkeit.

Die Abschiedsparty

Am Freitagabend war niemandem so recht nach Party zumute, aber sie waren sich alle einig, dass Ole und Yoko einen tollen Abschied von Hohenstein haben sollten.

Die Jungs, die sich einen ziemlich großen Schlafsaal im oberen Stockwerk mit einigen Schülern aus dem dritten Jahr teilten, erledigten alle Vorbereitungen selbst. Zu Tinas Überraschung wurden sie und ihre Freundinnen nicht zum Helfen eingespannt.

Tina und ihre Zimmergenossinnen waren die ersten Mädchen, die ankamen. Einige Jungen aus dem zweiten Jahr waren schon da.

Aus Toms Kassettendeck schallte laute Musik. Alle Betten waren in einer Ecke zusammengeschoben worden, um mehr Platz zu schaffen, und das Zimmer war mit Ballons und Luftschlangen dekoriert. Überall standen Schüsseln mit Erdnüssen, Chips und Schokoladenkeksen.

„Lass uns die Tanzfläche eröffnen“, sagte Ole zu Yoko.

Yoko lächelte schüchtern. „Aber dein Bein!“

„Ich kann mein Bein ja still halten und mit dem Rest hin und her wackeln“, antwortete Ole lachend.

„Wie seid ihr denn die aus dem dritten Jahr losgeworden?“, fragte Tina Tom und Matthias.

„Das war nicht leicht“, antwortete Matthias.

„Wir mussten sie bestechen!“, fügte Tom hinzu und zog ein angewidertes Gesicht.

„Aber das war's wert“, meinte Matthias, „sie einfach mal aus dem Zimmer zu haben.“

„Ja“, stimmte Tom zu. „Die kommandieren uns ständig rum!“

Immer mehr Schüler aus dem zweiten Jahr drängten in den Raum und die Tanzfläche füllte sich. Es war für alle eine Gelegenheit, mal richtig loszulegen und sich frei zu bewegen, nicht nur in Formen, die mit äußerster Präzision für sie choreografiert worden waren. Es war auch eine Möglichkeit, die unmittelbar bevorstehende Schließung der Schule zu vergessen, wenigstens für eine Weile.

Dann füllten sie ihre Plastikbecher mit Cola und brachten einen Toast auf die beiden aus, die jetzt schon gehen würden. Ole hielt eine kurze Dankes- und Abschiedsrede. Yoko war zu schüchtern und fühlte sich zu unsicher, was ihr Deutsch anbetraf, um vor der ganzen Versammlung zu reden, deshalb bat sie Tina, für sie zu sprechen. Tina war dankbar für die Gelegenheit, ihre Gedanken vor den versammelten Schülern zur Sprache bringen zu können.

„In Yokos Namen, vielen Dank für diese Abschiedsparty. Es ist toll. Und wenn man es recht bedenkt, ist es ja eine Abschiedsparty für uns *alle*. Das heißt, wenn wir nichts dagegen unternehmen.“

„Ach ja, zum Beispiel?“, rief Sofie.

„Ich will eine Aktionsgruppe gründen, um die Schließung des Internats Hohenstein zu verhindern – oder wenigstens aufzuschieben.“

Sofort brachen im ganzen Raum hitzige Wortwechsel aus zwischen denen, die Tina zustimmten, und denen, die das Ganze für reine Zeitverschwendung hielten.

„Für diejenigen, die meinen, dass das eine gute Idee ist“, rief Tina in den allgemeinen Lärm, „lasst uns morgen Nachmittag um zwei auf meinem Zimmer – Zimmer 13 – ein Treffen abhalten, um alles zu besprechen. Und sagt es weiter. Wir brauchen Vertreter aus allen Jahrgängen!“

Neuer Optimismus verbreitete sich wie ein Lauffeuer durch den Raum und auf der Tanzfläche ging es erneut hoch her. Tina dachte: *Es ist weitaus besser,* irgendetwas *zu tun, als einfach nur die Hoffnung aufzugeben und nichts zu tun. Auch wenn die Hindernisse unüberwindlich zu sein scheinen.*

Keiner bemerkte, wie spät es wurde, bis die Jungen aus dem dritten Jahr ins Zimmer platzten.

„Ihr seid ja immer noch da!“, sagte einer von ihnen, der Rob hieß. Er grinste unangenehm. „Na, schauen wir mal, was die Pfeife dazu sagt.“

Er machte seinen Freunden Zeichen, dass sie den Hausvater holen sollten, während er selbst die Tür versperrte, sodass die Mädchen nicht an ihm vorbekonnten.

„Ach komm“, versuchte Matthias ihn umzustimmen, „die Party ist vorbei. Lass sie einfach alle raus und ihr könnt ins Bett gehen, kein Problem.“

„Aber du vergisst da was", warf Rob ein. „Schlafenszeit für Leute aus dem zweiten Jahr ist halb neun." Er schaute demonstrativ auf seine Uhr. „Böse, böse!"

„Das ist doch albern!", rief Tina. „Lass uns einfach raus."

Sie überlegte gerade, ob sie versuchen sollte, sich an ihm vorbeizudrängen, als Herr Pfeifer erschien. Er war einigermaßen erstaunt, so viele Mädchen im Zimmer vorzufinden.

„Was ist denn hier los?", fragte er.

Matthias erzählte ihm von der Abschiedsparty.

„Nun, es ist verflixt spät", sagte Herr Pfeifer. „Aber ich werde keine Meldung machen, da dies eine einmalige Angelegenheit ist." Aus dem Augenwinkel konnte Tina sehen, wie Rob ein finsteres Gesicht zog. „Aber ihr Mädchen schleicht euch besser mucksmäuschenstill nach unten, sonst bekomme ich Ärger mit Frau Schäfer."

Der Gedanke, dass sich die zierliche Frau Schäfer mit dem Zweimetermann Pfeifer anlegen sollte, war zum Schreien. Aber die Mädchen taten, wie ihnen geheißen, und nachdem sie sich von Ole verabschiedet hatten, der am nächsten Morgen ganz früh abreisen würde, schafften sie es unbemerkt in ihr Zimmer zurück.

„Da haben wir ja noch mal Glück gehabt", meinte Betty, „Herr Pfeifer ist einfach so süß!"

„Also, deine Idee für eine Aktionsgruppe gefällt mir, Tina", sagte Poppy, als sie ins Bett gingen. „Mir sind schon ein paar Sachen eingefallen, mit denen man Geld sammeln könnte."

„Merk sie dir bis zu unserem Treffen morgen", sagte Tina gähnend. „Ich bin völlig platt!"

Am nächsten Morgen verschliefen sie alle und mussten von Frau Schäfer aus dem Bett gescheucht werden.

„Ich seht ja alle aus wie Zombies!“, sagte sie. „Ich hoffe, diese ganze Sache mit der Schule geht euch nicht zu sehr an die Nieren.“

„Wir versuchen, positiv zu denken“, sagte Tina. „Ich habe für heute Nachmittag ein Treffen angesetzt und dann werden wir hoffentlich eine Aktionsgruppe gründen.“

„Guter Einsatz, Christina“, sagte Frau Schäfer. „Was für Aktionen schweben euch denn so vor?“

„Na ja, Spenden sammeln hauptsächlich. Wir können vielleicht nicht verhindern, dass die Schule geschlossen wird, aber vielleicht können wir genügend Reparaturen finanzieren, damit sie bis zum Schuljahresende offen bleiben kann.“

„Das ist eine gute Idee“, sagte die Hausmutter. „Lass mich wissen, wie ihr vorankommt. Kann ich euch irgendwie helfen?“

„Ja, das könnten Sie. Würden Sie heute Vormittag den älteren Schülern in ihrem Matheunterricht Bescheid sagen?“

„Natürlich“, antwortete Frau Schäfer. „Viel Glück!“

Obwohl die Freundinnen in der Pause durch die ganze Schule gewetzt waren und an jedem schwarzen Brett hastig geschriebene Poster aufgehängt hatten, kamen nur enttäuschend wenige Teilnehmer zu dem Treffen.

Punkt zwei saßen Tina, Betty, Poppy und Emilia in ihrem Zimmer bei offener Tür und warteten darauf, dass andere Schülerinnen und Schüler kommen würden. Um fünf nach zwei kamen Wiebke und Abigail herein und setzten sich.

„Sofie will nicht mitmachen“, berichtete Abigail.

Tina dankte ihrem Schutzengel. Um zehn nach hatten die Mädchen gerade beschlossen anzufangen, als drei der älteren auftauchten. Sie waren alle aus dem vierten Jahr: Maria, Jeanette und Lara. Die Mädchen aus dem zweiten Jahr hatten ziemlichen Respekt vor diesen schon so erwachsen wirkenden jungen Frauen, und Tina fühlte, wie ihr Mund plötzlich trocken wurde. Trotzdem schaffte sie es, ihnen die Ziele der Aktionsgruppe zu erklären, und schon bald wurden Pläne für Aktivitäten geschmiedet, die Geld für die Schule einbringen sollten.

Poppy schlug vor, Anstecker zu basteln. „Wir könnten sie an den Samstagnachmittagen im Dorf verkaufen. Vielleicht bekommen wir sogar die Erlaubnis, damit in die Innenstadt zu gehen.“

„Meinst du damit eine Aufschrift wie ‚Rettet Hohenstein‘?“, fragte Wiebke.

„Ja, irgendwie so was“, stimmte Poppy zu.

Dann rückte Tina damit heraus, was sie sich ausgedacht hatte.

„Ich denke, wir sollten eine eigene Galavorstellung geben“, sagte sie. „Wenn wir zum Beispiel bis Anfang Juni so eine Veranstaltung auf die Beine stellen würden, könnten wir sie auf jeden Fall präsentieren, selbst wenn Hohenstein doch vor dem Ende des Halbjahres schließen muss.“

Alle waren sich einig, dass das eine Superidee war, und Maria bot an, die Regie zu übernehmen.

„Ich habe ein bisschen Erfahrung damit, da ich schon mal

eine Ballettvorführung in der Schule organisiert habe, aber nur innerhalb unseres Jahrgangs", erklärte sie.

„Das ist fantastisch", sagte Tina. „Und ich bin sicher, es werden sich jede Menge Leute finden, die mittanzen wollen, aus allen Jahrgängen. Ich hätte immer noch gerne die Szenen aus *Cinderella* dabei."

Emilia strahlte über das ganze Gesicht. „Das wäre absolut Klasse!", stimmte sie zu.

„Eine Gruppe aus unserem Jahrgang hat ein modernes Stück erarbeitet", sagte Lara. „Wollt ihr das für das Programm?"

„Oh ja", antwortete Tina begeistert. „Das gäbe einen tollen Kontrast. Und ich schätze mal, den anderen Jahrgängen fällt auch noch was ein."

„Wir sollten aber die anderen Aktivitäten nicht ganz aus den Augen verlieren", mahnte Betty, da sich alle nur über die Gala die Köpfe heiß redeten.

„Nein, das stimmt", pflichtete Tina ihr bei. „Vielleicht wird aus der Gala ja auch gar nichts. Am allerwichtigsten ist es, dass wir *alle* dazu bekommen, sich an den Aktionen zu beteiligen und daran zu glauben, dass wir Hohenstein retten können!"

Als die älteren Mädchen gegangen waren, sah Tina Betty nachdenklich an. „Weißt du, was ich mir wünsche?"

„Nein?"

„Dass Frau Kempmann wieder gesund genug sein wird, sich unsere Gala anzuschauen. Sie war bislang immer dabei."

„Wirst du ihr davon erzählen?", fragte Emilia. Die Freundinnen wollten die alte Dame am Nachmittag besuchen.

„Natürlich", sagte Tina. „Das ist genau das Richtige, um sie aufzuheitern. Sie hat mich überhaupt erst auf die Idee gebracht, etwas zu tun."

„Sie wird wie immer auch wissen wollen, wie's den Katzen geht", sagte Betty. „Ich dachte, ich gehe hin und spiele ein bisschen mit ihnen, bevor wir ins Krankenhaus fahren."

„Ich komme mit", sagte Tina.

„Ich muss noch Flöte üben", sagte Emilia. „Damit verbringe ich inzwischen mehr Zeit als mit Ballett, wie's aussieht!"

Die folgende Woche verging wie im Flug, während sie Anstecker bastelten, probten und eifrig Mundpropaganda für die Aktionsgruppe betrieben. Madame Larette gab ihnen ihren Segen und die Erlaubnis, Studio 1 für ihre Proben zu benutzen.

Yoko wurde Anfang der Woche tränenreich verabschiedet, und am Freitag fuhr Jule mit ihrer Mutter nach Stuttgart zum Vorstellungstermin bei der Maiwald-Ballettschule.

Ihre Freundinnen erwarteten sie gegen sieben zurück und warteten nach dem Abendessen in Zimmer 13 auf sie.

„Hoffen wir mal, dass sich unser Glück gewendet hat", meinte Tina. „Seit wir in diesem Zimmer sind, ist bislang alles schief gegangen."

Als Jule durch die Tür kam, wussten sie sofort, dass sie angenommen worden war.

„Sie haben's mir gleich gesagt", berichtete sie und strahlte dabei von einem Ohr zum anderen vor Erleichterung.

Tina war froh, dass Sofie nicht da war, um Jule ihren Triumph zu verderben.

„Oh, super!", rief sie begeistert und umarmte ihre Freundin.

Als ihr alle gratuliert hatten, erzählte Jule, dass ihr die neue Schule gefallen habe. Sie war kleiner und nicht ganz so sehr auf Höchstleistung ausgerichtet, aber sie hatte sich dort von Anfang an zu Hause gefühlt.

„Ich wünschte nur, ich könnte euch alle mitnehmen!", schloss sie mit Nachdruck.

Tina bemühte sich sehr, nicht an die Zukunft zu denken. Nur für ihre Aktivitäten zur Unterstützung der Schule war Platz in ihrem Bewusstsein. Dahinter war ein großes schwarzes Loch, dass sie sich nicht zu füllen wagte. Sie arbeitete weiterhin sehr hart an den Vorbereitungen für ihre Prüfung, die in weniger als einem Monat bevorstand. Sie stellte fest, dass all die Arbeit, die sie hatte, ein erstklassiges Mittel gegen trübe Gedanken war.

Bis zum Samstag hatte die Aktionsgruppe genügend Anstecker beisammen, um sie im Dorf verkaufen zu gehen. Jeder trug die Aufschrift „SOS Hohenstein". Die Freundinnen hatten außerdem auch eine Aufstelltafel angefertigt, auf der erklärt wurde, dass ihre Aktion dazu dienen sollte, Hohenstein vor der Schließung zu bewahren.

Die Schülergruppe erhielt einiges an Aufmerksamkeit von Passanten, die ihren Einkaufsbummel unterbrachen, um Anstecker zu kaufen, und viele Fragen stellten.

Es war warm für Anfang Mai und das machte die ganze Sache sehr angenehm. Tina heftete gerade einem älteren Herrn einen Anstecker an die Jacke, als sie aus dem Augenwinkel ein bekanntes Gesicht erspähte. Sie stieß Betty an.

„Schau mal, da ist dieser Vermessungstyp!"

Herr Schmidtke unterhielt sich auf dem gegenüberliegenden Bürgersteig mit einem Mann, der größer war als er und einen starken Schnurrbart trug. Ein paar Minuten später stieg dieser in einen in der Nähe geparkten neuen Mercedes und fuhr davon. Der rotblonde Bauinspektor überquerte die Straße und ging an den Mädchen vorbei.

„Hallo", rief Tina ihm zu. „Möchten Sie einen Anstecker?"

Obwohl er so dicht an ihnen vorbeigegangen war, hatte er sie nicht gesehen. Er war ganz in Gedanken und musste sich erst davon losreißen, um in Augenschein zu nehmen, was Tina ihm vor die Nase hielt. Sein Gesicht verzog sich, als er die Aufschrift des Ansteckers las.

„Nein", sagte er kurz angebunden. „Damit solltet ihr den Leuten nicht auf die Nerven gehen!"

„Typisch!", rief Tina, als er sich entfernt hatte.

„Manche Leute sind einfach fies und geizig", sagte Poppy und sah ihm angewidert nach.

„Ich wüsste gern, mit wem er sich da unterhalten hat", murmelte Tina vor sich hin. „Er sah recht wohlhabend aus, oder?"

„Ich weiß nicht", sagte Emilia. „Aber schau mal, Tina, wir haben bis auf drei alle Anstecker verkauft!"

Über 60 Euro waren nicht schlecht für den Anfang, Tina war superglücklich über das Ergebnis der Aktion. Sie war nicht ganz so glücklich, als sie am nächsten Tag Frau Weber gegenüberstand.

„Es hat eine Beschwerde gegeben", sagte die Schulleiterin,

die Tina in ihr Büro bestellt hatte. „Eines unserer Vorstandsmitglieder hat gesehen, dass ihr gestern im Dorf Anstecker verkauft habt. Herr Knauer wollte wissen, was da los war. Was geht hier vor, Christina?“

Tina erzählte so kurz und knapp wie möglich (und das war nicht so leicht) von ihrer Kampagne zur Rettung des Internats.

„Euer Einsatz ehrt euch“, sagte Frau Weber seufzend, „aber wir müssen der Realität ins Gesicht sehen. Die Schule wird geschlossen, weil uns eine halbe Million fehlt, um sie daran zu hindern, *einzustürzen*.“

„Das ist mir klar, Frau Weber“, sagte Tina, „aber es ist wesentlich besser, etwas zu tun zu haben, als herumzusitzen und Trübsal zu blasen.“

„Ihr habt eure Prüfungsvorbereitung“, ermahnte Frau Weber sie. „Das sollte fürs Erste ausreichen.“

„Aber vielleicht könnten wir trotzdem genug Geld zusammenbekommen, dass die Schule bis zum Ende des Halbjahres weitermachen kann?“, sagte Tina.

„Das ist nicht sehr wahrscheinlich“, antwortete Frau Weber. „Und ich muss nach dieser Beschwerde von Herrn Knauer wirklich alle weiteren Sammelaktionen untersagen.“

„Aber Frau Weber!“, brach es aus Tina heraus, „wir proben schon für eine eigene Gala!“

„Das hat mir Madame Larette bereits berichtet“, sagte die Schulleiterin. „Wann werdet ihr so weit sein?“

„Unser Ziel ist Mitte des Halbjahres“, sagte Tina eifrig.

„Hmmm. Was ist mit deiner Prüfung, Christina?“

Tina wurde rot, als sie an ihre letzte schlechte Vorstellung dachte. „Das passiert mir nicht noch mal“, sagte sie. „Ich werde mich wirklich anstrengen, versprochen.“

Sie konnte sehen, dass Frau Weber schwankte. „Und es wäre ein toller Abschluss; eine wirklich großartige Gala, zu der alle Eltern kommen könnten!“

„Sind viele Schülerinnen und Schüler daran beteiligt?“

„Ja, etwa dreißig“, sagte Tina. „Vom ersten bis zum vierten Jahrgang.“

„Ich nehme an, der fünfte Jahrgang lernt für die Mittelstufenprüfung. Und die Mitglieder der Abschlussklasse sind natürlich mit Bewerbungen für ihre ersten Stellen beschäftigt.“

„Bitte lassen Sie uns die Vorstellung geben!“, drängte Tina. „Es hilft gegen die allgemeine Niedergeschlagenheit.“

„Nun gut. Ich gebe euch meine Erlaubnis dafür, aber *nur* dafür“, sagte Frau Weber. „Jegliche anderen Aktivitäten in dieser Richtung sind einzustellen.“

„Oh, vielen Dank!“, sagte Tina erleichtert. „Vielen, vielen Dank! Sie werden es nicht bereuen, das verspreche ich Ihnen.“

„Du machst eine ganze Menge Versprechungen“, sagte die Schulleiterin mit einem trockenen Lächeln. „Sieh nur zu, dass du sie auch alle hältst.“

Ein geheimes Versteck

Die Mitglieder der Aktionsgruppe waren zwar enttäuscht, dass sie keine weiteren Aktivitäten unternehmen durften, um Geld zu sammeln, aber sie organisierten und probten mit Feuereifer weiter für die Galavorstellung. Deren Programm war in der Zwischenzeit um eine Stepptanznummer erweitert worden, geleitet von Betty. Tina fiel auf, dass all diejenigen Schülerinnen und Schüler, die an den Vorbereitungen für die Gala beteiligt waren, wesentlich besserer Laune waren als die, die nicht dabei waren.

Sogar Emilia, die am Anfang dichter am Wasser gebaut hatte als sonst irgendjemand, konzentrierte jetzt enorm viel Energie auf ihre Rolle als Cinderella. Trotz alledem fand sie jeden Tag mindestens eine Stunde Zeit zum Flötespielen.

„Früher hast du immer jede freie Minute im *Tanz*-Übungsraum verbracht!“, sagte Tina eines Abends zu ihr, als sie sich für die Ausdruckstanz-Klasse fertig machten.

„Ich weiß“, sagte Emilia. „Ich glaube, es war die Enttäuschung darüber, dass Hohenstein schließen und ich nicht dazu kommen würde, Cinderella zu tanzen. Das Flötespielen hat mir sehr geholfen, als ich krank war.“

„Soll das heißen, du willst nicht mehr Tänzerin werden?“, fragte Tina.

Emilia legte ihre Haarbürste aus der Hand. „Ich glaube, ich bin einfach ziemlich durcheinander. Ich weiß nicht, ob ich auf eine andere Schule gehen kann, also möchte ich, falls das nicht der Fall sein sollte, mit der Musik weitermachen können.“

„Ich bin auch sehr unsicher, wie es weitergehen soll“, gestand Tina. „Ich versuche, nicht an das nächste Schuljahr zu denken und daran, wo ich dann wohl sein werde, aber ich weiß, dass ich immer noch Tänzerin werden will, mehr als alles andere auf der Welt.“

„Dann wirst du's vermutlich schaffen“, sagte Emilia. „Es heißt doch immer, es sei zu zehn Prozent eine Frage des Talents und zu neunzig Prozent der Entschlossenheit. Ich habe einfach nicht deine Willenskraft!“

„Jetzt kommt endlich“, sagte Betty und drehte eine Pirouette in ihrem langen schwarzen Rock. „Wir kommen noch zu spät.“

Emilia und Tina frisierten sich zu Ende, sprühten Haarspray darüber, damit alles hielt, und schlüpften in ihre schwarzen Schuhe für den Ausdruckstanz.

„In den letzten Wochen haben mich die Ausdruckstanz- und Stepp-Stunden wirklich gerettet“, sagte Tina.

„Wie meinst du das?“, fragte Poppy.

„Na ja, alle anderen Lehrer sind so fürchterlich niedergeschlagen, oder? Und Frau Paul macht sich endlos einen Kopf wegen unserer Prüfung. Wenn man sie reden hört, sollte man meinen, wir würden alle durchfallen.“

„Ja, dem Himmel sei Dank für Herrn Pfeifer", sagte Betty bewundernd.

„Und für Frau Bonsing", fügte Tina hinzu. „Sie hat immer gute Laune."

„Für die Lehrer ist es vermutlich genauso hart wie für uns", sagte Emilia. „Ich meine, sie müssen sich alle neue Stellen suchen. Das ist bestimmt nicht einfach, besonders für die Ballettlehrer."

„Ich hab gehört, dass Madame Larette lieber vorzeitig in Ruhestand gehen will als irgendwo anders hin, zumindest geht das Gerücht", sagte Poppy.

„Was wohl aus Frau Weber wird?", fragte sich Tina laut. „Sie ist einfach die Schulleiterin des Internats Hohenstein, man kann sie sich kaum als etwas anderes vorstellen."

Als sie sich fertig zurechtgemacht hatten, gingen die Mädchen hinüber ins Hauptgebäude zum Unterricht im Ausdruckstanz.

„Hallo, Mädchen", rief Frau Bonsing ihnen fröhlich zu, als sie den Übungsraum betraten.

Sie knicksten und begrüßten ihre Lehrerin, dann machten sie sich daran, die Mazurka zu üben, die auf dem Programm stand.

Tina machte der Unterricht richtig Spaß. Sie konnte dabei wieder alle Sorgen aus ihrem Kopf verdrängen. Ihren Spaß am Tanzen ließ sie sich von nichts verderben.

Tina hatte den ganzen Tag über viel Energie verbraucht und langsam sackte ihr der Magen in die Kniekehlen. Die Zeit vom Mittag- bis zum Abendessen kam ihr immer sehr lang vor, aber heute würde es sogar noch später werden, denn sie hatte vorher noch ihren Beratungstermin bei Frau Schäfer.

Die Hausmutter sprach mit allen Mädchen einzeln, um sie über mögliche alternative Schulen zu beraten. Tina traf sie im Matheraum.

„Ah, Christina“, sagte sie. „Ich habe hier zwei Prospekte von Schulen, die etwas für dich sein könnten, glaube ich. Sie sind beide in Stuttgart.“

Tina nahm die Broschüren und setzte sich. „Meine Eltern wissen noch nicht genau, ob sie sich die Gebühren für eine andere Ballettschule leisten können“, sagte sie, „von daher kann ich im Moment eigentlich noch nicht viel unternehmen.“

„Ah, ich verstehe“, sagte Frau Schäfer. „Nun, überlass das mal mir. Ich werde mich über die Privatschulen in eurer Gegend informieren. Sie haben oft Tanz und Schauspiel im Unterrichtsprogramm und die Gebühren wären viel niedriger als in einem Internat.“

„Vielen Dank, Frau Schäfer“, sagte Tina höflich.

Ihre Hausmutter seufzte. „Das ist ein harter Schlag für dich, nicht wahr?“

Tina zuckte die Schultern. Ihr war jetzt nicht danach, ihr Herz auszuschütten. „Ich konzentriere mich im Augenblick auf die Gala und auf meine Prüfung. Weiter vorauszudenken würde mich verrückt machen.“

„Okay, falls du mit jemandem darüber reden möchtest, bin ich immer für dich da.“

Tina bedankte sich und ging, die Prospekte ließ sie bei Frau Schäfer auf dem Stuhl liegen.

Als sie in den Speisesaal kam, waren die anderen schon fast fertig mit dem Essen. Tina machte sich über eine extragroße Portion Spaghetti Bolognese her.

„War ja klar, dass es wieder Spaghetti sein mussten“, beschwerte sie sich bei ihren Freundinnen. „Ich krieg die Dinger einfach nicht dazu, auf der Gabel zu bleiben.“

Betty lachte. „Wir sollten besser richtig zuschlagen, gleich nach dem Essen haben wir noch unsere eigene Probe.“

„Ich komme etwas später“, sagte Tina. „Sagt Maria Bescheid, sie kann schon mal mit der Stepptanz-Nummer und dem modernen Stück des vierten Jahrgangs anfangen.“

„Wieso?“, fragte Betty.

„Ich muss noch für meine Prüfung üben“, antwortete Tina. „Aber ich komme später.“

„Wir haben eigentlich noch nicht genug für das Showprogramm“, sagte Poppy. „Ist dir inzwischen noch was eingefallen?“

„Nicht wirklich“, antwortete Tina. „Ich hab irgendwie nie Zeit zum Nachdenken.“

„Wenn du willst, geh ich die Katzen heute Abend allein füttern“, erbot sich Betty.

„Ich komm zur Abwechslung mit“, schloss sich Poppy an.

„Danke“, sagte Tina. „Das würde mir etwas mehr Zeit zum Üben geben.“

„Es ist vielleicht ganz gut, dass uns Frau Weber alle weiteren Aktivitäten verboten hat“, meinte Emilia. „Sonst würden wir bald zusammenklappen!“

„Mir hat der Ansteckerverkauf Spaß gemacht“, entgegnete

Tina. „Wenn der alte Miesepeter Knauer uns nicht entdeckt und sich beschwert hätte, hätten wir nicht aufhören müssen!"

„Er ist vielleicht gar kein Miesepeter und auch nicht alt", gab Betty zu bedenken. „Wir haben vermutlich sogar mit ihm gesprochen – er muss ziemlich nah dran gewesen sein, um die Aufschrift lesen zu können."

„Hmmm, ich wüsste gerne, wer er ist", sagte Tina. „Ich wüsste gern ein bisschen mehr über ihn."

„Man kann sich kaum vorstellen, warum er was dagegen hatte", sagte Emilia. „Wir könnten ja Madame Larette fragen, ob sie irgendetwas über ihn weiß."

Tina setzte Emilias Vorschlag am nächsten Tag in die Tat um, aber Madame Larette wusste auch nicht viel über ihn, da er neu im Schulvorstand war. Sie schlug vor, Oles Vater zu fragen, der ebenfalls Mitglied des Vorstands war. Nach der Ballettstunde war Matheunterricht und Tina nutzte die Gelegenheit, um Matthias nach Oles Adresse zu fragen. Als sie ihm erklärte, wozu sie sie brauchte, bot er an, den Brief selbst zu schreiben.

„Ich wollte mich sowieso mal bei ihm melden", sagte er.

„Kannst du das heute noch machen?", fragte Tina.

„Oh, Mann, du warst ja schon immer ein Sklaventreiber", sagte Matthias lachend. „Ich tu, was ich kann. Woher die Eile?"

„Ich will mir nur Klarheit verschaffen über etwas, das mir einfach keine Ruhe lässt: Wieso sollte ein Mitglied des Schulvorstands uns daran hindern wollen, unsere Schule zu retten?"

„Na ja, erstens, weil er weiß, dass das ein hoffnungsloses Unterfangen ist, und zweitens findet er es vielleicht nicht sehr damenhaft, auf der Straße Anstecker zu verkaufen. Könnte ja dem Ruf der Schule schaden, die Art von Einstellung."

Tina schnaubte verächtlich. „Es ist ein bisschen zu spät, sich Sorgen um das Image der Schule zu machen, oder? Und wenn ein paar von euch Jungs sich zur Aktionsgruppe bequemt hätten, hätten wir euch auf die Straße schicken können."

Matthias kicherte. „Du lässt wirklich nie locker, oder, Tina? Aber keine Sorge, ich schreibe Ole."

„Heute?"

„Heute!"

Mittags ging Tina mit Emilia im Garten spazieren und war überrascht, Herrn Schmidtke, den Bauinspektor, zu sehen, der die Außenseite des Hauptgebäudes untersuchte.

„Ich dachte, der wär hier fertig!", rief sie erstaunt.

Erst am nächsten Tag erinnerte sie sich wieder, dass sie ihn gesehen hatte. Sie hatten gerade eine anstrengende Stepp-Stunde bei Herrn Pfeifer gehabt. Tina und ihre Freundinnen standen am Ende der Stunde schwitzend und schnaufend beisammen, als der junge Lehrer stirnrunzelnd zu ihnen kam.

„Ich dachte, ihr wollt vielleicht das Neueste hören", sagte er, „aber sagt es bitte nicht weiter. Es ist noch nicht offiziell."

„Was gibt's?", fragte Tina.

„Nun, der Bauinspektor hat sich das Gebäude noch einmal angesehen und er meint, die Anzeichen für die Instabilität werden stärker."

„Was soll das heißen?", fragte Poppy.

„Es könnte eher einstürzen, als bislang angenommen. Eventuell müssen wir die Schule schon in den nächsten paar Wochen räumen, wenn er meint, dass es gefährlich wird."

Das war ein Schlag in die Magengrube. Tina traute ihren Ohren kaum.

„Er kommt morgen wieder, um noch ein paar Tests durchzuführen, aber es sieht ziemlich schlecht aus, fürchte ich."

Die Freundinnen machten sich auf den Weg zum Abendessen, diese neue Hiobsbotschaft konnten sie kaum fassen.

„Was wird denn jetzt aus unserer Gala?", fragte Betty.

„Die müssen wir durchziehen!", rief Tina. „Selbst wenn wir im Gemeindesaal proben müssen."

„Aber wenn sie uns nach Hause schicken ...?", meinte Emilia.

„Keine Ahnung. Wir lassen uns was einfallen."

Appetit hatte an diesem Abend keine von ihnen. Nachdem sie ihren Bohneneintopf eine Weile auf den Tellern hin und her geschoben hatten, machten sie sich zu viert auf den Weg zu Frau Kempmanns Haus, um die Katzen zu füttern.

„Es tut gut, rauszukommen", sagte Tina, als sie draußen waren. „Ich hab zurzeit in der Schule immer das Gefühl, erdrückt zu werden."

„Ich auch", stimmte Emilia zu. „Ich hab noch nicht mal mehr Lust, Flöte zu spielen."

Panter und Tiger begrüßten sie begeistert wie immer.

„Sie freuen sich wirklich, wenn wir sie besuchen kommen", stellte Betty fest. „Es ist nicht nur das Futter – sie brauchen auch Gesellschaft."

„Wenn sich Frau Kempmann nur ein bisschen beeilen

würde mit dem Gesundwerden!", sagte Tina. „Ich hätte gedacht, dass sie längst wieder zu Hause wäre."

„Ich schätze, je älter man ist, desto länger braucht man, um einen Schlaganfall zu überwinden", meinte Betty.

Sie fütterten die Katzen und räumten auf. Das kleine Haus wirkte einsam und freudlos ohne ihre Freundin. Die vier Mädchen machten sich schweigend auf den Rückweg über die weiten Rasenflächen.

Als sie an dem Gebäudeteil vorbeikamen, in dem ihr altes Zimmer lag, sagte Tina, einem plötzlichen Impuls folgend: „Lasst uns reingehen! Es ist vielleicht die letzte Chance, unser altes Zimmer noch mal zu sehen und uns davon zu verabschieden."

„Es ist bestimmt alles zugeschlossen", sagte Emilia. „Vom Hauptgebäude aus kann man nicht rein."

„Wir können ja mal den Hintereingang versuchen", antwortete Tina.

Sie gingen um das Gebäude herum und versuchten es an der Hintertür, aber sie war abgeschlossen. Tina gab jedoch nicht so schnell auf. Sie ging am Gebäude entlang und probierte jedes einzelne Fenster aus.

„He, was machst du da?", zischte Betty. „Was hast du vor?"

„Ich versuche, ein Fenster zu finden, das nicht richtig zu ist."

„Oh Mann, Tina!", stöhnte Betty. „Das gibt doch nur wieder Ärger!"

„Was haben wir denn schon zu verlieren?", fragte Tina mit glänzenden Augen. „Ich will Zimmer zwölf noch mal sehen!"

Ihre Hartnäckigkeit wurde belohnt: Das sechste Fenster, an dem sie es versuchte, war nicht richtig geschlossen. Sie drückte den unteren Teil des Schiebefensters nach oben und kletterte in das leere Schlafzimmer hinein.

„Na kommt schon!“, rief sie den anderen zu. „Hier sieht uns keiner.“

Kurz darauf waren die Mädchen auf dem Weg nach oben in ihren alten Flur. Sie verbrachten ein paar Minuten in Zimmer 12, aber das brachte ihnen keinen Trost, am allerwenigsten Tina. Ohne Möbel und ihre eigenen Sachen fühlte es sich ganz fremd an, es hatte mit ihnen nichts mehr zu tun.

„Lasst uns hochgehen und uns ein wenig umschauen“, schlug Tina vor, die dem leeren Gefühl entgehen wollte.

„Ich glaube, wir sollten langsam zurückgehen“, sagte Emilia. „Dies soll doch der gefährlichste Teil der Schule sein.“

„Ach, es wird schon nichts passieren“, entgegnete Tina ungeduldig. „Ich geh jedenfalls nach oben, ob nun jemand mitkommt oder nicht!“

Ihre Freundinnen seufzten und folgten ihr ins nächste Stockwerk. Niedergeschlagen wanderten sie durch ein leeres Schlafzimmer nach dem anderen, auch durch die ehemaligen Schlaf- und Arbeitszimmer der Lehrer, und erreichten schließlich Frau Pauls altes Zimmer.

„Wisst ihr noch, das Drunter-und-drüber-Rennen?“, rief Tina.

Ihr haarsträubend wildes Rennen durch die Boden- und Kellerräume der Schule schien Lichtjahre entfernt.

„Wie könnte ich das vergessen!“, antwortete Poppy.

Tina schaute zur Decke hinauf und musste lachen bei der Erinnerung daran, wie Poppys Fuß dort hindurchgehangen hatte. Sie war bei dem Rennen neben einen Balken getreten und bei Frau Paul durch die Decke gebrochen.

„Das war damals gar nicht lustig“, sagte Poppy, die jetzt auch kichern musste. „Ich hab da stundenlang festgehangen!“

Tina brach beinahe zusammen vor Lachen und sackte hilflos gegen die Wand. Da klappte die Vertäfelung weg und sie fiel rückwärts in einen dunklen Hohlraum.

„Wie hast du das gemacht?“, fragte Betty.

„Ich weiß nicht“, sagte Tina, rappelte sich auf und starrte zu ihren Freundinnen hinaus.

„Das muss eine Geheimklappe sein!“ Tina drehte sich um und begann, den Hohlraum zu erkunden. Es war ein kleiner fensterloser Raum, in den nur mit Mühe zwei Leute hineinpassten. Die einzige Besonderheit war eine schmale Ablage mit Überresten von hinuntergelaufenem Kerzenwachs.

„Ich glaube, hier war seit Jahren keiner mehr“, sagte Tina und schnüffelte in die muffige Luft. „Stellt euch das vor! Ein Geheimzimmer! Und Frau Paul hat wahrscheinlich die ganze Zeit, die sie hier gewohnt hat, keine Ahnung davon gehabt.“

Bei diesem Gedanken wurden sie alle ganz aufgeregt.

„Wozu könnte das gut gewesen sein?“, fragte Emilia.

„Als Besenschrank?“, schlug Betty vor.

„Ach Quatsch“, sagte Tina. Man versteckt keine Besen hinter Geheimklappen.“

„Es ist groß genug, dass sich jemand darin verstecken könnte“, meinte Poppy.

„Ich weiß!“, rief Tina. „Es ist ein Priesterloch. Ihr wisst schon, damals im siebzehnten Jahrhundert, als Priester verfolgt wurden, haben sie sich in solchen kleinen Schlupflöchern versteckt, oder?“

„Da könntest du Recht haben“, sagte Betty. „Klasse, dass wir es gefunden haben!“

Emilia sah auf ihre Uhr. „Ich will ja keine Spielverderberin sein, aber ich glaube wirklich, wir sollten jetzt zurückgehen.“

„Ich geh nur noch mal kurz rein“, sagte Tina.

Als sich ihre Augen an das Halbdunkel gewöhnt hatten, sah sie, dass der Raum keine richtige verputzte Decke hatte; über ihrem Kopf waren nur grobe Balken. Ihr Blick blieb an einem hellen Gegenstand hängen, der hinter einem Balken steckte. Sie stellte sich auf die Zehenspitzen und zog an der vorstehenden Ecke. Wahrscheinlich einfach ein altes Stück Papier. Aber als sie es in die Hand bekam, stellte sie fest, dass es sich um ein Notizheft handelte. Sie schlug es vorsichtig auf; die Seiten fühlten sich etwas starr an, als ob sie leicht brechen würden. Sie hatte keinen Zweifel daran, dass das Heft sehr lange dort versteckt gelegen hatte.

Tina entwich ein kleiner erstaunter Pfiff, als sie die Seiten durchblätterte. Vor ihren Augen schwammen merkwürdige Symbole. Im Halbdunkel des Priesterlochs erschienen sie ihr wie magische Runenzeichen. Mit zitternden Fingern blätterte sie die Seiten des Notizheftes um. Alle waren ähnlich beschrieben.

Hatten hier Magie und Hexerei stattgefunden?, fragte sich Tina aufgeregt.

„Beeil dich, Tina." Eine ungeduldige Stimme riss Tina aus ihren Gedanken.

„Schaut mal!", rief Tina. „Schaut mal, was ich hier gefunden habe!"

Emilia spähte Tina über die Schulter während sie das Heft vorsichtig durchblätterte. „Das ist ja alles Tanznotation!", sagte Emilia erstaunt.

Choreografiezeichen waren nicht ganz so aufregend wie magische Runen, aber Tina ließ sich ihre Enttäuschung nicht anmerken. Sie besah sich den Umschlag des Heftes. Er war vergilbt und eingerissen. Vom Titel waren nur noch ein paar Buchstaben zu entziffern und vom Namen des Autors noch weniger.

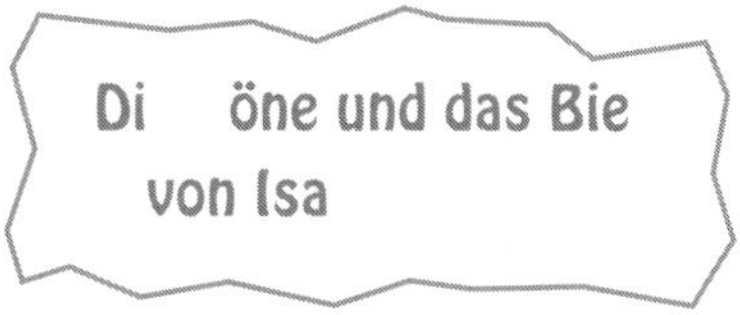

„Es geht doch nichts über ein anständiges Rätsel!", rief Tina. „Wir nehmen es mit und schauen es uns später in Ruhe an."

Es kostete sie einige Mühe, die Vertäfelung wieder an ihren Platz zu ziehen. „Puh, ich hab schon gedacht, wir kriegen das nicht mehr zu", sagte Betty.

„Wäre auch egal gewesen", meinte Poppy. „Hier kommt keiner mehr her."

„Man kann nie vorsichtig genug sein. Das muss unser Geheimnis bleiben!", sagte Tina. „Hey, das macht doch gleich gute Laune!"

Die Schöne und das Biest

Die Freundinnen verbrachten den Rest des Abends damit, das Notizheft zu untersuchen. Sie fanden schnell heraus, dass das Ballett auf der Geschichte *Die Schöne und das Biest* basierte.

„Jetzt wissen wir, was auf dem Titelblatt stehen sollte", sagte Emilia: „Di öne und das B, aber wir wissen immer noch nicht, wer es geschrieben hat."

„Was gibt's denn für Namen, die mit ISA anfangen?", dachte Tina laut nach. „Isadora? Ismael?"

„Isabell", schlug Betty vor.

„Hat jemand schon mal von einem Choreografen mit einem dieser Vornamen gehört?", fragte Tina.

„Isadora Duncan", sagte Emilia.

„Es ist nicht ihre Art von Tanz", meinte Tina. „Dies hier ist eindeutig Ballett. Ach, wenn Frau Kempmann doch nur zu Hause wäre, die hätten wir fragen können!"

„Ich frage mich, wie das Notizheft da hingekommen ist", sagte Poppy.

„Und wie lange es dort gelegen hat", fügte Betty hinzu.

„Also, keine Jahrhunderte, oder?", meinte Tina. „Aber ich schätze mal, es hat schon eine ziemlich lange Zeit da gelegen."

Sie blätterte die Seiten schnell noch einmal durch und schlug dabei auch ein zusammengefaltetes Blatt auf, das ganz hinten im Heft steckte. „Hier ist eine handgeschriebene Nachricht!“, rief sie.

Ihre Freundinnen drängten sich um sie. Tina genoss den dramatischen Moment und las den Zettel laut vor:

Ich fürchte, meine alten Verfolger haben mich aufgespürt – selbst in diesem verlassenen Winkel. Mich mögen sie fassen, aber mein Ballett bekommen sie nicht – dies letzte Kind meines Herzens.
Nehmt es auf wie ein Waisenkind.
I.Z. 1944

Die Mädchen erschauerten. „Armer Kerl – wenn es denn ein Mann ist“, sagte Tina.

„Wer wohl hinter ihm her war?“, fragte Poppy.

„Weiß der Himmel“, antwortete Tina. „Aber Moment! Das Datum. 1944! Das war während des Zweiten Weltkriegs.“

„Ja, aber was hat das damit zu tun, dass er sich in Hohenstein versteckt hat?“, fragte Betty.

„Keine Ahnung“, rief Tina, „aber wir müssen's rausfinden!“

„Vielleicht war er ein wichtiger Mann“, schlug Emilia vor.

„Vielleicht“, antwortete Tina nachdenklich.

Auch nachdem die Lichter gelöscht worden waren, besprachen die Mädchen im Flüsterton weiter ihren Fund.

Am nächsten Morgen waren sie alle müde, ihre Hochstimmung war verflogen und die Aufregung hatte sich gelegt. Die letzten Neuigkeiten über das Schicksal des Internats Hohenstein drängten sich wieder in ihr Bewusstsein.

Die Mädchen konnten Herrn Schmidtke, den rotblonden Bauinspektor, kaum übersehen, als er weitere Messungen und Tests am Gebäude vornahm. Seine Anwesenheit bedeutete nichts Gutes. Sie begegneten ihm mehrmals an diesem Morgen.

Als sie nach dem Unterricht zu Zimmer 13 zurückkehrten, trafen sie Frau Schäfer, die gerade herauskam.

„Es gibt eine Sonderversammlung, Mädchen“, erklärte sie. „Bitte kommt gleich in die Halle.“

Sie ging den Flur entlang und sagte allen Mädchen Bescheid, die dort untergebracht waren.

„Erstaunlich, dass sie uns nicht gefragt hat, wieso wir nach dem Abendessen noch nicht in unserem Zimmer sind“, meinte Betty.

„Sie sah aus, als ob sie andere Dinge im Kopf hatte“, sagte Emilia. „Wir gehen wohl besser runter zur Versammlung.“

Der stellvertretende Schulleiter, ein Erdkundelehrer, führte die Aufsicht, während sich die ganze Schule – untere und obere Jahrgänge sowie die Abschlussklasse – in die Halle drängte. Tina schaute hinauf zu dem bunten bleiverglasten Fenster über dem Podium und dem Schulwappen an der Wand. Vermutlich waren sie zusammengerufen worden, um die schlechten Nachrichten zu hören, die Herr Pfeifer schon angekündigt hatte. Es war schwer, sich diese große Halle verlassen und still vorzustellen statt überfüllt mit Jungen und Mädchen wie jetzt.

Frau Weber wirkte müde, als sie das Podium bestieg. Sie ließ ihren Blick über die vor ihr versammelten Gesichter schweifen und Stille senkte sich über die Halle.

„Ich habe eine wichtige und traurige Ankündigung zu machen“, sagte sie. „Der Zustand des Gebäudes wird jetzt als deutlich gefährlicher eingestuft, als wir zunächst dachten. Eure Sicherheit muss für uns an erster Stelle stehen, und daher wird die Schule Ende nächster Woche schließen. Eure Eltern können euch auch vorher jederzeit abholen, wenn ihnen das lieber ist.“

Tina hatte das zwar kommen sehen, aber es aus Frau Webers Mund zu hören, machte die Ankündigung endgültig und unumstößlich.

Die ganze Schulgemeinschaft saß da wie unter Schock, während die Schulleiterin noch einige andere Ankündigungen verlas. Am Ende der Versammlung bat sie Tina, Emilia, Betty und Poppy noch einen Moment zu bleiben.

Die Freundinnen warteten am Fuß des Podiums, während die anderen die Halle verließen. Frau Weber stand noch immer an ihrem Platz und schaute mit starrem Blick in die Halle.

„Ob es wohl um die Gala geht?“, flüsterte Emilia Tina zu.

Die letzten Nachzügler verließen die Halle, aber die Schulleiterin stand noch immer auf dem Podium und starrte ins Nichts. Sie schien sie komplett vergessen zu haben.

Tina hustete laut. Frau Weber zuckte zusammen und wandte sich ihnen zu.

„Kommt bitte hier hoch“, wies sie sie an.

Sie kletterten zu ihr aufs Podium. Die Schulleiterin setzte sich an ihren Schreibtisch und sah sie scharf an.

„Ihr seid gestern Abend dabei beobachtet worden, wie ihr durch ein Fenster in den Mädchenflügel eingestiegen seid", sagte sie.

Damit hatte Tina nicht gerechnet. Ihr Magen zog sich zusammen vor Schreck.

„Ich dachte, ich hätte mich klar ausgedrückt, dass der Mädchenflügel tabu ist. Das Gebäude ist gefährlich!"

„Ja, Frau Weber", antworteten die Mädchen wie aus einem Mund.

„Solange ich Leiterin dieser Schule bin", hier machte sie eine Pause und ihre Augen umwölkten sich, „– erwarte ich, dass meine Schüler sich an die Regeln halten. Ein derart verantwortungsloses Benehmen kann ich nicht tolerieren. Ihr glaubt vielleicht, es käme jetzt nicht mehr darauf an, aber lasst euch gesagt sein, das tut es sehr wohl. Wie sollen wir Schülern, die die Regeln missachten, gute Referenzen ausstellen? Und was ist mit eurer Sicherheit? Solange ihr an dieser Schule seid, liegt euer körperliches Wohlergehen in meiner Verantwortung."

Tina sah auf ihre Füße. Sie fühlte sich äußerst unwohl. Durch ihr impulsives Verhalten hätten nicht nur sie selbst, sondern auch ihre Freundinnen zu Schaden kommen können.

„Es tut mir furchtbar Leid, Frau Weber", sagte sie. „Es war meine Idee. Bitte bestrafen sie die anderen nicht dafür. Ich wollte nur noch mal unser altes Zimmer sehen, das war alles."

Frau Weber sah sie streng an. „Ich hatte tatsächlich geglaubt, dass du dich zu einer reiferen, verantwortungsvolleren Schülerin entwickelst. Jetzt sehe ich, dass die alte Christina sich sehr wenig geändert hat. Du hast mich enttäuscht und deine Freundinnen zu einem Verhalten verleitet, von dem sie ihr eigenes besseres Wissen eigentlich hätte abhalten sollen."

Tina stand da mit vorgestrecktem Kinn und hielt sich nach außen hin sehr tapfer, aber innerlich schlotterten ihr die Knie. Was konnte sie nur tun, um dieser Tirade ein Ende zu machen?

Sie hatte eine Idee.

„Wir haben etwas sehr Interessantes gefunden, als wir in Frau Pauls altem Zimmer waren", platzte Tina heraus. „Ein Notizheft, in dem die Choreografie für ein Ballett aufgeschrieben ist. Wir glauben, dass es *Die Schöne und das Biest* ist."

Die Schulleiterin stutzte. Tinas Hoffnung erfüllte sich, Frau Webers Neugier auf das Notizheft siegte über ihren Ärger.

„Wo war das?", fragte sie.

„Hinter einer Geheimklappe", sagte Tina. „Dahinter war eine Art Priesterloch."

„Geh und hol es her!", ordnete Frau Weber an.

Tina war nur zu froh, der angespannten Atmosphäre auf dem Podium zu entkommen. Zumindest für die paar Minuten, die sie brauchte, um zum Jungentrakt und zurückzulaufen, hatte sie Schonfrist. Auf dem Rückweg traf sie Betty, Poppy und Emilia.

„Viel Glück!", flüsterte Betty. „Sie hat uns gehen lassen, aber sie überlegt sich bis morgen Früh eine Strafe für uns."

„Warum hast du ihr von dem Geheimversteck erzählt?", fragte Poppy.

„Wenn Hohenstein sowieso schließt, hat es nicht viel Sinn, es noch länger geheim zu halten", antwortete Tina.

„Nein, vermutlich nicht", stimmte Poppy zu.

Tina erklomm erneut das Podium und streckte das Notizheft mit zitternder Hand der Schulleiterin entgegen.

Frau Weber studierte es äußerst interessiert durch ihre halbe Lesebrille.

„Nun, da habt ihr Recht, es ist *Die Schöne und das Biest*", sagte sie. „Ich kenne es nicht, fürchte ich."

„Entschuldigung, Frau Weber, hintendrin steckt ein zusammengefalteter Zettel, auf dem eine sehr merkwürdige Nachricht steht."

Die Schulleiterin fand den Zettel und las ihn sorgfältig. Sie wurde blass und schaute Tina an.

„Es wäre möglich, dass I. Z. die Abkürzung für Isaak Zimmermann ist!", sagte sie.

Tina war begeistert. Isaak Zimmermann war ein weltberühmter Choreograf gewesen.

„Er war ein polnischer Jude", fuhr Frau Weber fort und ihrer Stimme hörte man ihre wachsende Aufregung an, „aber ich hatte keine Ahnung, dass er je Hohenstein besucht hat!"

„Glauben Sie, er wurde hier gefangen genommen?", fragte Tina.

„Dieser Notiz zufolge sieht es ganz danach aus", antwortete Frau Weber. „Der arme Mann, er muss sich wie ein gejagtes Tier gefühlt haben!"

Frau Weber riss sich zusammen und richtete ihre stählernen Augen auf Tina.

„Ich möchte, dass dir eines vollkommen klar ist, Christina. Der Mädchenflügel ist ab sofort *absolut tabu.*"

„Ja, Frau Weber."

„Indes kann ich nicht behaupten, dass es mir Leid täte, dass du dieses erstaunliche Notizheft gefunden hast. Man stelle sich das vor, es ist vielleicht das letzte bekannte Werk eines großartigen Choreografen!"

Die Augen der Schulleiterin leuchteten. Die Frage, die schon seit einigen Minuten in Tinas Hinterkopf genagt hatte, brach unaufhaltsam aus ihr hervor.

„Ist es viel Geld wert?"

„Nun, wir müssen es natürlich erst den Experten vorlegen, aber wenn es wirklich von Zimmermann ist, dürfte es einige tausend Euro wert sein!"

„Fantastisch!", rief Tina aus. „Und dieses Ballett hat all die Jahre da oben gelegen. Vielleicht waren wir dazu bestimmt, es zu finden."

„Was meinst du damit, Christina?"

„Na ja, es ist genau zur richtigen Zeit gekommen, oder?"

„Ich verstehe, was du damit andeuten willst. Aber wir sollten uns nicht zu viele Hoffnungen machen. Die Experten müssen entscheiden."

Trotz Frau Webers Warnung und ungeachtet der Tatsache, dass es in den folgenden Tagen keine Ankündigung gab, die die unmittelbar bevorstehende Schließung der Schule aufgehoben hätte, war Tina überzeugt davon, dass das Notizheft die Rettung Hohensteins sein würde. Sie bat um Erlaubnis, die Choreografie kopieren zu dürfen, und mithilfe von Maria und Madame Larette ging sie die Tänze des Balletts mit den anderen durch.

„Wozu tun wir das?“, fragte Maria am nächsten Tag, als sie mit Emilia und Poppy die Stücke des letzten Aktes durcharbeiteten.

„Ich habe eine tolle Idee“, sagte Tina. „Ich denke, wir sollten *Die Schöne und das Biest* in unsere Galavorstellung aufnehmen. Wir könnten die Welturaufführung machen!“

„Aber, Tina“, seufzte Emilia, „wir schließen Ende der Woche. Es wird keine Gala geben!“

„Oh doch, das wird es“, antwortete Tina bestimmt.

Unmittelbar nach dem Frühstück gab es eine weitere Schulversammlung.

„Wird auch langsam Zeit“, flüsterte Tina Emilia zu.

„Glaubst du wirklich, dass es diesmal gute Nachrichten sind?“

„Na klar“, sagte Tina.

Tina hatte Recht. Frau Weber verkündete, dass die Schließung der Schule aufgeschoben worden sei, und erzählte von der Entdeckung des Notizheftes.

„Es ist inzwischen bestätigt worden“, sagte sie, „dass der Autor *tatsächlich* Isaak Zimmermann ist. Wir werden den Erlös aus dem Verkauf des Heftes zum Abstützen des Hauptgebäudes verwenden. Mit genügend Gerüsten wird es für die nächste Zeit gesichert sein. Ich habe eure Eltern bereits schriftlich informiert. Wir sollten es jetzt mindestens bis zum Schuljahresende schaffen.“

Tief in ihrem Inneren hatte Tina gehofft, dass das Notizheft die nötige halbe Million einbringen würde, die Hohenstein brauchte. Diese Hoffnung war zwar nicht in Erfüllung gegangen, aber sie war erleichtert, dass sie nun zumindest ihre Galavorstellung geben konnten.

Tina überredete alle, die Proben für die Show fortzusetzen. Mit Madame Larettes Hilfe begannen sie außerdem, *Die Schöne und das Biest* einzuüben. Es gab kein offizielles Vortanzen; durch Mehrheitsentscheid wurde beschlossen, dass Tina die Hauptrolle der Bella tanzen sollte und Matthias das Biest.

„Ich bin ja Kummer gewöhnt", stichelte er nach der ersten Probe.

„Es gibt ein paar super Tänze für uns beide, oder?", meinte Tina, hocherfreut, sich aufs Tanzen konzentrieren zu können statt auf die trüben Aussichten des Internats Hohenstein.

Madame Larette kam zu ihnen. „Es ist äußerst faszinierend, wie sich das Ballett entwickelt", sagte sie. „Ihr 'abt großes Glück, dass ihr es als Erste tanzen könnt."

„Glauben Sie, dass es von Zimmermann ist?", fragte Tina.

„Daran besteht für mich kein Zweifel, *ma chérie*. Es 'at alle seine Markenzeichen."

Als die Freundinnen an diesem Abend wieder in ihrem Zimmer waren, gestand Tina ein, dass sie erschöpft war.

„Das wundert mich überhaupt nicht", sagte Betty. „Denk doch bloß an die ganze Extraarbeit, die du hast – für die Gala und für deine Prüfung. Du hast dich doch sogar noch an ein ganz neues Ballett gemacht. Ich bin erstaunt, dass du nicht schon längst umgekippt bist."

„Jetzt ist es so weit", antwortete Tina und ließ sich auf ihr

Bett fallen. „Ich wünschte nur, Frau Weber würde mal in die Puschen kommen und uns erzählen, was die Experten über Zimmermann gesagt haben und was er in Hohenstein gemacht hat."

„Du weißt doch, wie Experten sind", sagte Betty.

„Ich kann im Moment an kaum etwas anderes denken als an unsere Prüfung", sagte Emilia. „Die Zeit ist so schnell vergangen, und jetzt ist es schon so weit."

„Nein", seufzte Poppy, „ich fühle mich noch überhaupt nicht fit für die Prüfung, und solange hier alles so in der Luft hängt, ist es echt schwer, ernsthaft dafür zu arbeiten."

„Tja, du hast noch exakt drei Tage", meinte Emilia. „Also solltest du verflixt bald damit anfangen!"

„Manche Leute warten immer bis zur letzten Sekunde!", fügte Tina etwas ungehalten hinzu.

Sofie hatte schlechte Laune, weil Tina und die anderen ihr nur eine kleine Rolle in *Die Schöne und das Biest* gegeben hatten.

„Und ich weiß nicht, warum wir uns überhaupt die Mühe machen, *Die Schöne und das Biest* zu lernen", maulte sie weiter. „Frau Weber wird ihre Meinung vermutlich wieder ändern und die Schule schließen, bevor wir es aufführen können!"

„Es zwingt dich ja keiner, mitzumachen", entgegnete Tina.

Sofie beachtete sie nicht und redete einfach weiter. „Und da wir grade dabei sind, ich finde es wirklich nicht fair, dass Jule eine größere Rolle bekommen hat als ich. Schließlich verlässt sie die Schule, was beweist, dass ich besser bin."

„Wir verlassen alle irgendwann die Schule", sagte Tina,

„wenn unser Notizheft nicht wesentlich mehr wert sein sollte, als Frau Weber denkt."

Tina schlief in dieser Nacht wie ein Stein, aber als sie aufwachte, fühlte sie sich immer noch wie gerädert. All ihre Probleme und Pflichten kreisten unablässig in ihrem Kopf. Sie hatte einen unruhigen Traum gehabt, in dem Frau Kempmann vorkam, und das hatte ihre Ängste wieder verstärkt.

Später im Ballettunterricht zwang sie sich zu strikter Konzentration. Es war sehr wichtig für sie, die Prüfung mit einer guten Note zu bestehen, egal ob sie nun in Hohenstein bleiben würde oder nicht. Aber ihre Beine fühlten sich schwer an und Frau Paul ermahnte sie mehrmals wegen kleiner Fehler. Ärgerlicherweise wollten Tinas Beine einfach nicht das tun, was sie von ihnen verlangte.

Eine Extraübungsstunde nach dem Mittagessen schien nichts zu bringen.

„Du brauchst eine Pause, Tina", sagte Emilia, als sie zu ihr in den Übungsraum kam. „Du machst einfach zu viel!"

Aber Tina war einem dicht gedrängten Probenplan verpflichtet, der die wenige Freizeit, die ihr zur Verfügung stand, vollkommen ausfüllte. Während die Gala langsam Form annahm, schien Tinas Prüfungsvorbereitung den Bach hinunterzugehen.

Verschwundene Leggings

Am Abend vor der Prüfung ging Tina im Wäscheraum vorbei, um ihre sauberen Leggings abzuholen. Sie würde für den nächsten Tag ein Paar brauchen. Sie fand ihr Namensschild, aber keine Wäsche. Die Hauswirtschafterin konnte sich dieses Verschwinden nicht erklären.

„Aber was soll ich denn jetzt machen?“, rief Tina. „Ich habe morgen meine Prüfung und nichts Sauberes anzuziehen!“

Die verwirrte Hauswirtschafterin suchte hastig den ganzen Raum noch einmal ab, konnte aber wieder nichts finden.

„Irgendjemand muss sie mitgenommen haben!“, erklärte Tina, als sie wieder ins Zimmer 13 kam.

„Wer auch immer es war hat sich ja exakt den richtigen Zeitpunkt ausgesucht“, bemerkte Poppy. „Ich kann dir leider keinen Ersatz anbieten, ich habe selbst nur ein Paar saubere Leggings.“

„Meine und Emmis würden dir nicht passen“, meinte Betty. „Du bist viel größer.“

„Ich weiß nicht, was ich machen soll“, sagte Tina, den Tränen nahe. „In diesen hier kann ich nicht zur Prüfung gehen, die sehen schon so abgerissen aus.“

„Geh zu Frau Schäfer", schlug Emilia vor. „Ich komme mit."

Auf dem Weg ins Hauptgebäude zermarterte sich Tina den Kopf, wer wohl ihre Leggings hatte mitgehen lassen.

„Matthias hat das schon mal getan", sagte sie.

„Aber diesmal war er's nicht", sagte Emilia. „Er hat auch Prüfung und er weiß, wie blank da die Nerven liegen."

„Was ist mit Sofie?", fragte Tina.

„Sie ist ziemlich wütend, weil Jule eine größere Rolle bekommen hat. Da kannst du Recht haben. Aber es ist bestimmt besser, kurz vor deiner Prüfung keine Szene mit ihr zu provozieren."

Als sie den asphaltierten Hof überquerten, hörte Tina, dass jemand ihren Namen rief. Sie drehte sich um. Abigail rannte hinter ihnen her und sie warteten, bis sie sie eingeholt hatte.

„Ich hab deine Leggings gefunden", keuchte sie.

„Wo?", fragte Tina.

„Im Schrank", antwortete Abigail, „als ich ein paar Sachen wegpacken wollte."

„Irgendeine Ahnung, wer sie da hingesteckt hat?", fragte Tina.

„Es muss Sofie gewesen sein", sagte Abigail. „Sie lagen unter einem Haufen von ihrem Zeug."

„Das erklärt einiges", sagte Tina. „Ich bring sie um, wenn ich sie sehe."

„Erzähl ihr nicht, dass ich sie gefunden habe", bat Abigail.

„Wir müssen uns irgendwas einfallen lassen mit Sofie", sagte Tina und kochte innerlich.

„Nicht jetzt", sagte Emilia besorgt. „Denk dran, du hast

morgen Früh deine Prüfung. Ein Monsterkrach ist das Letzte, was du jetzt gebrauchen kannst."

„Nein, ich werde jetzt noch nichts unternehmen", sagte Tina. „Außer Pläne schmieden – das hat ja auch seinen Reiz."

„Sei nicht zu hart zu ihr", sagte Abigail.

„Nein. Und danke, Abi – du hast mich gerettet", sagte Tina mit einem Lächeln.

„Na ja, ich bin froh, dass du jetzt alles hast, was du morgen brauchst."

Tina konnte an diesem Abend nur schwer einschlafen. War sie für ihre Grundprüfung gut genug vorbereitet? Diese Frage hielt sie lange wach.

Im Handumdrehen war es Morgen. Sie stand eine Stunde früher auf als sonst, um Zeit zu haben, alle Anforderungen vor dem Frühstück noch einmal durchzugehen.

„Du bist aber früh dran", sagte Emilia, als sie an ihrem Übungsraum vorbeikam. Tina hatte die Tür offen gelassen.

„Wie geht's, Emmi?", rief Tina gut gelaunt. Sie war wacher, als sie es in den letzten Tagen gewesen war.

„Nervös", antwortete Emilia lachend. „Poppy und Abi auch."

Ihre Prüfungen waren für den Vormittag angesetzt, sodass sie die Ballettstunde verpassen würden.

Als Tina in ihre Prüfung ging, war ihr Kopf klarer, als er in der ganzen vorangegangenen Zeit gewesen war. Eine gewisse Ruhe überkam sie, die es ihr ermöglichte, sowohl ihren Kopf als auch ihren Körper bestmöglich zum Einsatz zu bringen. Die

Grundprüfung enthielt ein paar ziemlich schwierige Spitzenübungen. Die Fußarbeit musste durchweg präzise und stark sein. Tina war erleichtert, ihre Beine und Füße wieder unter Kontrolle zu haben, bemerkte aber mit Entsetzen, dass sie während der *Echappés en croix*, die ihr normalerweise leicht fielen, vergaß, nach dem *Echappé à la seconde* die Füße zu wechseln. Danach musste sie höllisch aufpassen, um weitere Flüchtigkeitsfehler zu vermeiden.

Ihre Pirouetten drehte sie wunderbar, mit je zwei Drehungen, und es gelang ihr sogar, eine davon sehr elegant in *Attitude* enden zu lassen.

Gegen Ende der Prüfung überkam Tina langsam die Müdigkeit. Den *Batterie*-Abschnitt schaffte sie nicht ganz so gut. Als sie den Prüfungsraum verließ, konnte sie überhaupt nicht einschätzen, welche Note sie wohl bekommen würde.

Als sie später mit Emilia ihre Eindrücke austauschte, stellten sie beide fest, dass es in diesen Hauptprüfungen wesentlich schwieriger war, die guten Noten zu erreichen, die sie aus ihren Klassenprüfungen gewöhnt waren. Die Übungen waren so viel komplexer und anspruchsvoller.

„Ich hab Matthias nach seiner Prüfung getroffen", sagte Emilia.

„Wie war's, was hat er gesagt?"

„War ganz gut, glaube ich. Er meinte, er hat Neuigkeiten für dich."

Als sie ihn dann beim Mittagessen trafen, erzählte er ihnen, dass er von Ole Antwort auf die Frage nach Herrn Knauer aus dem Schulvorstand bekommen hatte. Wie sich herausstellte, wohnte er im Dorf in der Nähe der Schule. Ole hatte sogar seine Adresse geschickt.

„Das passt ja gut!“, meinte Tina. „Nächsten Samstag machen wir einen Spaziergang ins Dorf und schauen uns mal sein Haus an.“

„Wozu?“, fragte Betty.

„Reine Neugier“, antwortete Tina. „Man weiß ja nie, was man vielleicht rausfindet.“

„Haben wir noch Zeit, mal kurz zu Frau Kempmanns Haus zu gehen?“, fragte Betty. „Heute Abend werden wir so viel mit proben zu tun haben, ich glaube, wir sollten die Katzen lieber ein bisschen eher füttern gehen.“

Tina stimmte ihr zu und sie gingen gemeinsam zu dem kleinen Haus am anderen Ende des Schulgeländes. Vor ihrem Besuch stellte sich jetzt nicht mehr diese warme Vorfreude ein wie früher. Wenn die Katzen nicht gewesen wären, wären sie gar nicht mehr hingegangen. Die Leere in dem kleinen Haus erinnerte sie an Frau Kempmanns Abwesenheit, und das nahm die Mädchen immer sehr mit.

„Sie braucht eine Ewigkeit, um wieder auf die Beine zu kommen“, seufzte Tina, als sie Panter und Tiger fütterten.

„Ich frage mich manchmal, ob sie überhaupt wiederkommen wird“, sagte Betty bedrückt.

„Ach, sag nicht so was!“, entgegnete Tina scharf. „Wenn wir sie besuchen, funkeln ihre Augen. Und sie will immer den neuesten Klatsch aus Hohenstein hören.“

„Wir haben ihr noch gar nicht von dem Notizheft erzählt“, meinte Betty.

„Wir können ihr am Donnerstag davon berichten, wenn wir sie besuchen gehen“, antwortete Tina. „Sie wird begeistert sein!“

Als die Mädchen zurückkamen, wartete in Zimmer 13 schon eine Schülerin aus dem vierten Jahr auf sie, zusammen mit Poppy und Emilia.

„Frau Weber möchte euch sehen“, sagte das ältere Mädchen.

Die vier Freundinnen folgten ihr ins Hauptgebäude und durch die Schule hindurch zum Büro der Schulleiterin. Tina starrte auf die holzvertäfelte Tür und fragte sich, ob es wohl gute oder schlechte Nachrichten geben würde.

Die Bürotür öffnete sich und die Mädchen wurden hineingebeten.

„Vielen Dank, dass ihr gekommen seid, Mädchen“, sagte Frau Weber.

Das klingt ja viel versprechend, dachte Tina, während sie vor der Schulleiterin knickste.

„Ich dachte, ihr würdet vielleicht sehr gerne hören, was die Experten alles über Isaak Zimmermann herausgefunden haben.“

Tina spitzte die Ohren.

„Wir hatten Recht mit der Annahme, dass er verfolgt wurde, als er nach Hohenstein kam“, sagte Frau Weber. „Ich hatte, glaube ich, schon erwähnt, dass er ein polnischer Jude war?“

Die Mädchen nickten.

„Als er auf dem Höhepunkt seiner Karriere war, kamen die

Nazis an die Macht. Er wurde sofort eine Zielscheibe für sie. Er ging in den Untergrund und wurde jahrelang verfolgt."

„Und dann hat er sich in dem Priesterloch versteckt?", fragte Tina.

„Ja, so ist es", antwortete Frau Weber. „Der damalige Schulleiter war ein guter Freund von ihm. Sie haben ihn hier versteckt, aber eines Nachts, als alles schlief, sind seine Verfolger gekommen und haben ihn entführt."

„Haben sie ihn umgebracht?", fragte Betty, die vor Spannung ganz große Augen machte.

„Das wird vermutet, aber seine Leiche wurde nie gefunden."

Tina lief ein Schauer über den Rücken. „Ich bin sehr froh, dass *wir* sein Notizheft gefunden haben und nicht die Nazis", sagte sie.

„Es hat ihm offensichtlich sehr viel bedeutet", stimmte Frau Weber zu. „Nun, ihr solltet euch jetzt wohl besser auf den Weg zum Unterricht machen. Madame Larette hat mir erzählt, dass die Proben zu *Die Schöne und das Biest* sehr gut laufen."

„Ja. Danke, Frau Weber", antwortete Tina.

Die vier Mädchen verließen hastig das Büro der Schulleiterin und unterhielten sich aufgeregt über das Notizheft.

Später am Nachmittag hatte Tina trotz ihrer beinahe kompletten Erschöpfung eine Probe für *Die Schöne und das Biest*. Madame Larette war anderweitig beschäftigt, daher hatte Maria die Regie. Sie hatte Talent dafür, andere zu organisieren und konstruktive Kritik zu üben, ohne jemanden zu verletzen. Das galt für alle außer Sofie.

Sofies kleine Rolle als Dorfbewohnerin enthielt eine kurze Passage, in der sie allein tanzte. Sie sollte den anderen Dorfbewohnern die Nachricht von Bellas Verschwinden bringen, und ein Teil der Rolle bestand aus Pantomime. Maria stoppte sie im ersten Durchlauf.

„Sofie, du musst mehr Ausdruck hineinlegen. Benutz dein Gesicht und deine Hände, um deine Nachricht rüberzubringen!"

„Was verstehst du denn schon davon!", schrie Sofie. „Du bist doch nur eine von uns!"

„Wenn du hier mitmachen willst, musst du dir auch Kritik anhören", sagte Maria geduldig.

„Aber nur von Madame Larette!", schnappte Sofie.

Maria seufzte lautstark und setzte die Probe fort. Am Ende des ersten Akts nahm sie Tina heimlich beiseite. „Ich weiß nicht, was wir mit Sofie machen sollen", sagte sie. „Sie macht dauernd Ärger!"

„Ich rede morgen mal mit Madame Larette darüber", versprach Tina und zog ihren Trainingsanzug an. „Ich hab übrigens noch eine tolle Idee für die Gala gehabt, Maria."

„Und?"

„Na ja, da es vermutlich einiges Interesse für das neue Ballett geben wird, dachte ich, wir könnten vielleicht eines der Münchner Theater dazu bewegen, dass wir unsere Gala dort aufführen können."

„Das wäre natürlich super!", rief Maria. Sie hatte gerade die Nadeln aus ihrem Haarknoten gezogen und schüttelte jetzt ihr langes rotgoldenes Haar aus. Es glänzte in der Abendsonne, die durch die hohen Schiebefenster des Übungsraumes fiel. „Wirst du Madame Larette fragen?“, wollte sie wissen.

„Nein“, sagte Tina. „Ich dachte, ich versuche selbst mal mein Glück bei den Theatern. Es ist ja schließlich *unser* Projekt!“

„Viel Glück!“, sagte Maria. „Vielleicht stellt sich ja auch raus, dass sie alle schon ausgebucht sind. Theater machen ihre Programmplanung doch Monate im Voraus.“

Tina musste zugeben, dass sie daran nicht gedacht hatte, aber sie wollte es trotzdem versuchen. Bevor sie an diesem Abend zu Bett ging, entwarf sie einen Brief, den sie an die drei wichtigsten Theater der Stadt schicken wollte.

Am nächsten Morgen schrieb sie ihn vor dem Frühstück dreimal ab.

Internat Hohenstein
München

An den Theaterleiter

Sehr geehrte Damen und Herren,

ich habe mich gefragt, ob Sie wohl noch ein paar freie Termine in Ihrem Programmplan für Juni haben? Ich frage, weil wir dieses wunderbare neue Ballett von Zimmermann gefunden haben, Die Schöne und das Biest, *und wir werden es als Teil unserer Galavorstellung aufführen. Wir denken, dass es bestimmt viele Leute*

sehen wollen, nicht nur unsere Eltern. Wir möchten gerne ganz viele Karten verkaufen, um Geld für unsere Schule zusammenzubekommen, die wahrscheinlich schließen muss, weil sie auseinander fällt.
Ich hoffe, Sie können uns helfen.

Mit freundlichen Grüßen,
Christina Braun

Nachdem sie die Briefe adressiert und zugeklebt hatte, küsste Tina jeden einzelnen, um ihm Glück zu bringen.

„Es ist vermutlich Zeitverschwendung“, meinte sie zu Betty, die gerade ihre Schultasche für den Unterricht am Vormittag packte.

„Von nichts kommt nichts, man muss es halt versuchen“, antwortete Betty. „Hast du schon beschlossen, was mit Sofie werden soll?“

Tina kicherte. „Hast du Lust, mit mir ein paar Würmer suchen zu gehen?“

Betty bekam leuchtende Augen. „Das wird ja wie in alten Zeiten. Wir können heute Mittag in den Rosengarten gehen. Da haben die Gärtner gerade ein Beet umgegraben. Perfekt für Würmer!“

Mittags buddelten die beiden Mädchen mit einem Lineal und einer leeren Bonbondose bewaffnet im Blumenbeet. Sie hatten ihre Dose in wenigen Minuten voll.

„Tun wir ihr die ins Bett?“, fragte Betty, als sie zur Schule zurückhüpften.

„Ja“, antwortete Tina. „Lass uns die anderen suchen. Sie können dafür sorgen, dass uns Sofie nicht in die Quere kommt.“

Die Mittagspause näherte sich schon ihrem Ende, als sie Poppy trafen.

„Wo ist denn Emilia?“, fragte Tina.

„Orchesterprobe“, sagte Poppy.

„Orchester!“, riefen Betty und Tina. Sie hatten ihre Probe komplett vergessen. Direkt nach den kurzen Ferien zur Mitte des Halbjahres sollte es ein Konzert in der Dorfkirche geben, an dem das Schulorchester und einige Solisten beteiligt waren.

„Oh nein!“, stöhnte Tina. „Herr Arnold wird stinkwütend sein.“

„Wir gehen besser gleich rüber und entschuldigen uns“, sagte Betty.

„Vor oder nach den Würmern?“

„Nein, wir *müssen* vor Ende der Mittagspause zum Musikraum kommen!“, rief Betty mit einem Blick auf ihre Uhr.

„Okay, gebt mir die Würmer“, sagte Poppy. „Ich mach das.“

„Nein, lass mal“, sagte Tina. „Ich möchte gerne selbst den Spaß haben.“

Herr Arnold hörte sich stirnrunzelnd ihre Entschuldigungen an. „Ihr müsst eure schulischen Verpflichtungen ernster nehmen“, ermahnte er sie. „Ihr wisst ganz genau, dass wir bald ein Konzert haben.“

Emilia, die inzwischen ihre Flöte eingepackt hatte, gesellte sich zu ihnen und tat ihr Bestes, um den Musiklehrer von seiner Verärgerung über ihre Freundinnen abzulenken.

„Waren meine Phrasierungen okay, Herr Arnold?“, fragte sie.

„Oh ja, Emilia, sie waren wirklich sehr gut.“ Er strahlte sie an. „Du wirst unser Star, aber das weißt du ja.“

Tina und Betty nutzten die Gelegenheit, sich aus dem Staub zu machen.

„Es ist unglaublich, wie schnell Emilia so perfekt geworden ist auf der Flöte!“, sagte Betty.

„Ich weiß“, antwortete Tina. „Ihre Eltern werden garantiert furchtbar stolz auf sie sein, wenn sie in der Kirche spielt.“

„Wir haben jetzt keine Zeit mehr, auf unser Zimmer zu gehen“, meinte Betty.

„Behalt die Dose in deiner Schultasche“, sagte Tina. „Vielleicht bekommen wir während der Hausaufgabenzeit eine Gelegenheit, falls Sofie in einen Übungsraum geht.“

Die letzte Stunde vor der Hausaufgabenzeit war Erdkunde bei Herrn Schröder, dem stellvertretenden Schulleiter. Er war ein humorloser Lehrer mit sehr hohen Ansprüchen.

Er ging durch die Klasse und überprüfte die Europa-Landkarten, die sie gerade in ihr Arbeitsheft abmalten. Bei Betty und Tina blieb er stehen.

„Wie oft habe ich dir schon gesagt, dass du keine Filzstifte für deine Aufgaben benutzen sollst, Bettina? Buntstifte sehen viel sauberer aus!“

„’tschuldigung, Herr Schröder“, murmelte Betty. Sie griff in ihre Tasche, um die Buntstifte herauszuholen, und stieß dabei an die Dose. Sie fiel scheppernd auf den Boden und der Deckel sprang ab.

Als Herr Schröder sich umdrehte, um zu sehen, was da los war, schlängelte sich schon ein in sich verknäulter Haufen Würmer auf dem Boden.

„Gute Güte!", rief er. „Wo kommen die her?"

Bettys hochrotes Gesicht war Antwort genug.

„B…ring sie sofort hier raus!", stotterte er erregt. „Und das gibt Nachsitzen!"

Betty schaufelte die Würmer zurück in die Dose und eilte aus dem Klassenzimmer. Sie kam nicht so schnell wieder, wie Tina erwartet hatte.

„Wo warst du denn?", flüsterte sie, als Betty sich völlig außer Atem wieder setzte.

„Kleiner Umweg!", flüsterte Betty grinsend.

Sofie schöpfte keinerlei Verdacht, bis sie am Abend ins Bett ging und mit ihren nackten Füßen auf die Würmer stieß. Tina hörte sich ihr Gekreische befriedigt an. Rache ist süß.

„Das warst du, oder?!" Sofie marschierte zu Tinas Bett und baute sich vor ihr auf.

„Du hast meine Leggings versteckt, oder?!", antwortete Tina ruhig.

„Hab ich nicht!", log Sofie. „Anderen Leuten Würmer und so Zeug ins Bett zu legen ist wirklich kindisch!"

„Nicht ganz so kindisch wie die Schuluniform anderer Leute zu verstecken", sagte Tina.

Am nächsten Abend hatte Madame Larette Zeit, ihnen bei den Proben zu *Die Schöne und das Biest* zu helfen. Bevor sie anfingen, nahm Tina sie beiseite und sprach mit ihr über Sofie.

„Ich werde mit Sofie reden", versprach Madame Larette. „Es ist nicht fair euch anderen gegenüber, wenn sie sich schlecht benimmt."

Madame Larette hielt ihr Versprechen. Sie nahm Sofie kurz darauf beiseite, und obwohl Tina nicht verstehen konnte, was sie sagte, konnte Tina an ihrem Gesichtsausdruck ablesen, dass Sofie nicht leicht davonkam.

An diesem Abend fing die Probe nicht gut an. Jule hatte schlechte Neuigkeiten für sie. Ihre Eltern hatten für die Familie einen besonderen Urlaub im Juni gebucht.

„Wann im Juni?", fragte Tina. „Vielleicht können wir die Vorstellung außerhalb der Zeit legen, in der du weg bist."

„Das ist ja das Problem", sagte Jule seufzend. „Es ist für den ganzen Monat!"

„Oh nein", stöhnte Tina. „Musst du unbedingt mitfahren?"

Tina wusste, dass sie egoistisch war, aber Jule hatte eine ziemlich wichtige Rolle in dem Ballett als Rosenfee, die die Lebenskraft Bellas symbolisierte.

„Es ist schon alles gebucht. Ich hatte keine Wahl", antwortete Jule. „Weißt du, sie dachten, es würde mir eine Freude machen, weil ich doch Hohenstein verlassen muss und so!"

„Also, das steht ganz außer Frage", sagte Maria beruhigend. „Sie haben sich extra für dich etwas ganz Besonderes einfallen lassen, Jule. Du musst mitfahren. Wir schaffen das irgendwie ohne dich."

Tina sah sich im Raum um. Wem könnten sie bloß die Rolle geben? Betty war die Haushälterin des Biests, eine lustige Nummer mit wenig klassischem Tanz. Die Mädchen aus dem vierten Jahr hatten die wichtigen männlichen Rollen übernommen, da sich zu wenige Jungen zum Mitmachen gemeldet hatten. Poppy war Bellas Schwester. Emilia war nur eine Dorfbewohnerin, aber sie hatte die Hauptrolle in *Cinderella*.

Dann sah Tina Sofies Gesichtsausdruck. Es war klar, dass sie die Rolle wollte.

Madame Larette war sehr taktvoll. „Ich überlasse euch die Entscheidung", sagte sie zu Tina und Maria. „Es ist schließlich euer Ballett!"

Tina zog Maria in eine stille Ecke.

„Meinst du, wir sollten Sofie befördern?", fragte Maria.

„Nein!", sagte Tina. „Nicht nach all dem Ärger, den sie gemacht hat. Lass uns die Rolle Emilia geben – sie wäre eine wunderbare Rose!"

„Da hast du Recht", sagte Maria. „Emilia ist genau richtig!"

Emilia freute sich riesig über das Angebot und war gerne bereit, die zusätzliche Arbeit auf sich zu nehmen, die damit verbunden war.

„Wir sollten unsere letzten Wochen hier ruhig so gut wie möglich nutzen!", meinte sie.

„Ach, sprich nicht davon", sagte Tina. „Ich kann's nicht ertragen, daran zu denken, dass hier bald alles aus und vorbei ist!"

Sofie sah gar nicht glücklich aus. Solange Madame Larette im Raum war, riss sie sich zusammen, aber sobald die Lehrerin gegangen war, explodierte sie.

„Ich hätte es gleich besser wissen sollen, als hier mitzumachen!", schimpfte sie laut, ihr Gesicht war krebsrot vor Wut.

„Ihr gebt die besten Rollen immer nur euren Freundinnen. Das ist einfach nicht fair! Mir reicht's. Ihr könnt ohne mich weitermachen!"

Sie stolzierte hinaus und knallte die Tür des Übungsraums hinter sich zu.

„Tja, damit wäre vielleicht eines unserer Probleme gelöst", meinte Maria.

„Jawohl, und tschüss!", stimmte Poppy zu.

In dem Moment steckte Herr Pfeifer seinen Kopf zur Tür herein.

„Oh, ihr seid ja noch da!", sagte er. „Ich dachte, ich schau kurz mal rein, um zu sehen, wie es mit dem Ballett vorangeht."

Er sah etwas verwirrt aus. „Sofie hat mich im Flur fast platt gemacht", fuhr er fort. „Sie war wie eine Dampfwalze."

„Sie ist sauer auf uns", sagte Maria. „Sie hat die Rolle, die sie wollte, nicht bekommen, und da hat sie alles hingeschmissen!"

„Ah ja", sagte Herr Pfeifer. „Und, wie geht's denn nun voran mit der *Schönen und dem Biest*?"

„Na ja, wir mussten heute ein paar Rollen neu verteilen, aber davon abgesehen geht's ganz gut", antwortete Maria.

„Wie sieht's mit Kostümen aus, Bühnenbild und dem ganzen Kram?"

„Madame Larette hat uns einige Kostüme aus dem Fundus gezeigt, die für die Dorfbewohner passen und für alle männlichen Rollen außer dem Biest. Er wird ein Kostüm und eine ziemlich aufwändige Maske brauchen. Ich weiß nicht, wer das anfertigen soll. Bella und die Rosenfee werden ganz tolle Tutus brauchen. Wir haben noch nicht so genau darüber nachgedacht, wie wir die bezahlen sollen."

„Da müsst ihr euch drum kümmern", meinte Herr Pfeifer. „Geldmangel ist oft das, was letztlich alles verdirbt. Darüber solltet ihr in den Ferien mal gut nachdenken."

Intuitiv stellte Tina die nächste Frage. „Haben Sie schon irgendwas Neues über die Schule gehört?"

„Ich sollte es euch eigentlich noch nicht sagen", meinte er, „aber bald wissen es vermutlich sowieso alle …"

„Ach bitte, sagen Sie's uns!", bettelte Tina.

„Nun, die Hohenstein-Ländereien werden Ende Juli verkauft. Die Gebäude werden abgerissen und dann soll hier ein neues Wohngebiet entstehen."

Die Mädchen sahen sich entsetzt an. Diese Nachricht klang so endgültig und unumstößlich. Das Ende ihrer Ballettschule schien jetzt unabwendbar.

Ein Schock für Emilia

Nach den kurzen Ferien kehrten die Freundinnen erholt nach Hohenstein zurück, aber sie fühlten sich noch immer ganz benommen von den neuesten Entwicklungen, die ihnen Herr Pfeifer berichtet hatte.

Am ersten Samstag nach den Ferien saßen sie nach dem Mittagessen auf ihrem Zimmer und starrten missmutig aus dem Fenster.

„Wir haben ja gewusst, dass es mit der Schule nur bis zum Schuljahresende weitergehen würde", sagte Emilia, „aber irgendwie hatte man bei all der Aufregung über das Notizheft und dann, als die ganzen Arbeiter wiedergekommen sind und das Hauptgebäude eingerüstet haben, das Gefühl, dass es vielleicht doch nicht so weit kommen wird."

„Ich kann das immer noch nicht akzeptieren", sagte Tina. „Wenn uns doch nur noch was anderes einfallen würde, womit wir das Geld auftreiben können!"

„Du lässt auch einfach nicht locker, was?!", rief Betty. „Du musst dich langsam mal an die Realitäten gewöhnen, Tina."

„Das kann ich einfach nicht!", sagte Tina. „Ich bin da wie Frau Kempmann – man muss kämpfen!" Tina hielt inne, als sie an ihre alte Freundin dachte, die immer noch im Krankenhaus lag. Dann fiel ihr etwas anderes ein.

„Während der Ferien musste ich immer wieder an Herrn Knauer denken. Habt ihr Lust, mitzukommen und einen Blick auf sein Haus zu werfen?"

„Herr Knauer!", rief Poppy erstaunt. „Wie kann der uns denn helfen?"

„Nur so ein Gedanke", sagte Tina. Sie hatte das Gefühl, dass sie irgendetwas brauchten, das ihre Laune aufbesserte. Sonst wurden sie alle immer nur deprimierter.

„Ich komm mit", meinte Betty.

„Ich auch", sagte Emilia.

Mit Frau Schäfers Erlaubnis gingen sie später ein Stück weit aus dem Dorfkern hinaus, fanden die Straße, in der Herr Knauer wohnte, und machten sich auf die Suche nach seinem Haus *Die Eiben*.

„Schaut mal, ob ihr irgendwo ein paar Eiben seht", sagte Tina.

Sie entdeckten eine Gruppe davon am Ende der Sackgasse und gingen darauf zu. *Die Eiben* war das vorletzte Haus. Tannen umgrenzten den Vorgarten, aber das Tor zur Einfahrt stand offen.

Tina entdeckte eine große Messingplatte neben der Haustür. Sie konnte aus der Entfernung den Namen „R. G. Knauer" gerade so entziffern, aber die kleinere Schrift darunter konnte sie nicht lesen.

„Sollen wir es wagen, die Einfahrt runterzugehen?", zischte sie.

„Wozu?“, fragte Betty.

„Ich will lesen, was auf dem Schild steht.“

„Ich geh da nicht hin“, sagte Emilia ängstlich.

Tina spähte durch die Tannen in das Fenster an der Vorderseite des Hauses, um zu sehen, ob jemand in dem Raum war. Sie sah niemanden. Mit angehaltenem Atem sprintete sie die Einfahrt hinunter und las das Schild am Eingang des Hauses.

Sie hatte sich gerade umgedreht, um wieder zu gehen, als die Haustür aufging. In der Tür stand eine blonde Frau mittleren Alters mit teurem Schmuck in einer Wolke von Parfüm und runzelte fragend die Stirn.

„Was willst du?“, fragte sie.

„Oh – ähm – ja, ich dachte, es wäre niemand da“, stammelte Tina und suchte verzweifelt nach einer Erklärung.

Die Frau sah sie weiter misstrauisch an.

„Haben Sie mein Kaninchen gesehen?“, fragte Tina plötzlich. „Es ist ausgerissen.“

„Nein, ich habe kein Kaninchen gesehen“, sagte die Frau ungeduldig.

„Oh, tut mir Leid, dass ich Sie gestört habe“, sagte Tina und rannte zurück zu ihren Freundinnen hinter der Hecke.

„Und?“, fragten sie. Tina sah sie aufgeregt an.

„Da steht, dass er eine Immobiliengesellschaft hat! Stellt euch mal vor, vielleicht hat er was mit den neuen Häusern zu tun, die auf unserem Gelände gebaut werden sollen!“

„Es gibt viele Baufirmen“, gab Betty zu bedenken. „Ich glaube, wir sollten lieber gehen. Diese Frau beobachtet uns immer noch vom Fenster aus.“

Als sie wieder in der Schule ankamen, begegneten sie Herrn Schmidtke mit seinem Maßband.

„Man hätte doch meinen sollen, er wäre hier jetzt fertig“, sagte Tina zu ihren Freundinnen, als sie in den Jungentrakt gingen.

„Er ist irgendwie ständig hier!“, sagte Emilia. „Poppy kriegt jedes Mal das kalte Grausen, wenn sie ihn sieht, und ehrlich gesagt mag ich ihn auch nicht besonders.“

Als sie Zimmer 13 erreichten, sah Tina einen Zettel, der an die Tür geheftet worden war.

„Für mich!“, rief sie aus.

Christina Braun
Bitte sofort in Frau Webers Büro melden

„Das klingt nicht besonders gut“, meinte sie und nahm den Zettel mit ins Zimmer.

„Keine Sorge“, sagte Emilia. „Es ist vermutlich nichts Wichtiges.“

Tina fühlte, wie sich ihr Magen zusammenkrampfte, als sie sich auf den Weg zum Büro der Schulleiterin machte. Was konnte passiert sein? Frau Knauer – wenn die blonde Frau denn Frau Knauer gewesen war – hatte sich doch wohl nicht über sie beschwert?

Als sie das Büro betrat, wurde Tina sofort klar, dass Frau Weber nicht sonderlich gut auf sie zu sprechen war. Sie knickste und wünschte der Schulleiterin einen guten Tag, so freundlich sie nur konnte.

„Ich habe einen Anruf bekommen“, begann Frau Weber, „der mich ziemlich überrascht hat!“

Es sah so aus, als hätte sich Tinas Vermutung bewahrheitet. Frau Weber machte eine Pause und sah ihr direkt ins Gesicht.

„Christina, du musst wirklich lernen, nicht immer alles in Eigenregie durchführen zu wollen. Das ist jetzt schon das zweite Mal in diesem Halbjahr, dass du eigenmächtig etwas unternommen hast, ohne vorher die Erlaubnis dazu einzuholen.“

Tina war drauf und dran, mit einem „Aber wir haben doch um Erlaubnis gefragt!“ herauszuplatzen, als die Schulleiterin fortfuhr. Daher schluckte sie ihren Einwand hinunter.

„Der Anruf kam von den Münchner Kammerspielen. Sie sagen, du hättest ihnen wegen unserer Gala geschrieben.“

Tinas Miene hellte sich sichtlich auf. „Was haben sie gesagt?“, fragte sie eifrig.

„Christina, ich bewundere deinen Enthusiasmus, aber du solltest diese Dinge auf dem richtigen Weg angehen.“

Tina schaute sie immer noch erwartungsvoll an.

„Sie haben gesagt“, fuhr Frau Weber fort, „dass sie uns ihr Theater für einen Abend Ende Juni anbieten, damit wir dort unsere Gala aufführen können.“

„Wow, das ist ja fantastisch!“, rief Tina.

„Ich habe noch keine Erlaubnis dazu gegeben“, sagte Frau Weber streng. „Ich werde heute Abend zu eurer Probe kommen. Falls das Ballett einen akzeptablen Standard erreicht hat, werden wir sehen.“

„Oh, vielen Dank, Frau Weber“, sagte Tina.

„Es wird zumindest gute Werbung für den Verkauf des Notizheftes sein, der im Juli stattfinden soll. Und es wird natürlich ein Bonuspunkt für dich sein, wenn du dich an einer neuen Schule bewirbst."

So hatte Tina das Ganze noch gar nicht betrachtet. Sie war begeistert, dass sie vielleicht die Möglichkeit bekommen würden, ihr neues Ballett in einem richtigen Theater aufzuführen, und sie konnte es gar nicht erwarten, ihren Freundinnen davon zu erzählen.

„Oh Mann, dann müssen wir bei der Probe wirklich gut sein", sagte Emilia. „Ich kann meine Rolle noch nicht sehr gut."

„Ich geh sie gleich noch mal mit dir durch, wenn du willst", bot Tina an.

Es machte Tina Spaß, die empfindsamen Solostücke der Rosenfee durchzugehen. Emilia hatte genau die leichte, schwebende Art, die für die Rolle gebraucht wurde, und nach einer halben Stunde konzentrierter Arbeit wirkte sie schon viel sicherer. „Du kannst Bellas Rolle richtig gut, oder?", bemerkte Emilia.

„Ja, ich scheine sie recht leicht zu lernen. Nur die *Pas de deux* sind ein bisschen schwierig, wie immer", sagte Tina. „Der am Ende ist aber ganz toll. Du weißt schon, wenn es so aussieht, als ob das Biest stirbt."

„Hat Matthias inzwischen eine Maske?"

„Nein", sagte Tina. „Frau Weber wird vielleicht wegen der Kostüme fragen. Wir brauchen ein bisschen Geld, aber die Schule kann sich das bestimmt nicht leisten."

Emilia dachte darüber nach, während sie ihren Trainingsanzug über ihre Übungs-Leggings zog. „Da ist doch das Konzert, das wir in der Kirche geben. Wir verkaufen Eintrittskarten. Das Geld sollte in den Sammeltopf für die Schule gehen, aber das hat ja jetzt wohl eh nicht mehr viel Zweck."

„Frag Herrn Arnold danach", sagte Tina aufgeregt. „Vielleicht erklärt er sich bereit, uns die Einnahmen für die Vorstellung zur Verfügung zu stellen."

Bei ihrem Durchlauf von *Die Schöne und das Biest* unter Frau Webers kritischem Blick waren die Schülerinnen und Schüler sehr nervös. Madame Larette hatte sich zu ihr gesellt, was Tina etwas beruhigte. Trotzdem patzte sie ein paarmal in einem der *Pas de deux*. Maria sah noch angespannter aus als alle anderen, während sie das Ergebnis ihrer Bemühungen betrachtete.

Am Ende sprach Frau Weber zuerst mit ihr und beglückwünschte sie zu ihrer Arbeit. Dann wandte sie sich an die Mitwirkenden. „Gut gemacht, alle zusammen. Es gibt noch ein paar kleine Schwierigkeiten, aber ich zweifle nicht daran, dass diese bis Ende Juni ausgeräumt sein werden. Ich werde das Theater heute noch informieren, dass wir das Angebot gerne annehmen möchten."

Alle bejubelten Frau Webers Entscheidung. Maria rannte zu Tina und umarmte sie stürmisch.

„Das war so eine tolle Idee von dir", sagte sie, „und jetzt ist wirklich etwas daraus geworden. Wir werden der Stadt zeigen, was sie verliert, wenn die Schule schließt!"

Tina und Emilia waren superglücklich, als ihnen Herr Arnold bei der nächsten Orchesterprobe mitteilte, dass er beschlossen hatte, ihnen die Einnahmen des Konzerts für ihre Galavorstellung zu überlassen.

„Das ist Klasse, Herr Arnold“, sagte Tina. „Vielen Dank!“

„Unter einer Bedingung“, fügte der Musiklehrer hinzu. „Dass ihr keine weitere Orchesterprobe verpasst.“

Die letzte Probe war am Abend vor dem Konzert in der Kirche selbst. Es war ein warmer, aber windiger Abend und die Mädchen genossen ihren Spaziergang von der Schule zum Dorf.

„Ob Herr Knauer wohl immer noch nach meinem Kaninchen sucht?“, fragte Tina kichernd, als sie an der Straße vorbeikamen, in der er wohnte.

„Welches Kaninchen?“, wollte Sofie wissen. Sie war unbemerkt von hinten an sie herangekommen.

„Nur ein Witz“, sagte Tina. „Spielst du immer noch dieses tolle Kornett-Solo?“, fragte sie, um das Thema zu wechseln.

„Ja“, antwortet Sofie. „Selbstverständlich tu ich das, obwohl ich nicht verstehe, warum manche Leute zwei Auftritte im Konzert bekommen!“

Sie ging beleidigt davon. „Oje“, sagte Tina. „Da haben wir's wieder. Ich schätze, sie meint dich, Emmi.“

„Ich denke schon“, antwortete Emilia, die in der Tat für zwei Solostücke vorgesehen war, da Herr Arnold so begeistert von ihrem Können war.

„Sie hat uns immer noch nicht verziehen wegen der Rolle in der Galavorstellung“, bemerkte Tina.

„Ach, Sofie hat ständig schlechte Laune wegen irgendwas!“, sagte Emilia. „Aber so wie ich das sehe, hat sie sich mit ihrem Abschied von der Gala ins eigene Fleisch geschnitten.“

„Ja. Ich wette, sie beißt sich jetzt in den Hintern, da wir die Vorstellung an den Münchner Kammerspielen geben“, stimmte Tina zu.

Als sie in der Kirche ankamen, packten die Mädchen ihre Instrumente aus und begannen mit der Probe. Tina hatte den Kopf voll – es gab noch so viel für die Gala zu organisieren. Aber sie konzentrierte sich auf ihr Violinenstück und vergaß darüber bald alles andere. Sie konnte das Stück noch nicht gut genug, als dass sie gewagt hätte, die Augen vom Blatt zu nehmen.

Am folgenden Abend trugen die Mitglieder des Orchesters statt der Schuluniform weiße Blusen und schwarze Röcke (beziehungsweise weiße Hemden und schwarze Hosen). Einige Eltern – besonders die, die in der Nähe wohnten – waren extra für das Konzert gekommen. Tina und Emilia waren aufgeregt, weil ihre Väter im Publikum waren.

Sie bereiteten sich in der Sakristei vor und warteten dort, während die Kirche sich füllte. Die beiden Mädchen entdeckten ihre Väter und lächelten ihnen zu, als sie den Mittelgang hinunter zum Altarraum gingen.

Das Orchester begann das Konzert mit zwei lebhaften Märschen, dann war Emilias erstes Solo dran.

„Viel Glück!“, flüsterte Tina ihr wortlos zu, als sie aus dem Orchester nach vorn trat. Das Publikum lauschte der melancholischen Melodie ihrer Flöte wie verzaubert. Ihr zweites

Solo gegen Ende des Konzerts war im Gegensatz dazu schnell und lebhaft, und wurde vom Publikum ebenso begeistert aufgenommen.

Nach dem Konzert kam Emilias Vater breit lächelnd zu ihr gerannt. Tina fiel auf, wie sehr er sich verändert hatte – sein Gesicht war nicht mehr blass und sorgenvoll. Er sah zehn Jahre jünger aus.

„Mein Liebling!“, rief er und umarmte Emilia. „Das war wunderbar!“ Tinas Vater gesellte sich zu ihnen und die vier tauschten die neuesten Nachrichten aus Hohenstein aus. Jochen Braun betrachtete seine Tochter mit einem sehr stolzen Lächeln, als er von der Gala hörte.

„Ich werde es mir in meinem Kalender notieren“, sagte er. „Übrigens, ich habe auch einen Termin, den du dir notieren solltest – den 20. Juni.“

„Was ist da los?“, fragte Tina.

„Da hast du einen Vorstellungstermin an der Reinberg-Mädchenschule, das ist nicht weit von uns.“

Tina versuchte, begeistert auszusehen.

„Sie haben Ballett, Schauspiel und Musik im Unterrichtsangebot“, erklärte er, „aber natürlich wird das alles nicht auf dem gleichen hohen Level sein wie in Hohenstein.“

„Okay, Papa“, sagte Tina leise.

Ihr Vater seufzte. „Das ist das Beste, was wir uns leisten können, Schatz. Tut mir Leid.“

Tina beschloss, nicht an die Reinberg-Schule zu denken bis zu dem Tag, an dem sie zu ihrem Vorstellungsgespräch fahren musste. So viel von ihrem Leben war fest mit Hohenstein verbunden – es würde schwer werden, das alles hinter sich zu lassen.

Am nächsten Morgen wachte Tina auf, weil jemand weinte. Mit Mühe öffnete sie ihre schlafverquollenen Augen und richtete sich auf. Es war Emilia.

„Was ist denn los, Emmi?", fragte sie, kletterte schnell aus dem Bett und ging zu ihr hinüber.

Es dauerte eine Weile, bis Tina irgendetwas verstehen konnte von dem, was Emilia, die immer noch herzzerreißend schluchzte, zu erzählen versuchte.

Aber dann sah sie selbst, was ihre Freundin so verstört hatte. Emilias Flöte lag vor ihr auf dem Bett – rettungslos verbogen und zerbeult.

„Wie ist denn das passiert?", fragte Tina und nahm das übel zugerichtete Instrument in die Hand.

„Weiß nicht", schniefte Emilia unglücklich. „Ich hab sie so gefunden, als ich aufgewacht bin."

„Das muss jemand absichtlich getan haben!", rief Tina und sah sich im Zimmer um. Betty und Poppy schliefen noch. Abigail und Sofie waren nicht da. Jetzt, da Yoko die Schule verlassen hatte und Jule im Urlaub war, war das Zimmer nicht mehr ganz so voll gestopft wie am Anfang, als sie in den Jungentrakt gezogen waren.

„Es muss Sofie gewesen sein!", stellte Tina fest. „Sie war ziemlich eifersüchtig wegen deiner beiden Flötensolos, oder?"

„Un… und sie wollte bei der Gala die Rose tanzen", schluchzte Emilia. „Aber wie konnte sie nur meine Flöte kaputtmachen? Ich kann meine Eltern nicht um eine neue bitten.

Sie sind finanziell grade erst wieder dabei, auf die Beine zu kommen."

„Vielleicht kann dir die Schule eine leihen", schlug Tina vor.

„Aber das wäre keine gute, so wie meine. Sie wird nicht so schön klingen!"

„Vielleicht kannst du damit ja wenigstens eine Weile auskommen, bis du dir eine neue leisten kannst. Du hast doch dieses Halbjahr noch die Gala und all das – Cinderella wirst du auch noch tanzen. Du wirst gar nicht viel Zeit haben zum Flötespielen."

„Ach, Tina, du verstehst das einfach nicht!", heulte Emilia. „Musik ist mir inzwischen so wichtig. Ich kann einfach nicht ohne leben!"

„Wichtiger als tanzen?", fragte Tina erstaunt.

„Ja, ich glaube schon", antwortete Emilia. „Wenn ich von Hohenstein weggehe, muss ich vermutlich auf eine normale Schule gehen, wo sie vielleicht keinen besonders guten Musikunterricht haben. Aber ich kann mir dann wenigstens einen guten Privatlehrer suchen."

„Dann war's das also mit dem Tanzen?", fragte Tina.

„Ich schätze mal", sagte Emilia. „Ich weiß, dass ich es furchtbar vermissen werde, aber wenn ich mich zwischen Privatstunden in Ballett oder Flöte entscheiden muss, nehme ich auf jeden Fall Flöte."

„Ach, wenn Hohenstein doch nur nicht schließen würde!", rief Tina. „Das macht einfach alles kaputt."

Abigail und Sofie kamen zurück ins Zimmer.

„Morgen", sagte Abigail. „Ich habe grade richtig schön gebadet. Die Schlangen sind nicht so lang, wenn man früh genug aufsteht." Sie bemerkte Emilias rot geränderte Augen und ihr verquollenes Gesicht. „Was ist denn los, Emilia?", fragte sie.

Sofie vermied es, in ihre Richtung zu schauen, während Tina nicht nur Abigail, sondern auch Betty und Poppy, die inzwischen aufgewacht waren, erzählte, was passiert war. Tina beschloss, Sofie direkt darauf anzusprechen; sie konnte sich nicht vorstellen, wer sonst so etwas getan haben könnte.

„Hast du das getan, Sofie?", fragte sie streng.

„Nein, natürlich nicht!", antwortete Sofie. Aber eine verräterische Röte stieg in ihre Wangen.

Abigail wandte sich zu ihr um. „Du hast gestern Abend die ganze Zeit über Emilia hergezogen. Bist du ganz sicher, dass du keine Ahnung hast, wie das hier passiert ist?"

Sofie fühlte die Augen ihrer versammelten Zimmerkameradinnen auf sich gerichtet und errötete noch stärker.

„Du warst es, oder?", sagte Tina.

Sofie brach in Tränen aus. „Meld mich nicht!", schluchzte sie. „Ich hab es nicht gewollt. Ich war nur so furchtbar wütend, und dann hab ich die Flöte da liegen sehen und habe mit dem Fuß darauf gestampft."

„Wie konntest du nur!", schrie Emilia sie an. „Es ist so ein wunderschönes Instrument, und du hast es ruiniert!"

„Tut mir Leid", erwiderte Sofie. „Es tut mir wirklich Leid, Emilia. Ich war einfach so eifersüchtig auf dich. Ich weiß nicht, was in mich gefahren ist."

„Dass es dir Leid tut, macht meine Flöte nicht wieder heil!", rief Emilia.

„Ich gebe dir mein ganzes Taschengeld dieses Halbjahrs", versprach Sofie, „aber bitte mach keine Meldung!"

Tina hatte das Gefühl, dass sich Sofie diesmal wirklich schämte. Ihr Ärger über Emilias zerstörte Flöte legte sich ein bisschen.

„Ich glaube, wir sollten erst mal abwarten, wie es weitergeht, bevor wir irgendwas tun", sagte sie. „Wenn Sofie zu allen etwas netter sein kann, werden wir sie vielleicht nicht melden, zumindest nicht gleich."

„Vielen Dank!", rief Sofie. „Das vergess ich euch nie. Ich verspreche, ich werde nie wieder so unausstehlich sein."

Das Gespräch wurde durch ein Klopfen an der Tür unterbrochen. Es war Frau Schäfer.

„Morgen, Mädchen", sagte sie. „Wollt ihr heute Abend mit mir ins Krankenhaus fahren, Frau Kempmann besuchen? Es scheint, dass sie ihre Tochter nach euch gefragt hat."

Tina, Betty und Emilia willigten ein mitzufahren, obwohl das hieß, dass sie ihre Proben in die Mittagspause verlegen mussten.

„Es wird langsam Zeit, dass sie wieder auf die Beine kommt", sagte Tina, als sie kurz nach dem Abendessen die Katzen fütterten.

„Ja, es dauert wirklich Ewigkeiten", stimmte Betty zu. „Und Panter und Tiger vermissen sie so sehr."

Sie streichelte Panter, während Tina und Emilia schnell aufräumten.

Sie rannten zur Schule zurück, wo Frau Schäfer schon in der Einfahrt vor dem Haus im Auto auf sie wartete.

„Springt rein“, sagte sie. „Wir werden nicht lange bleiben können, aber das ist vielleicht ganz gut, wir wollen sie nicht überanstrengen.“

Es war schon einige Wochen her, dass die Mädchen Frau Kempmann das letzte Mal besucht hatten. Tina hatte ein etwas schlechtes Gewissen. Es war in letzter Zeit so viel zu tun und zu bedenken gewesen.

Als sie Frau Kempmanns Station erreichten, sahen sie, dass ihre Tochter Anna schon bei ihr saß. Nach ein paar Minuten ging sie mit Frau Schäfer in die Cafeteria, damit sich nicht zu viele Leute auf einmal um das Bett der alten Dame drängten.

Frau Kempmann sah schwach aus, aber ihr Gesicht leuchtete auf, als Tina ihr erzählte, dass die Galavorstellung von *Die Schöne und das Biest* an den Münchner Kammerspielen aufgeführt werden sollte.

„Wie aufregend für euch!“, sagte sie. „Und ganz gleich, wie traurig ihr auch seid, dass Hohenstein schließen muss, ihr werdet immer die Erinnerung an eine ganz besondere Vorstellung haben.“

„Vielleicht können Sie rechtzeitig aus dem Krankenhaus raus, sodass Sie kommen und uns zuschauen können“, sagte Tina.

Die Augen der alten Dame verdüsterten sich.

„Das werden wir sehen“, sagte sie. „Wie geht es meinen Katzen?“

„Gut“, antwortete Betty, „aber sie sind ein bisschen einsam. Seit Tina so viele Proben angesetzt hat, haben wir nur noch Zeit, sie zu füttern.“

„Solange es ihnen gut geht“, sagte Frau Kempmann. „Es hat mich sehr beruhigt, zu wissen, dass ihr euch um sie kümmert.“

Ihre Tochter kam mit Frau Schäfer zurück. „Ihr lasst sie jetzt besser ein bisschen ausruhen“, sagte sie sanft zu den Mädchen. Anna Kempmann ging ein Stück mit ihnen den Flur hinunter, nachdem sie sich herzlich von Frau Kempmann verabschiedet hatten.

„Wie hat euch Mädchen denn eure Zeit in Hohenstein gefallen?“, fragte sie.

„Super“, antwortete Tina für alle gemeinsam. „Sie waren auch mal dort, nicht wahr?“

Anna Kempmann lachte. „Es scheint jetzt so lange her zu sein, aber es hat mir sehr gut gefallen. Ich wollte gar nicht weg!“

Nach einer Viertelstunde verließen Tina und ihre Freundinnen mit dem Gefühl das Krankenhaus, dass Frau Kempmann immer schwächer wurde. Die Mädchen waren so daran gewöhnt, dass ihre Freundin in Hohenstein war, in ihrem netten kleinen Haus. Und so hatten sie einfach angenommen, dass es nur eine Frage der Zeit wäre, bis sie wieder dort sein würde, als ob nichts geschehen wäre.

Jetzt erschien Tina jedoch das albtraumartige Bild vor Augen, dass das kleine Haus zusammen mit der ganzen Schule dem Erdboden gleichgemacht würde, um Platz zu machen für eine hässliche neue Wohnsiedlung, während Frau Kempmann den Rest ihres Lebens in einem Krankenhaus oder Altenheim verbringen musste. Tina schauderte. Die Welt von Hohenstein schien auseinander zu fallen.

Traurige Nachrichten

Die Proben wurden immer hektischer, je näher die Gala kam, aber Tina war froh über die ganze zusätzliche Arbeit. Maria und sie hatten neben der eigentlichen Tanzproduktion noch eine Menge anderen Organisationskram zu erledigen.

Glücklicherweise wollte Madame Larette ihnen gerne helfen und übernahm die ganze Koordinierungsarbeit mit dem Theater.

Herr Arnold überreichte Tina mehr als zweihundertfünfzig Euro aus dem Eintrittskartenverkauf beim Konzert, die sie für Kostüme und Bühnenbild ausgeben konnten. Durch Madame Larette kamen die Mädchen in Kontakt mit Frau Berger, der Schneiderin, die oft die wichtigsten Kostüme für die Schulaufführungen genäht hatte.

Die Maske für das Biest war etwas schwieriger. Letztendlich erklärte sich Frau Hartmann, ihre Kunstlehrerin, bereit, eine Maske aus Papiermaschee anzufertigen.

Einige der Schülerinnen und Schüler aus dem ersten und zweiten Jahr, die nicht an den Tanznummern beteiligt waren, wurden zum Bemalen und Gestalten der Bühnenvorhänge und Kulissen eingesetzt, und Maria fand im vierten Jahrgang eine Gruppe von Freiwilligen, die zur Requisitenbeschaffung ausgeschickt wurden.

Frau Berger erschien bald darauf mit den ersten zusammengehefteten Kostümen in der Schule. Sie bekam einen der kleineren Kunsträume für Anproben mit den Hauptdarstellern.

Tina war nicht so ganz überzeugt von ihrem eigenen Tutu, das aus einem blutroten Samtoberteil mit gekreuzten Schnürungen und einem weißen Rock bestand sowie einem ebenfalls blutroten Mantel für ihre Reisen zum Schloss des Biests und zurück.

Maria kam zur zweiten Anprobe mit.

„Was meinst du?", fragte Tina und drehte eine kleine Pirouette.

„Vorsichtig, Kind", mahnte die pummelige Frau Berger mit ihrer erstaunlich tiefen Stimme. „Es ist nur zusammengesteckt und geheftet!"

„Ich finde, es passt ganz ausgezeichnet zu deinen dunklen Haaren", sagte Maria. „Wie erwartet."

„Das ist dramatischer als Pastelltöne", sagte Frau Berger und trat einen Schritt zurück, um ihr Werk zu bewundern.

„Ja", sagte Maria. „Ich wollte, dass es nicht so wischiwaschi aussieht, sonst hätte das Biest womöglich Bella vollkommen in den Schatten gestellt."

„Und das geht ja nun wirklich nicht!", sagte Frau Berger mit einem leisen Lachen.

„Was wird Matthias tragen?", fragte Tina.

„Königliches Purpur und weißen Satin", antwortete Frau Berger.

„Und für wen ist das rosa Tutu, das dort hängt?“

„Das ist Emilias Kostüm“, sagte Maria. „Das Geld vom Konzert zu haben, hat wirklich so einen Unterschied gemacht!“

Tina hätte selbst gerne ein hübscheres Kostüm gehabt, sah aber ein, dass die Rolle etwas Dramatischeres verlangte.

Die beiden Mädchen gingen zusammen zum Speisesaal zum Abendessen.

„Man muss so viel bedenken, nicht wahr?“, sagte Maria. „Mir ist schon ganz schwummerig im Kopf. Wenn ich mich abends hinlege, fallen mir dauernd noch Sachen ein, die ich für die Gala tun muss.“

„Ich weiß“, sagte Tina. Sie mochte das ältere Mädchen und hatte sie sehr schätzen gelernt. „Ich hoffe, es ist keine zu große Belastung für dich gewesen.“

„Oh nein, versteh mich nicht falsch. Ich genieße jede einzelne Minute! Wir müssen bald noch mal einen Durchlauf von *Cinderella* machen, um sicherzugehen, dass niemand etwas vergessen hat.“

„Wie steht's denn mit dem modernen Stück von deinen Freundinnen?“, fragte Tina.

„Sie üben allein“, antwortete Maria. „Ich hab's mir neulich mal angesehen und es ist gut.“

„Okay“, sagte Tina. „Ich werde Betty mal anschubsen, dass sie ihre Stepptänzer zusammentrommelt – der letzte Durchlauf ihrer Nummer ist schon eine Weile her.“

„Ich kann kaum glauben, wie problemlos die Proben in letzter Zeit gelaufen sind!“, sagte Maria. „Vielleicht hat das was damit zu tun, dass Sofie nicht mehr dabei ist.“

„Kann sein“, sagte Tina. „Aber eigentlich ist sie inzwischen ganz verträglich in unserem Zimmer. Seit der Sache mit der Flöte hat sie versucht, sich zu benehmen.“

„Die Flöte!“, rief Maria. „Das hatte ich ganz vergessen. Arme Emilia.“

„Ja, sie ist immer noch ziemlich unglücklich deswegen. Sie weiß nicht, wie sie sie je ersetzen soll.“

„Das ist wirklich übel“, sagte Maria. „Sie spielt so wunderbar, nicht wahr?“

„Ja“, sagte Tina. „Ich bin mir immer noch nicht sicher, ob es richtig war, dass wir Sofie nicht gemeldet haben. Das war einfach eine Riesenschweinerei.“

„Hmmm, ja, das muss schwierig sein“, meinte Maria. „Aber wenigstens ist das Leben in eurem Zimmer etwas einfacher geworden. Das ist doch viel wert.“

Tina dachte darüber nach, was Maria gesagt hatte, als sie mit Emilia, Betty und Poppy zu Abend aß.

„Sind Sofies Eltern eigentlich reich?“, fragte sie während des Essens.

„Keine Ahnung“, antwortete Emilia. „Warum?“

„Ich habe überlegt, ob du ihnen vielleicht schreiben solltest, was Sofie getan hat. Vielleicht würden sie dir eine neue Flöte bezahlen?“

„Das könnte ich nicht!“, sagte Emilia. „Das könnte ich einfach nicht.“

Tina seufzte. Eine andere Möglichkeit, wie ihre Freundin an ein neues Instrument kommen könnte, schien es nicht zu geben.

Als die Mädchen am nächsten Morgen zur Ballettstunde kamen, sahen sie, dass Frau Paul einige Zettel in der Hand hatte.

„Ich wette, das sind unsere Prüfungsergebnisse“, flüsterte Tina Emilia zu.

Sie hatte Recht.

„Die Post ist gerade eben gekommen“, sagte Frau Paul, „und ich dachte, ihr wollt bestimmt eure Prüfungsergebnisse wissen.“

Tina hoffte, dass sie besser abgeschnitten hatte als bei ihrer letzten Prüfung. Sie wartete nervös, während die Ballettmeisterin an die Mädchen, die die Grundprüfung abgelegt hatten, Zettel verteilte. Poppy bekam ihren als eine der Ersten. Über das ganze Gesicht strahlend erzählte sie Tina und Emilia, dass sie mit Auszeichnung bestanden hatte.

Tina und Emilia mussten bis zum Schluss warten. Tina las ihre Note und machte vor Freude einen Luftsprung.

„Was hast du, Emmi?“, fragte sie.

„Eine Eins“, sagte Emilia überglücklich.

„Ich auch!“, rief Tina. „Ich kann's gar nicht glauben!“

Frau Paul war mit den Noten sehr zufrieden. „Ausgezeichnete Arbeit, Mädchen“, sagte sie. „Aber glaubt bloß nicht, dass ihr euch jetzt auf euren Lorbeeren ausruhen könnt. Lasst uns mit *Pliés* an der Stange anfangen. Und in der freien Bewegung werden wir auf *Grand jetés en tournant* hinarbeiten.“

Nach Frau Pauls Unterrichtsstunden zu diesem besonderen Sprung taten Tina immer die Füße weh, aber heute hätten ihr zweiunddreißig *Fouettés* nichts ausgemacht, so überglücklich war sie.

Als sie nach der Stunde ihre Punktzahlen verglichen, stellte Tina fest, dass sie zusammen mit Emilia auf die höchste Anzahl kam. Sie fragte sich, ob sie damit wohl eine Chance auf den Unterstufenpreis hätte, oder ob ihre letzte schlechte Note sie aus dem Rennen geworfen hatte. Der Unterstufenpreis wurde jedes Jahr am Schuljahresende an die beste Schülerin der Unterstufe verliehen. Obwohl theoretisch alle Schülerinnen aus dem ersten und zweiten Jahr dafür in Frage kamen, ging der Preis erfahrungsgemäß immer an eine Schülerin aus dem zweiten Jahr.

Das wäre ein toller Erfolg zum Abschied, dachte Tina, aber sie wusste, dass sie in Emilia und Abigail starke Konkurrenz hatte.

Es war Samstag und ein warmer Tag im Juni. Die Freundinnen beschlossen, nach dem Mittagessen ins Dorf zu gehen, um zur Feier des Tages Kuchen zu kaufen.

„Kann ich euch beim Feiern helfen?", fragte Betty, die nicht an der Prüfung teilgenommen hatte.

„Na klar", sagte Tina. „Wir bitten darum, Betty!"

„Na gut, dann mal los", sagte Betty und sah erleichtert aus.

Ihr Weg führte sie zuerst in die Bäckerei, wo sie Schokoladeneclairs und Sahneschnitten aussuchten, wobei ihnen schon das Wasser im Mund zusammenlief.

„Damit müssen wir schnell zurück zur Schule", sagte Emilia, „sonst ist die Sahne hinüber."

Im Sonnenschein wurde es immer heißer, während sich der Dunst vom Vormittag auflöste. Die Mädchen gingen schnell und waren froh, dass sie die Erlaubnis bekommen hatten, ohne ihre Schulblazer loszuziehen. Als sie am Ende der Straße vorbeikamen, in der die Knauers wohnten, schaute Tina die Straße hinunter. Sie sah, dass vor den *Eiben* ein Wagen stand und daneben zwei Männer in ein Gespräch vertieft waren.

„Wartet mal!“, rief Tina ihren Freundinnen nach, hinter denen sie zurückgeblieben war. „Wen haben wir denn da?“

Die anderen drei kamen zu ihr zurückgelaufen. „Oh, Herr Schmidtke!“, sagte Poppy.

„Was macht der alte Rotfuchs denn hier?“, fragte Tina.

„Wer ist das, mit dem er da redet?“, wollte Betty wissen.

„Das ist derselbe Mann, mit dem ich ihn vor einiger Zeit im Dorf habe reden sehen – der mit dem starken Schnurrbart. Und wenn ich mich nicht irre“, sagte Tina, die angestrengt die Straße hinunter sah, „heißt er Knauer.“

„Ach!“, sagte Betty überrascht. „Meinst du wirklich?“

„Wartet“, sagte Tina. „Sie schütteln sich grade die Hände. Herr Schmidtke steigt gleich in sein Auto ...“

„Du hast Recht“, sagte Betty. „Der Mann mit dem Schnurrbart geht in *Die Eiben*. Es muss Herr Knauer sein.“

„Los, lasst uns verschwinden“, sagte Tina, „bevor der Bauinspektor an uns vorbeifährt!“

Je mehr sie darüber nachdachte, desto misstrauischer wurde Tina, dass Herr Knauer, Mitglied der Schulverwaltung *und* Immobilienmanager, etwas mit Herrn Schmidtke zu tun hatte. Als sie ihren Kuchen gegessen hatten, erzählte Tina ihren Freundinnen von ihrem Verdacht.

„Wir müssen die beiden gut im Auge behalten“, sagte Tina stirnrunzelnd. „Das sollte nicht allzu schwer sein.“

„Haben wir dafür überhaupt Zeit?", seufzte Betty. „Die Proben schlucken doch jede freie Minute."

„Wir müssen uns Zeit dafür nehmen", sagte Tina. „Das hier könnte wirklich wichtig sein."

„Wo nimmst du eigentlich die Energie her?!", sagte Betty seufzend. „Ich würde mich jetzt gerne auf dem Sofa zusammenrollen und einen schönen langen Mittagsschlaf machen."

„Was wir rausfinden müssen", sagte Tina, „ist, ob Herr Knauer irgendetwas mit den Plänen für das neue Wohngebiet auf dem Hohenstein-Gelände zu tun hat."

„Wie sollen wir das rauskriegen?", fragte Poppy.

„Ich weiß noch nicht", sagte Tina, „aber ich lass mir was einfallen."

Beim Abendessen drehte und wendete Tina das Problem immer noch in ihrem Kopf hin und her, als sie Frau Schäfer in ihre Richtung kommen sah. Sie schien es eilig zu haben.

„Seid ihr fertig mit essen, Mädchen?", fragte sie. „Ja? Würdet ihr bitte in mein Zimmer kommen, sobald ihr eure Teller weggeräumt habt?"

Die Freundinnen gingen zum Zimmer ihrer Hausmutter und fragten sich, was sie wohl von ihnen wollte. Keine von ihnen war vorbereitet auf das, was sie ihnen zu sagen hatte.

„Setzt euch, Mädchen", sagte Frau Schäfer. „Ich fürchte, ich habe traurige Neuigkeiten für euch."

Tina dachte sofort an ihre Familie, aber dann fiel ihr ein, dass sie nicht alle vier bei Frau Schäfer sitzen würden, wenn es darum ginge.

„Anna Kempmann hat mich gerade aus dem Krankenhaus

angerufen. Frau Kempmann ist heute in den frühen Morgenstunden friedlich im Schlaf gestorben."

„Oh nein!", rief Tina. Die anderen sahen völlig erschüttert aus.

„Ich weiß, dass das sehr schwer für euch ist, aber für sie war es besser, jetzt von uns zu gehen, als noch viele Monate leiden zu müssen."

Tina blickte starr auf den Boden. Es war das erste Mal, dass jemand gestorben war, dem sie sehr nahe stand. Eine große Leere stieg in ihr auf, während ihr Tränen über die Wangen rollten.

„Armer Panter, armer Tiger", schluchzte Betty. „Sie werden sie genauso sehr vermissen wie wir!"

Tina dachte darüber nach, wie sehr sich alles veränderte: Hohenstein würde schließen, das Ende ihrer Ballettkarriere, und nun der Verlust einer lieben Freundin.

In traurige Gedanken versunken wanderten die Freundinnen zurück zum Jungentrakt.

„Ich mag nicht auf unser Zimmer gehen", sagte Tina am Eingang zum Gebäude. „Sofie ist bestimmt da. Ich könnte sie im Augenblick nicht ertragen."

„Oh, sie ist in letzter Zeit so viel netter zu mir gewesen!", sagte Emilia. „Sie ist ein ganz anderer Mensch."

„Ich will es jetzt noch niemand anders erzählen", erklärte Tina. „Lasst uns zur alten Ruine gehen, bevor wir nach ihrem Haus sehen. Da sind wir ungestört."

„Ihr Haus zu sehen wird es nur schlimmer machen", meinte Poppy.

„Aber wir müssen sowieso die Katzen füttern“, erinnerte Betty sie.

Sie saßen in der Ruine und tauschten Erinnerungen aus, die sie mit Frau Kempmann verbanden.

„Wisst ihr noch, wie wir ihr Haus zum ersten Mal von hier aus entdeckt haben?“, fragte Tina. „Es war so aufregend, ein kleines Haus am Rande des Geländes zu finden.“

„Und wie wir ihr im Garten geholfen haben“, fügte Betty hinzu.

„Und wie dieser fiese Antiquitätenhändler versucht hat, ihr mit lauter Tricks ihr wunderschönes Mohnblumengemälde abzuluchsen“, sagte Emilia.

„Keine von uns hätte ahnen können, dass es sich als so wertvoll erweisen würde“, fügte Tina hinzu.

Betty sah auf ihre Uhr. „Die Katzen werden Hunger haben“, sagte sie.

Niemand rührte sich. Es würde sehr schwer werden, jetzt in das Haus zu gehen. Betty stand auf. „Na los“, sagte sie. „Bringen wir's hinter uns.“

Die Mädchen durchquerten das kleine Wäldchen und nahmen all ihren Mut zusammen, bevor sie Frau Kempmanns Garten betraten. Die Katzen stürmten auf sie zu, als sie sich dem Haus näherten.

„Sie wissen, dass etwas nicht stimmt“, meinte Emilia. „Katzen haben ja angeblich einen sechsten Sinn.“

„Ich schätze mal, sie haben einfach Hunger“, sagte Betty und streichelte Panter.

Das kleine Haus sah so hübsch und gemütlich aus wie immer; die Putzfrau war die ganze Zeit über regelmäßig gekommen, um es in Schuss zu halten. Als die Mädchen schließlich hineingingen, konnten sie die Stille beinahe hören. Tina hatte das Gefühl, dass das Haus leerer und stiller war als je zuvor.

Vielleicht weiß es das Haus auch, dachte Tina. *Vielleicht hat es gewartet, wie die Katzen, und jetzt wissen sie alle, dass sie nicht wiederkommt.*

„Ich habe ein ganz merkwürdiges Gefühl“, sagte Emilia. Sie spürte offensichtlich etwas Ähnliches wie Tina. Ein Schauer lief ihr über den Rücken. „Macht es euch was aus, wenn ich draußen in der Sonne warte?“

„Nein, geh nur, Emilia“, sagte Betty. „Es dauert nicht lange.“

Tina begann, das Haus ebenfalls erdrückend zu finden, und gesellte sich zu Emilia vor der Tür.

„Es ist, als ob ein ganzer Teil unseres Lebens zu Ende ist“, sagte Emilia und betrachtete nachdenklich die blühenden Rosen neben der Haustür.

„Ich weiß genau, was du meinst“, sagte Tina. „Ich kann es nicht ertragen.“

„Wirst du meine Freundin bleiben, wenn wir Hohenstein verlassen haben?“, fragte Emilia leise.

„Natürlich werde ich das“, antwortete Tina. „Wir werden uns in den Ferien sehen. Es wird sein wie in alten Zeiten.“

Aber schon, als sie das sagte, wusste Tina, dass es nie wieder dasselbe sein würde.

Die folgenden Tage waren qualvoll, aber die Mädchen konnten sich keine Pause von den Proben für die Galavorstellung gönnen.

Am Donnerstag ließ Frau Weber sie nach dem Frühstück zu sich holen.

„Frau Kempmanns Anwalt hat sich mit mir in Verbindung gesetzt“, erklärte Frau Weber, „wegen der Bestimmungen in ihrem Testament. Maria war – wie wir alle – sehr unglücklich darüber, dass Hohenstein schließen soll, und sie hat der Schule einen großen Teil ihres Vermögens vermacht, insgesamt fünfzigtausend Euro. Wie ihr wisst, liegen die geschätzten Reparaturkosten wesentlich höher, sodass ihr Geld keinen Nutzen bringen wird.“

Sie seufzte. „Ich werde einen passenden Wohltätigkeitsverein finden. Aber kommen wir zu dem, was sie euch Mädchen vermacht hat.“

Die Freundinnen sahen sich verwirrt an.

„Ich werde euch vorlesen, was sie selbst geschrieben hat:

‚Meinen Freundinnen aus Hohenstein hinterlasse ich in Dankbarkeit: Poppy, meine Amethystbrosche. Betty, meine geliebten Katzen Panter und Tiger, denn ich weiß, dass sie ein gutes Heim für sie finden wird. Emilia, meine Flöte, in der Hoffnung, dass sie sich weiterhin der Musik widmet; und Christina, meine Kostümsammlung, denn ich weiß, dass sie sie lieben und in Ehren halten wird wie ich.‘“

Tina fühlte eine starke Zuneigung zu der alten Dame, als Frau Weber die Vermächtnisse verlas. Erst am nächsten Tag wurde ihnen allen klar, was für Schätze ihnen übergeben worden waren.

An diesem Abend sollten sie alle für das Wochenende nach

Hause fahren, bis auf Poppy, die mit zu Betty fahren würde. Kurz bevor ihre Eltern kamen, um sie abzuholen, lud Frau Kempmanns Tochter sie ein, zum Haus ihrer Mutter hinüberzukommen.

„Poppy und ich können die Katzen jetzt gleich mitnehmen“, sagte Betty begeistert. „Mein Papa kommt gleich.“

„Meinst du nicht, du solltest deine Eltern erst fragen?“, fragte Anna Kempmann.

„Nein, ich weiß, dass das okay ist“, sagte Betty. „Meine Mama liebt Katzen und bei uns zu Hause ist es eh schon wie im Zoo.“

Poppy war begeistert von ihrer Brosche, die die Form eines Sterns hatte. „Es ist ein sehr aufmerksames Geschenk für jemanden wie mich, der mit leichtem Gepäck reisen muss“, sagte sie.

Emilias Flöte war für sie ein Anlass zu großer Aufregung. Sie konnte nicht widerstehen, sie aus ihrem Koffer zu nehmen und in Frau Kempmanns Haus ein Stück darauf zu spielen.

„Sie hat so einen wundervollen Klang!“, rief sie. „Sie ist noch besser als meine alte!“

„Meine Mutter hat mir erzählt, wie gut du spielst“, sagte Anna Kempmann lächelnd. Sie öffnete den Schrank mit den Kostümen und Tina konnte es nicht erwarten, die wundervollen Kostüme der alten Dame zu sehen und zu fühlen.

„Du kannst sie holen, wann du magst. Es eilt nicht.“

„Ich werde meinen Papa fragen, wenn er kommt“, sagte Tina. „Vielleicht ist genug Platz im Auto.“

Glücklicherweise nahm Tina nur eine kleine Reisetasche

und ihre Geige mit nach Hause, sodass sie und ihr Vater die Kostüme vorsichtig auf den Rücksitz legen konnten.

„Ich werde einen neuen Schrank dafür bauen müssen", meinte Tinas Vater.

Anna Kempmann lachte. „Ich weiß, dass Tina viel Spaß haben wird, sie alle anzuprobieren."

„Ich werde sie nie hergeben!", rief Tina. „Und sie werden mich immer an Frau Kempmann erinnern!"

Ein Versteck

Nach Frau Kempmanns Beerdigung dachte Tina oft an die Worte der alten Dame, dass sie für die Schule kämpfen solle. So schön ihre Kostüme auch waren, vielleicht waren diese Worte ihr wahres Vermächtnis für Tina.

Alle Kostüme waren zu Hause untergebracht worden, mit Ausnahme eines wunderschönen blassgelben Kleides, das sie wieder mit nach Hohenstein brachte. Es war dreiviertellang, mit einem vollen Tüllrock und einem paillettenbestickten Satinoberteil mit kurzen Puffärmeln. Genau so stellte sie sich das Kleid vor, das Bella tragen würde, nachdem sie ins Schloss des Biests gezogen war. Sie war erleichtert festzustellen, dass Maria ihr zustimmte.

Tina hatte unermüdlich weitergemacht mit ihrem Probenprogramm für die Galavorstellung. Alle Stücke machten gute Fortschritte, aber *Die Schöne und das Biest* brauchte noch die meiste Arbeit.

„Ich habe Herrn Schmidtke wieder hier rumschnüffeln sehen", sagte Tina eines Mittags etwa eine Woche nach der Beerdigung zu ihren Freundinnen.

„Hat es wirklich Sinn, ihn zu beobachten?", fragte Betty.

„Ich weiß ja nicht, wie's euch geht, aber ich bin total geschafft von den ganzen Proben."

„Es ist Samstag", sagte Tina. „Wir haben noch mindestens zwei Stunden bis zur Probe."

„Ich weiß", sagte Betty, aber ich hänge mit meinen Aufgaben für die Schule hoffnungslos hinterher. Ich muss heute Nachmittag unbedingt ein bisschen was aufholen."

Tina wusste, dass Betty an einem naturwissenschaftlichen Projekt beteiligt war und wahrscheinlich daran weiterarbeiten wollte. Poppy hatte sich schon für einen Gang ins Dorf verabredet.

„Wie sieht's mit dir aus, Emmi?", fragte Tina.

„Ich hab Zeit", antwortete sie. „Was sollen wir machen?"

„Nur ihn beobachten – mal sehen, was er eigentlich so macht."

Tina hatte den Bauinspektor zuletzt in der Nähe des Mädchenflügels gesehen, also machten sich die beiden Freundinnen auf den Weg dorthin. Sie hatten ihn bald entdeckt und drückten sich flach an die Wand, um nicht gesehen zu werden.

Er schien nichts Bestimmtes zu tun. Er hatte kein Maßband und keine Instrumente dabei. Alle paar Minuten sah er auf seine Uhr und ging unruhig auf und ab, wobei er sich ständig umsah.

„Er scheint auf jemanden zu warten", flüsterte Tina.

Und siehe da, wenige Minuten später sahen sie den Mann mit dem Schnurrbart, von dem sie jetzt wussten, dass es Herr Knauer war, mit schnellen Schritten quer über den Rasen auf ihn zugehen.

„Er ist nicht vom Haupteingang gekommen", flüsterte Emilia. „Er muss durch die Gartenpforte bei Frau … beim kleinen Haus gekommen sein."

Emilia schluckte. Sie konnte es nicht mehr Frau Kempmanns Haus nennen. Tina drückte ihren Arm. Erinnerungen an ihre alte Freundin waren immer noch schmerzhaft.

„Vielleicht wollte er nicht gesehen werden", flüsterte Tina.

Die beiden Männer gingen sofort durch die Hintertür in den Mädchenflügel.

„Er muss sie aufgeschlossen haben", sagte Tina. „Los, lass uns hinterhergehen."

„Ich weiß nicht", sagte Emilia. „Drinnen wird es schwieriger sein, ihnen aus dem Weg zu gehen. Ich mag diesen Herrn Schmidtke nicht."

„Wir passen auf", sagte Tina. Sie schlich um die Ecke des Mädchenflügels und prüfte jedes Fenster, bevor sie daran vorbeiging. Emilia folgte ihr durch die Hintertür. In der Halle standen sie bewegungslos und lauschten angestrengt.

„Sie sind oben", flüsterte Tina. Sie bewegten sich geräuschlos die Treppe hinauf und betraten vorsichtig den nächsten Flur, aber von den beiden Männern war nichts zu sehen. Sie lauschten wieder. Die Stimmen der Männer drangen leise vom anderen Ende des Flurs zu ihnen.

Die Mädchen schlichen vorsichtig auf die hinteren Zimmer zu, als Herr Knauer plötzlich in einer Tür erschien. Glücklicherweise drehte er den Mädchen den Rücken zu, da er mit Herrn Schmidtke sprach. Das gab ihnen die Chance, schnell ins nächstgelegene Zimmer zu verschwinden, aber sie konnten

Schritte hören, die auf sie zukamen. Die Tür stand offen; sie zu schließen, würde Aufmerksamkeit erregen, und es war unwahrscheinlich, dass die beiden Männer ausgerechnet in dieses Zimmer kommen würden, daher dachte Tina, sie könnten sich einfach hinter der Tür verstecken. Dann ging ihr auf, dass sie in Frau Pauls altem Zimmer standen – dem Zimmer mit dem Geheimversteck!

Sie zerrte Emilia durchs Zimmer, drückte die geheime Klappe in der Vertäfelung und zog ihre Freundin mit sich in das winzige Versteck. Von drinnen schoben sie schnell die Vertäfelung wieder an ihren Platz, sodass sie in völliger Dunkelheit hockten.

„Ich hoffe, wir bekommen das wieder auf", flüsterte Emilia, die heftig zitterte.

Sie hatten Glück, dass sie sich versteckt hatten, denn kurz darauf kamen die beiden Männer in Frau Pauls Zimmer. Als sie noch am anderen Ende des Flurs gewesen waren, hatten die beiden Freundinnen nicht verstehen können, worüber sich die Männer unterhielten, aber jetzt konnten sie jedes Wort ganz genau hören.

„Es wird schon alles klappen, keine Panik."

„Aber werden sie nicht Lunte riechen, wenn wir das Gebäude gar nicht abreißen?"

„Nein. Sie werden einfach denken, dass wir die nötige Unterfütterung machen lassen und ein Vermögen dafür ausgegeben haben, um es in Luxusappartments umzubauen."

„Ich hoffe, Sie haben Recht. Wir können uns mit diesem Projekt eine goldene Nase verdienen. Erst mal mit all den Wohnungen und dann so viele Häuser, wie ich auf dem Gelände bauen lassen kann. Vorausgesetzt, wir können sie verkaufen."

„Die verkaufen wir schon. In dieser Lage – wunderbare Umgebung und nur einen Katzensprung von München. Die gehen weg wie warme Semmeln!"

„Ich kann immer noch nicht glauben, dass wir damit durchkommen. Sind Sie sicher, dass das alte Schlachtschiff keinen Verdacht geschöpft hat?"

Herr Schmidtke lachte. „Nicht die Spur."

In ihrem engen dunklen Versteckt drückte Tina Emilias Hand. Sie wussten beide, dass die Unterhaltung, die sie gerade mit angehört hatten, nicht nur für die Schule, sondern auch für ihr eigenes Leben und ihre Karriere von wahnsinnig großer Bedeutung sein würde.

Die Männer gingen wieder außer Hörweite, aber die Mädchen hatten genug gehört. Emilia zitterte immer noch und Tina war auf einmal ganz aufgeregt und auch erleichtert. Die Probleme des Internats Hohenstein würden jetzt gelöst werden!

„Lass uns zu Frau Weber gehen", sagte sie.

Sobald die beiden Männer verschwunden waren, sausten die Mädchen hinunter zur Tür zum Hauptgebäude, die auf ihrer Seite mit Riegeln verschlossen war. Sie zogen die Riegel beiseite und traten in den belebten Flur, dann sah Tina Frau Weber schnellen Schrittes auf sie zukommen.

„Oje", sagte sie zu Emilia, „wir haben sie ein bisschen *zu* schnell gefunden."

„Was habt ihr beide wieder in dem Flügel gemacht?", fragte

sie scharf. „Das ist jetzt schon das zweite Mal, dass ihr meine Anweisungen missachtet habt!“

„Bitte, Frau Weber“, begann Tina, „wir haben Ihnen etwas sehr, *sehr* Wichtiges zu sagen und wir dürfen keine Minute verlieren!“

Die Schulleiterin war einverstanden, sich ihre Erklärung in ihrem Büro anzuhören. Als sie zu Ende berichtet hatten, war jede Spur des Ärgers aus ihrem Gesicht verschwunden.

„Danke, Christina. Danke, Emilia. Ihr seid da über etwas gestolpert, das durchaus bedeuten könnte, dass ich euch nächstes Halbjahr wieder hier begrüßen kann!“ Sie strahlte sie an.

„Was werden Sie jetzt tun, Frau Weber?“, fragte Tina.

„Zuerst werde ich die Polizei anrufen. Dann hole ich ein Team unabhängiger Bauinspektoren.“

Am nächsten Tag erfuhren die Freundinnen von Frau Schäfer, dass die neuen Bauinspektoren nur im Mädchenflügel Spuren einer Gebäudeabsackung gefunden hatten. Das Hauptgebäude war vollkommen in Ordnung. Die nötigen Reparaturen konnten ohne weiteres aus Frau Kempmanns Vermächtnis bezahlt werden.

„Und was passiert nun mit Herrn Schmidtke und Herrn Knauer?“, fragte Tina.

„Sie sind beide verhaftet worden“, sagte Frau Schäfer. „Unter Betrugsverdacht. Sie werden dafür ins Gefängnis gehen, da bin ich ganz sicher.“

„Also ist Hohenstein gerettet?“

„Hohenstein ist gerettet.“

Die letzten beiden Juniwochen vergingen mit atemberaubender Geschwindigkeit. Es gab ein allgemeines Hochgefühl und überwältigende Erleichterung: Das Ballettschloss würde erhalten bleiben! Aber die Mädchen, die an der Gala beteiligt waren, hatten keine Zeit zum Luftholen.

Ihre Generalprobe an den Münchner Kammerspielen vier Tage vor der Vorstellung war ein ziemliches Desaster. Madame Larette, die sie begleitet hatte, versuchte hinterher, sie mit guten Worten aufzumuntern.

„Macht euch keine Sorgen, mes chéries", sagte sie. „Es ist noch nichts verloren. Es gibt ein Sprichwort: ‚Eine schlechte Generalprobe bedeutet eine gute Premiere!' Ich werde euch da'eim in der Schule 'elfen, die letzten Schwierigkeiten, die ihr 'abt, zu beseitigen."

Madame Larette hielt ihr Versprechen. Die Probleme, die bei *Die Schöne und das Biest* aufgetreten waren, lagen nicht zuletzt auch an Marias Unerfahrenheit als Regisseurin. Kleine Änderungen an der Richtung einiger Auftritte und Abgänge sowie das Einbauen von ein bisschen mehr Zeit für Kostümwechsel zeigten durchschlagende Wirkung. Am Tag vor der Vorstellung lief die Show wie am Schnürchen.

„Oh Mann, ich bin so nervös", sagte Tina am Abend, bevor sie zu Bett gingen. „Ich weiß jetzt schon, dass ich kein Auge zumachen werde."

„Worüber machst du dir denn eigentlich Sorgen?", fragte Betty.

„Na ja", antwortete Tina, „es fängt schon damit an, falls ich patze, werden hunderte von Leuten zuschauen!"

„Du wirst nicht patzen!“, schnaubte Betty verächtlich. „Du tanzt Bellas Rolle, als wäre sie dir angeboren.“

„Es ist schon komisch“, meinte Poppy mit einem Lächeln, „jetzt können wir uns schon aufs nächste Schuljahr freuen. Es hat nicht viel gefehlt und ich hätte in ein paar Wochen meine Taschen gepackt, um nach Australien zurückzugehen!“

„Und die Reinberg-Mädchenschule wird nie wissen, was ihr entgeht!“, sagte Tina lachend.

„Wir werden im dritten Jahrgang sein“, sagte Betty. „Mittelstufe! Könnt ihr euch das vorstellen?!“

Tina nahm Betty bei der Hand und vollführte mit ihr einen wilden Tanz durchs ganze Zimmer.

„Wir werden unsere Haare aufstecken und keine Zöpfe mehr tragen!“, rief sie laut.

„Und dunkelblaue Leggings!“, rief Betty.

„Und Strumpfhosen, keine Socken!“

„Und erst um *neun* ins Bett gehen!“

„Jippiieeeeeeh!“, schrie Tina und ließ sich zu Boden fallen, wobei Betty halb auf ihr landete.

„Ich dachte, du bist nervös!“, sagte Emilia. „Hast du deine Kostüme bereit?“

„Ich habe meins an die Schranktür gehängt, schau mal!“, antwortete Tina.

„Das ist ein wunderschönes Kleid, das gelbe!“

„Ich weiß“, sagte Tina. „Es tanzt sich auch wunderbar darin. Und ich weiß zwar, dass das albern klingt, aber ich habe immer irgendwie das Gefühl, dass Frau Kempmann mit mir auf der Bühne ist und mich anspornt.“

„Ich denke immer an sie, wenn ich auf meiner Flöte spiele“, sagte Emilia.

„Hast du mir inzwischen verziehen?“, fragte Sofie ein wenig bedrückt aus ihrem Bett in der Ecke.

„Ja, ich hab dir verziehen“, sagte Emilia. „Letztendlich ist doch alles gut ausgegangen, oder?“

„Nun, ich habe jedenfalls ein kleines Geschenk für dich“, sagte Sofie und sah ganz verlegen aus. „Als Wiedergutmachungsversuch und um dir morgen Glück zu bringen.“

Zu Emilias Überraschung überreichte Sofie ihr ein Päckchen. Darin war ein Glücksbringer – ein knallorange glänzendes Hufeisen an einer Kette.

„Oh – ähm – danke“, sagte Emilia. „Ich bin sicher, es wird mir Glück bringen.“

„Viel Glück euch allen“, sagte Sofie mit einem Lächeln.

Abigail grinste sie an. „Danke, Sofie. Wir werden’s wahrscheinlich brauchen.“

Ob es nun dem Glücksbringer zu verdanken war oder einfach viel harter Arbeit, die Galavorstellung war ein Riesenerfolg.

Die Ausschnitte aus *Cinderella*, die Stepptanznummer und das moderne Stück füllten zusammen die erste Hälfte, die zweite bestand aus *Die Schöne und das Biest.*

Tina war noch nie so nervös gewesen. Sie war sich der Tatsache bewusst, dass das Theater bis zum letzten Platz gefüllt war und dass ihre eigene Familie im Zuschauerraum saß. Sie war dankbar, dass das Meer von Gesichtern vor ihr zu einer bunten Masse verschwamm.

Sie wusste, dass Emilia sehr erfolgreich gewesen war als Cinderella, sie hatte vor der Pause dreimal vor den Vorhang kommen müssen. Wohl wissend, dass es Vergleiche geben würde, legte Tina alles, was sie hatte, in ihre Interpretation der Bella.

Sie musste den Mut deutlich werden lassen, den sie zeigte, indem sie anbot, in das Schloss des Biests zu ziehen, um das Leben ihres Vaters zu retten, ihre anfängliche Furcht bei ihrer ersten Begegnung mit dem Biest und ihre wachsende Zuneigung zu ihm.

Es war, als ob die Rolle extra für sie geschrieben worden wäre. Tina konnte sich in jeder Phase der Geschichte mit Bella identifizieren. Eine ältere Tänzerin hätte ihre Unschuld nicht so überzeugend darstellen können.

Das Publikum liebte sie! Sie spürte es nach ihrem letzten *Pas de deux* mit dem Biest, das sich jetzt in den Prinzen verwandelt hatte. Und sie war sich ganz sicher, als am Ende des Balletts ohrenbetäubender Applaus aufbrandete.

Sie und Emilia bekamen beide wundervolle Blumensträuße, rosa Nelken für Tina und rote Rosen für Emilia. Dann wurden alle Mitwirkenden aufgefordert, auf der Bühne zu bleiben, während Frau Weber ein paar Worte an das Publikum richtete.

„Dies ist keine Schulgala im üblichen Sinne“, sagte sie. „Sie wurde organisiert von den Schülerinnen und Schülern, deren Namen auf dem Programm stehen.“

Sofort gab es ein allgemeines Papierrascheln.

„Sie werden sich daher fragen, warum ich eine Rede halte. Nun, zuerst einmal möchte ich den Mädchen und Jungen, die diesen Abend zu so einem großartigen Erfolg gemacht haben, danken und gratulieren ..."

An dieser Stelle wurde sie von erneutem donnernden Applaus unterbrochen.

„... und zweitens möchte ich der Welt mitteilen, falls es noch irgendwo irgendeinen Zweifel daran gibt, dass das Internat Hohenstein sich bester Gesundheit erfreut und noch eine lange und erfolgreiche Zukunft vor sich hat!"

„Zu guter Letzt ist es mir eine besondere Freude, einigen Mitgliedern des Ensembles Sonderpreise zu überreichen. Die meisten Preise werden, wie üblich, bei der offiziellen Abschlussveranstaltung des Schuljahres überreicht werden, aber ich wollte gerne diese Gelegenheit dazu benutzen, einige Mitglieder der Schülerschaft auszuzeichnen, die nicht nur ihre besonderen Fähigkeiten als Tänzer unter Beweis gestellt, sondern auch mitgeholfen haben, die Schule zu retten!"

Tina und Emilia sahen sich an. Das hatten sie nicht erwartet!

„Bettina Heimann", verkündete Frau Weber und Betty eilte zu ihr an die Bühnenkante, „bekommt einen ganz neuen Preis, die Stepptanz-Trophäe."

Betty knickste und nahm mit einem ziemlich verlegenen Grinsen den Pokal in Empfang.

„Emilia Frieling", gab Frau Weber bekannt, „erhält für exzellente Fortschritte trotz schwerer Krankheit einen weiteren neuen Preis, den Kempmann-Cup."

Als Emilia ihren Preis entgegennahm, sah sie aus, als wisse sie nicht, ob sie lachen oder weinen sollte.

„Und schließlich möchten wir gerne unserer überragenden Unterstufenschülerin Christina Braun den Unterstufenpreis überreichen!“

Tina nahm ihren Preis völlig benommen in Empfang. Erst im letzten Moment erinnerte sie sich daran, zu knicksen. Sie stand zwischen ihren Freundinnen Betty und Emilia und sah ins Publikum, das erneut applaudierte. Einer plötzlichen Eingebung folgend hielt sie den Preis hoch über ihren Kopf. Jubelrufe ihrer hinter ihr stehenden Mittänzer klangen ihr in den Ohren.

Erinnerungen aus ihrer ganzen Zeit in Hohenstein rasten durch ihren Kopf. Frau Kempmanns Haus. Das Gespenst, das in der Ballettschule gespukt hatte. Mitsi, ihre heimwehkranke Freundin aus Japan. Emilias Krankheit und Verschwinden. Die Frankreich-Tour. Und nun dies.

Es hatte gute und schlechte Zeiten gegeben, Triumphe und Enttäuschungen. Aber die ganzen zwei Jahre lang hatte Tina immer am größten Ziel ihres Lebens festgehalten: Tänzerin zu werden.

Ravensburger Bücher **von Thomas Brezina**

Sieben Pfoten für PENNY

Ein Herz für Tiere und viel Gefühl
– das ist Penny!

PENNY

- **... ist ein starkes Mädchen.**
- **... weiß, was sie will.**
- **... setzt sich ein für Tiere.**
- **... schaut nicht einfach weg.**
- **... hat ihren eigenen Kopf.**
- **... gibt niemals auf.**
- **... findet immer einen Weg.**

Ravensburger

HC_05_014